我的生存质量

邵丽 著

人民文学出版社

图书在版编目(CIP)数据

我的生存质量/邵丽著.—北京:人民文学出版社,2013
ISBN 978-7-02-009802-6

Ⅰ.①我… Ⅱ.①邵… Ⅲ.①长篇小说—中国—当代 Ⅳ.①I247.5

中国版本图书馆 CIP 数据核字(2013)第 062053 号

责任编辑　脚　印
装帧设计　黄云香
责任印制　王景林

出版发行　人民文学出版社
社　　址　北京市朝内大街 166 号
邮政编码　100705
网　　址　http://www.rw-cn.com

印　　刷　北京新魏印刷厂
经　　销　全国新华书店等

字　　数　200 千字
开　　本　880 毫米×1230 毫米　1/32
印　　张　9.375　插页 5
印　　数　1—15000
版　　次　2013 年 5 月北京第 1 版
印　　次　2013 年 5 月第 1 次印刷

书　　号　978-7-02-009802-6
定　　价　28.00 元

献给我的父亲：他这一生一直在努力，因逃避痛苦而痛苦，因顺应屈辱而屈辱……他不仅让我们害怕，还总是让我们怀念。

优秀的作家并不会对生活下各种结论，他发现的是生活的质量。

——R·M·亚当斯

1.

我要在历史和心灵之间进行一次艰难的旅行，因此，对于我写下的这些文字，很难说清楚它是一段经历，还是一个故事。其实对于我之外的任何一个人来说，这种区别并没有太大意义——实际上，我们已经进入这样一个时代，所有事情的意义正在被无情地解构。毕竟这既不是一个好时代，也不是一个坏时代。不好不坏也许并不意味着什么，但当它突然捕获一个人并将之纳入自己的逻辑和秩序的时候，则一定要意味着什么——好，或者坏。

某一天，周围的一切依然如故，所有的人都在按照自己固有的方式生活，只有你从生活的链条上突然滑落了，坠入一个你认为永远不会落入的境地。你不知道问题出在哪里。你在想，那些看起来并不那么重要的事情，就像一副牌，你漫不经心地出错了一张，结果，后来的一切都不一样了——所谓命运，无非是这样一种东西：除了死亡的结果是你预知的，其他的一切，在没有发生之前，你都无法知晓，甚至一点先兆和口信都没有，但又必须硬着头皮去经历它。

说实话，在没有经历过足够的挫折和疼痛之前，我这人远远不够通透，尤其是在家庭生活方面，常常敏感地在一些事情上纠结——当我的生活被刀锋般的严峻撕扯得七零八落之后，我想，所谓的幸福，就是这种能够细致地与自己的亲人斤斤计较的能力和资格啊——这总会把先生弄得很恼火。一旦他愤怒起来，我又赶着求他原谅，反而让自己很没面子。好在亲人之间的尊严不那么具有刚性，闹了又好了，在好好闹闹之间，日子倏忽之间就过去了。

在陀思妥耶夫斯基的小说《白痴》里，伊波利特对公爵说："宁肯不幸而心中有数，也比幸福而被蒙在鼓里强。"其实这话看怎么理解，说真的，我可真不想像陈琳那样，为了一点鸡毛蒜皮的小事就闹得满城风雨哀鸿遍野。陈琳和老公周健的婚姻曾经是我们这个城市模范婚姻的一个标志。不过，今非昔比，怎么说呢，也许可以用这样一句话来总结：过去他们有多少爱，现在他们就有多少恨。其实，何必呢？就婚姻的本质而言，它无非就是为人生这个孤独之旅找个伴儿，是用一个孤独解脱另一个孤独。当然，既然是个伴儿，就难免磕磕碰碰丁零当啷，它比世俗更世俗。如果你执意把它弄成一个蜜糖罐儿，早晚有一天它会招来蚂蚁，而千里之堤毁于蚁穴。实际上，现在他们的婚姻就像一根被白蚁蛀透的柱子，只需要一点点外力，就会让它轰然倒塌。

是的，相信会有那么大的动静。

有时候，当我一个人独处，把电脑打开，面对着我和她们的故事，我总在想，婚姻之所以出现问题，就在于我们太在乎对方。开始我们寻找对方，总是觉得他是那么独特，他不像我们（也不是完全不一样，有那么一点一样，也有那么一点不一样），也不像别人，就像他自己。我们为了他是他自己而倾心于他，我们把这称为爱。然后我们要求他一直保持这个模样，不要有任何变化，如果有变化，也要变得是我们称心如意的样子，而不能像"其他人"。其实，这难道不是以爱的名义进行的一场绑架和囚禁吗？我们是让对方属于我们还是不属于我们呢？如果一定要属于我们，成为我们的一部分，那他还是伴儿吗？如果根本就还是他自己，也就是说，你还是你，他还是他，怎么证明你确实待在真正的爱情里？

一个女人的故事，最好的开始就是她真正成为女人的那一刻——她被另一个生命所充满，这个生命让她完成作为女人最伟大的使命。

我怀上女儿幺幺那一年刚过二十三岁，相当年轻，精力充沛，野心勃勃。毕竟，那时候结婚的主要任务就是生子，这并不是一个勾当，而是一桩使命，是人这种动物咬合得最紧密的一个生命链条。是的，如果婚姻是原因，那么生孩子肯定得是结果。仅仅是二十出头的年纪啊！严格地说，生活才刚刚开始。生活刚开始就塞给你一个孩子，现在的年轻人觉得不可思议。可我们那时候，没有比这更正当更有意义的事情了。不过，那时的我还不知道生一个孩子是要好好爱他（她），仿佛是要给自己制造一件玩具，好奇大于一切。我们先是猜测男孩还是女孩。先生左右摇摆，一会儿说男孩好，一会儿说女孩好，弄得我很为难了一阵子，好像他想要什么我都有能力给安排似的。

我母亲那时候还是一个在任的商业局长，她从来不信迷信，也不算命，但对生男生女却有着自己宿命的看法。她说在生孩子这个问题上，习惯是隔辈传。她的妈妈，也就是我的姥姥，头两个孩子都是女孩。她自个儿头生的两个孩子是男孩，而我和她们一样是长女，按规律推，我头生一定是个女孩。为了说服我，她还用另一个习俗来固定这一个习俗，"你看你怀孕之后变好看了（好像我过去很丑似的），闺女在肚子里打扮娘，皮肤有红似白的，怀的一定是个丫头。"

她忽略了我一日三餐都是被超量的鸡鸭鱼肉填塞着，孩子疯长我也疯长。

突然在五月被击沉之前，我一直都非常喜欢五月。很多我欢喜的事情都发生在五月，比如，写一部长篇小说，获得一个全国文学大奖。最重要的是在五月，满地花黄的季节，我生出了一个女孩儿。这个女孩儿从出生的那一刻起，就让我的生命有了质地和重量——从产后的虚脱中醒来，我的第一个念头就是，我成为一个母亲了！这个词一蹦到我的脑子里，我的心怦怦地跳了半天。我扭头打量着这个十个月来与我呼吸与共的陌生人，看着她兀自在自己的世界里踢腾抓挠，根本无视我的存在，禁不住泪流满面。我的女儿！她一天天地成长，终于在这个走马灯般的乱世里找到了自己的亲人。她把头拱在我的怀里，在我身上吃喝拉撒睡，任由口水鼻涕流得我满身都是。我在她

■最重要的是在五月，满地花黄的季节，我生出了一个女孩儿。这个女孩儿从出生的那一刻起，就让我的生命有了质地和重量。

蛮横的侵略里心花怒放，总是带着炫耀的心情召唤我的朋友们来看她。我说：看，我的女儿！我、的、女、儿！我不怕他们骂我自恋狂，不能吹嘘自己的小说写多好，但我完全有理由炫耀我的女儿生得好。真的，朋友们看了我的孩子，都由衷地赞叹，这活儿的确干得漂亮。哈哈哈，我那时得意得很无耻。女儿是我生命中最大的安慰，我平生最好的一部作品。

幺幺出生在五月，我最亲爱的五月，那是傍晚，准确地说是下午十七点四十分。一院子的树都绿着，叶子像水洗过一样熠熠发光，它们那绿色的喧闹让我的心情既熨帖又高涨。我临产的前一天，靠近院门的一棵紫薇很茂密地开了一树艳红的花朵。孩子出生那一刻，天空突然间绽放出一大片霞光。女儿生下来后，我的公公，一个早年读过私塾的老学究，立即给小人儿起了一个名字：斯晚。他在摇头晃脑地喝了两壶老酒后，觉得这个世界上很难找到一个合适的名字能称得住他的孙女儿，于是他蘸着酒水在桌子上描了一个又一个，瑾珠、缪琪……这些名字尽管后来皆因多种原因没有使用，但那个时刻，全家人的情绪的确因这个小女娃娃的诞生而格外亢奋。

不过，不管将来她取什么名字，当时家里人无一例外地喊她毛妮儿——她生下来时大头圆脸，黑眼睛闪闪发光，浓密卷曲的头发足有两寸长，身上也长满了绒毛儿。幺幺这个称谓则是后来的事儿了，她上大学的时候是全系年龄最小的一个，她们的队长是四川人，自然呼她为小幺。后来大家就完全忘记了她的大号，连学姐学兄都只认得文学系乖巧漂亮的幺幺了。

　　我的孩子，她怎么就这么不管不顾地长大了？她过去是那么的小，小得让人疑虑重重。在我们的忽视里，有一天她忽然变成了"我"。一次，她把重音狠狠地落在这个字上跟我说话的时候，我反问她，你？你是谁啊？我就是我！她眼皮都不抬，斩钉截铁地回答我。我直直地看着她的脸，忽然觉得好陌生。她脸上的绒毛已经没有了，眼睛也能在瞬间变化出一大堆互不关联的语言和符号，还画着淡淡的眼线。"毛妮儿。"我吃力地寻找着下一句话，可是，那些过去脱口而出的语言，像尘埃一样地漂浮在空中，一个都抓不住。

　　"毛妮儿？"她哈哈大笑，笑声被哈根达斯融化得黏糊糊的，带着一股甜腻腻的陌生凉气，"还毛妮呢？"

　　是啊，昨天还粘在手上的毛妮儿，今天已经脱手而出，成了大学生幺幺了。上大学不一定意味着她的独立，但也不一定意味着她不独立，那要看是什么事情，在什么时候，当着谁的面。

　　有时候，我常常在夜深人静的时候独自叹气，我说，毛妮要是恋爱了，我们怎么办？这个问题是问我先生，也是自问。它像盘磨一样，已经在我心上反反复复碾压了许久。先生敬川就把我的手拉过来放在他手心里，说，你没算算她多大了，还毛妮儿呢？泪水突然汪在我的眼眶里，心窝里又暖又痛，又惊又喜，像有一只把我从睡梦中挠醒的猫仔拱着我。她多大还不是毛妮儿？我说。

　　总有那么一天，敬川轻轻地拍着我的手背，她会飞得我们够不到她，那你还能管得了吗？你没想想我们俩谈恋爱那会儿你才多大？

是啊，我和敬川恋爱的时候还不到二十岁，一转眼的功夫，二十多年就这样出溜过去了。

2.

自从成为专业作家之后，就好似有两个人进入了我的生活，并成为我们家的"影子成员"——金地和苏天明，始终游走在我小说中的人物——是他们克隆了我们的生活，还是我在他们的影响下走上一条陌生的道路，到现在也很难说清楚。

其实，一件事情的发生，总会引发另外一些事情。虽然一生之中的很多事情是杂乱无序的，好像充满了偶然性，但是结果却是必然的，一定的。因此，对于任何值得庆幸的事情，它并不一定是最终的，甚至可以说，它只是不幸之中的万幸罢了。即使一个人的一生注定、并且仅仅享受幸福，那也是他最大的不幸。因此，对于经历过不幸的人来说，只有到了一定年龄，经历过许多变故之后，才能慢慢地释然，过去了的再提起来，说都不想说了，可当时却疼痛得无以复加——

金地的老公苏天明那时才二十八九岁，正是意气风发的年纪，工作干得出色，职务连连提升，身边的红颜渐渐地多起来。红颜祸水这个词，似乎从来不会过时，它像历史的牛皮癣，总是长在除了自己看不见，人人都能看见的地方。对于一个男人来说，好像它是成功的最后的也是最丰盛的一道大餐。不过，在自己的妻子金地面前，苏天明从来不讨论这个问题。他不是在回避，是不屑。这样的态度让金地更加矛盾起来，一方面，她觉得男人就应该是这个样子，大大落落，拿得起放得下，什么事情不能黏糊糊湿漉漉的。另一方面，她又觉得苏天明讳莫如深的背后，是一个巨大的空洞，像隔着玻璃的夜色一样鬼魅。在简单得如一张白纸的金地看来，这么多人都在感情上出问题了，为什么他会不出问题呢？这样的问题像达摩克利斯之剑始终悬在金地头上。

不过，金地终归是一个简单的女人，简单到可以把一切一切都简化到是与否、好与坏、黑与白这样的逻辑判断上。一直到现在，金地也觉得丈夫是一个好男人，即使他曾经像一列脱轨的列车那样滑出过她爱情的逻辑轨道之外。就在女儿七岁那年，苏天明是真真正正有过一次外遇。女方是他的大学同学，据后来的说法，他们大学时期曾经有过那么一点儿意思。事实上，那意思确确实实就是那么一点儿，俩人分手之后，既没有继续扩大，也没有缩小，它只是被不经意地搁置在某个地方——毕业册上，通讯录里，某篇公开发表的文章后面的笔名里。造成那点儿意思没有继续扩大的主要原因是，毕业后俩人没有分配到一个城市。一个在天之南，一个在地之北。放现在，那种距离根本不算什么，可是在当时却几乎等于天地隔绝，别说是见面，就是写封信也要十天半月才能到，打一次长途电话更是难上加难。也许是为稻粱谋，也许还有其他方面的原因——即使没有任何原因，他们没结合也不是太大的遗憾，毕竟那点儿意思在硬茬茬的生活面前，完全可以忽略不计。先是女同学在当地找了个对象结婚，然后苏天明有了金地。这中间已经相隔了十多年，如果没有更为巧合的机缘，苏天明和同学的那点儿意思，将会像一枚落果那样干瘪下去，最终风化为一撮尘土。

可历史就是由巧合组成的，那一年，苏天明到女同学工作的城市去学习，偶然想起去拜访她。说真的，本来已经时过境迁，况且那女同学不管是自然条件还是其他方面，根本没法和金地相提并论，工作婚姻孩子没有一样是顺心的，看起来生活似乎一次都没有待见过她。苏天明去看女同学的时候，碰巧她刚离了婚，而且工作也不是很顺，所以就有了哭泣。女人哭泣的样子想来也不是很好看，但哭泣向来具有穿越的力量，一下子就让他们俩劈波斩浪地回游到了大学时的青春之海里。记忆挑肥拣瘦地回放让这个仓促的见面猛然间晚熟了，"那点儿意思"被他们刻意地拍醒，像头猛兽一样在仓促的环境里纵情撒欢，好像他们有一百个苦大仇深的理由来对这个世界声讨和报复。其实，据苏天明后来说给金地的情节，那个见面的场景是非常狼狈的，甚至都有些不堪。眼泪鼻涕、不快乐的日子促成的脸部的皱纹，邋遢的衣着，哀怨的控诉，通通装载在一个不足二十平米的狭小空间里，让人透不过气来。激情翩然而至，她想让他进入她，他也想，但两人努力的结果远比想象和渴望的糟糕得多。二人只得罢手，重新与这个促狭鬼般的世界握手言和，草草结束了这场不成功的游戏，坐在床边喝起茶来。其实，对于他们两个，没有比这更有文化意味的自嘲和解脱了。好在苏天明这些年对茶的体识见长，理性掩盖了肾上腺素的短缺——他沏茶功夫娴熟，火候恰到好处。他为她滗了一杯碧透的毛峰，那像茶叶一样上下翻滚的心绪，在氤氲的茶烟里渐渐地沉静了下来。

一个阳光灿烂的午后，在宽大舒适的餐桌边，苏天明一边陪夫人金地喝着下午茶，一边缓缓地叙述着另外一场性事之后的茶事，俩人不时被那个并不久远的故事逗得相视而笑，丝毫没有显露出尴尬之后的惊险和虚脱。在被泡乏了的语言汤水里，金地让自己的想象空间缩小再缩小，直到可以像一个配饰那样拿在手里把玩。几番恍惚之后的凝视里，苏天明发现金地的脸被后窗拥进来的阳光弄得似刚从油彩缸里捞出来似的，泛着神明般的光彩。那一刻他突然有些惊讶，眼前的女人美得让他陌生，可这个女人却已经真实地陪他生活了十多个年头了。

即使相濡以沫，谁又能说清楚真的看懂了对方？

其实，他们俩都是明白人，而且心里一直都明白，婚姻和家庭对他们来说意味着什么。"团结起来向前看"——那位当代伟大的政治家最具中国特色的政治智慧，已经浸润到了家庭事务之中。

未来会更好，他们相信。

他们从来没有把一个问题想到这样极端：没有任何人可以永远绕开不幸。

事后，许多细节只能靠一次又一次的想象完成。开始是痛心地追问，后来演变成欲说还休地撒娇，再后来就完全成为一项取乐的游戏了。苏天明的叙述开始像呈堂证供，干巴巴的。后来像事故报告，总有那么点儿法不责众的自我宽容。再后来，已经像批注，那已经是没有价值判断的别人的故事了。

曾经有很长一段日子，那个女同学一直在纠结一个很简单又极其复杂的问题，就是苏天明是否离婚，是否考虑再婚？苏天明很痛苦，他既不想让简单的金地受伤害，又不想让复杂的女同学失望。苏天明是一个非常善良的男人，他对不相干的人都充满同情和怜悯，更何况是生命中这样两个女人。不过，大部分恶都是善带来的，善良的男人如果脚踏两只船，那才是最致命的。苏天明说，最少再给我十年时间。苏天明的回答充满着政治智慧，却让两个女人的心中霎时聚满了愤恨。女同学说，这也叫回答？十年后我都没有把握我是不是还活着！金地说，你是给了她一个时间还是给了我一个通牒？苏天明逃避了，他远远地躲在时间之内，答案之外。

苏天明的女同学在极短暂的时间里又进入了一次新的婚姻，她悬浮而又疲惫的生活需要一次停靠，而她生活的海洋里也不止苏天明一个码头。但是，这艘双桅船意外的航行，却使苏天明和金地的婚姻生活，泛起一阵久久不能消失的波澜。

3.

作为一个作家，我试图为我的叙述找一个主线，可是更多的时候我总是迷失在那种不伦不类的细节里。也许真正的生活和衍生的故事之间，本身就没有边界。世界上没有比写作更不靠谱的事儿了，我匍匐在情绪的大海里，一会儿被甩到风口浪尖上，一会儿又跌落到幽昧不明的低谷。有时候好像找到了一个线头儿，而且情绪激扬得不可抑制，但真正落到纸上，却是一片碎屑。有时候山重水复疑无路，正在踌躇间，忽然想起某人某事，会写得泪流满面。在某种情况之下，这样的叙述使我看起来好像拥有丰富而多面的人生——其实那是一种假象，我的人生单调得写不满一张纸。真的，每次我填写自己的履历，根本就超不过十行。而且，奇怪的是，我周围的朋友也多是像我这样的人：简单，直线型思维，在猝然而至的变故面前缺乏判断和应对能力。比如陈琳吧，她高中毕业后就接了班，嫁的老公周健是她从小到大的同学和邻居。周健考上大学，毕业后又千辛万苦地分回了家乡。

周健对他们周围的人说，这都是为了她。

"都是为了她。"这话开始说的时候，是一种甜蜜。后来说得多了，就变成了一种苦涩，甚或是，一种抱怨。都是为了我吗？陈琳委屈地问，那我是为了谁呢？她常常埋在自己的设问里走不出来，说这话的时候，好像能看见一波一波的委屈要把她淹没。有一次，坐在我的对面，她说着说着突然失声哭起来——自从结婚之后，她再也没在我面前哭过——她的表情像秋收后的田野，沉静之中有着被劫掠后的凄凉，泪水像泉眼似的汩汩流着。我的目光盯在面前的咖啡杯上，尽量不去看她的泪眼。

　　那时我们坐在 CITYMALL 一楼的咖啡间里，一人一杯拿铁，那种苦涩的味道，是非常般配这个话题的。我看着陈琳，她的哭更像是一次手术，正在把她的伤痛一块一块地切割开，不是为了让我看，而是为了让她的哭更理直气壮。因此我没有劝她，伤心人别有怀抱，况且，我始终明白应该离她的伤口有多大的距离，这是我逐渐摸索出的与她保持友谊的必要条件。不过我更诧异的是，我总是想起过去曾经单纯的陈琳为了得到爱情，而始终装出已经把爱情握在手心里的样子。

　　她与我谈起了往昔。我始终没弄明白，那些在别人看起来的鸡毛蒜皮，如何在她心上划出一道道深深的伤疤——不过总的说来无非是一方面她感觉到对老公越来越失控，另一方面又为他的进步太慢而愤愤不平。我自以为这其中的枝枝杈杈我都清清楚楚——这是多么大的讽刺——可是今天她的声音和语言我都很陌生，就像刚刚大病初愈的病人那样犹疑和飘忽，你不知道她所说的到底是婚姻的不快、手术的痛苦还是所有的一切。聊了一会儿之后，我更加迷惑了，她到底要把问题说明白还是要把问题埋起来不让别人看到呢？也许她想给我表达的是，幸福就是幸福，痛苦就是痛苦，可以分开来计算和对比。让我怎么说你呢陈琳，幸福不是快感，不是晕眩的感觉，要比那高级多了。痛苦也不是纯粹的痛和失重的跌落，也比那高级多了。可是，这些东西怎么表达出来？对从来听不懂我的话、却总是装得比我还明白的陈琳。

　　有很长一段时间我就在想，对于我们这些平常人来说，比起爱情，其他的感觉倒来得更为实在。是的，爱情让人软弱，陈琳也曾经软弱过，但是，她曾几何时这么软弱过？

其实，陈琳一直努力地想着爱她的老公，但我觉得她从来没有学会过爱。她的爱要么充满了委屈——她曾经给了他多少，她得到了多少，满是用比较可以计算出来的东西。要么就是大包大揽地控制——他不能有任何个人自由。她更喜欢他在小小地犯了错之后的道歉，那让她比做一个单一的妻子更满足更有成就感，因为在这一刻，她居高临下。那时候，老公在她面前是如此地张皇，比她的孩子还要孩子。她不是得到了爱情，而是得到了胜利。她舒了一口气，但是没有来得及舒第二口，因为随后即将是再一次征服，她离峰顶还有很长的距离，远远不到懈怠的时候。

对我的沉默，她好像突然意识到了什么，赶紧拿纸巾拍了拍泪痕，笑着告诉我，本来也没什么没什么。是啊，本来就没什么，有什么的只是我们对自己的交代。我庆幸的是她很快走回自己的内心，并紧紧地关上了门。说实话，那个时候，我最怕的就是她说真心话。估计，她最怕我的，也是这个。

可是她走后，并没有把问题带走，而是完完整整地留在了我这里。我忽然觉得心里有些东西在坍塌，但一时又说不清楚是什么，有种在深秋天气里，站在萧萧落木之下的寒凉感觉。我知道，拥有一个能拿得出手的家是她最大的理想，从上初中我就能感觉到出身贫寒的她心里的那分挣扎。老公周健在单位很得混，年纪轻轻就当上了市长的秘书，后来还做了市政府的督察科长。科长这个职务是兵头将尾，看起来不算大，用起来不算小。尤其是像她老公那样的实权部门，巴结的人还真不少。但是，在陈琳看来，那还远远不够。

在老公周健做了常务副区长的那段时间，陈琳沉迷在不期而至、被人前呼后拥的热闹之中。其实，我心里非常明白，她并不是完全沉入了幸福里——热闹不一定不是幸福，但也不一定是幸福。她陷入了一种既不纯粹也不单纯的情绪之中——自豪中夹杂着患得患失，因自卑而衍生出的超级自豪感以及比梦境还要虚幻的无力感。她比过去更疲劳，只是因为站在更高一级的台阶上，疲劳才有了点儿富贵的模样。

其实周健的这个职位来自于我先生的鼎力举荐，那时我先生在区里做一把手。说实话，他们单位我一次都没去过，也不允许单位的人到我们家来。我希望在工作和私人生活之间，有个明显的界限，既不想让他把工作带到家里，也不希望把我们的家带到他的工作中。可陈琳不一样，她觉得这中间没有分别，婚姻就是把"你的"和"我的"变成"咱的"。如果她的影响能渗入老公的工作中，她更觉得那是一种成功。因此，她的男人在哪里，哪里就是她的全部。老公每调动一次她就换一个工作，好像婚姻是主业，而她的工作只是副业。那时我劝过她，希望她过自己正常的职业妇女的生活。

"我觉得我这样才正常。"她毫不犹豫地打断我，"你想想有时候你们一周才见一次面，跟老公在一起的日子还没有和同事在一起的时候多，正常啊？"

　　她总是这么实际，在所有的事情上都能拎清。在他们出现摩擦和不快之后，我曾经试图说服她，不过后来我放弃了。夫妻之间，除了婚姻的合理性，还有多少不合理被埋在合理之中？也许不合理恰恰是合理性的一个合理的组成部分。对于经营一桩婚姻，需要很多个不能忽略的因素，而破坏它，只需要一个小小的理由。

　　——尤其是后来，在她、我，他们和我们之间发生的那些事，让我彻底明白了，所谓的"理解"，是世界上最扯淡的事儿。

4.

　　女儿幺幺发了几篇小说之后，竟然有朋友评价她的文字水平远远在我之上。其实在读了文学系之后，她很少写作，即使写了一些东西，也不拿出来发表。有时候，我在构思和创作的过程中，都喜欢与她在一起讨论。幺幺不止一次地听我讲述苏天明和金地的故事，但是她觉得这样平铺直叙地讲述，很容易使它陷入一个老套俗气的窠臼之中。怎样才能让这个故事成为一篇像样的小说？幺幺说，如果让她写，她会换一个角度。要么是一个老人的视角，让故事在回忆中尽显沧桑；要么是一个孩子的视角，让故事充满着新鲜的疼痛。

　　后来，她设想把苏天明和金地故事的叙述者变成一个小女孩，因为孩子的眼睛是最真实的。

　　小女孩名叫豆子，在故事发生的时候，只有五六岁的样子。有一天妈妈突然来到幼儿园，要带她到北京去看在那里学习的爸爸。一直到上车，豆子都迷惑地看着妈妈，不知道她为什么这么急不可耐。前几天她告诉妈妈她想爸爸，妈妈还说爸爸很快就回来了，为什么非要现在赶过去看他？她们走了十几个小时，第二天下午才到爸爸学习的学校。爸爸却不在那里，也没人说得清楚他去了哪里。后来，豆子已经记不起她们是怎么找到爸爸的，反正是费了很大周折。爸爸把她们带到学校附近的一个招待所里住下来。豆子一路上睡够了，一落地就欢腾起来。那时是夏天，大约是下午四五点的光景，太阳透过高大的梧桐叶子斑驳地洒落在院子的地上，风略微有了一丝凉意。墙角的出水口边出现了一只大肥猫，豆子追着猫奔跑的时候脑子里突然闪过一个重大的问题，爸爸和她们相见的时候只抱了抱她，而没有抱妈妈。爸爸怎么没抱妈妈呢？过去从来没有发生过这样的事情，这是在外工作的爸爸每次看见她们的一个必经程序。问题只在豆子的小脑袋里停留了一秒钟，就被那只猫带到墙上去了。那只猫顺着一棵粗大的梧桐树跃到了墙上，扭头看着她，两只眼睛里满是警觉和没有来由的挑衅。豆子不会爬树，妈妈也从不允许她爬树。看着那只猫，豆子垂头丧气。豆子叹了一口气，豆子长这么大还是第一次这么沉重地叹气。

　　伤心的豆子回头去找爸爸妈妈。哪知道，她一头撞进去的那个空间，比外面还安静，安静得有点瘆人。看见豆子，爸爸撇下妈妈，要开车带豆子去他学习的学校取东西。可是，爸爸并没有直接去学校，而是带豆子去了一个阿姨家里。被阿姨让进屋之后，爸爸连坐都没坐，站在那里，好像往外掏东西一样，面对着阿姨背课文一样长篇大论地说起来。阿姨面对爸爸的滔滔不绝，显得异常冷静，半天才说一句话。与爸爸温和的语气比起来，豆子感觉她的话语像刀子一样抛向爸爸，嗖嗖地闪着寒光。而对站在爸爸后面的豆子，她几乎视而不见。后来豆子故意咳了一声，宣示自己的存在。那阿姨才将目光向下看了看她，态度不冷不热，像对待一个大人，警觉而疏远。豆子想，她的眼神真像刚才那只猫。豆子的注意力逐渐被一架旧钢琴所吸引。钢琴的盖子没有合上，黑白相间的键盘上面摆着爬满蝌蚪的乐谱。在幼儿园里，豆子知道了什么叫乐谱。豆子小小的心里很是得意，她还知道很多名词，比如：局部。再比如：观察。再比如：周密。琴的上方，爬满水印子的白灰墙上挂着一幅照片，是一个小男孩，表情严肃，一定是这阿姨的儿子了。这么严肃的脸，肯定是为这钢琴准备的。豆子很想去抚弄一下钢琴，豆子那一刻想看到阿姨鼓励的眼神。每当她想有所作为，妈妈总是用这样的眼神看着她。可这阿姨始终没有看她一眼，她跟爸爸正在语言的河流里泅渡，无暇他顾。豆子的目光转到了门口，她觉得是该走的时候了。那时她注意到门口有一只煤炉子，炉子上坐着一只水壶，水泥地上还有不少散碎的炉渣。她们家的炉子是放在厨房孩子够不到的地方，炉渣只能待在撮箕里不能出来，她家里的木地板从来都是可以光着脚丫子耍的。豆子由此得出一个结论：这个阿姨的日子不是太周密。

真不周密。真不像话！豆子恨恨地想。

爸爸牵了豆子的手从阿姨家出来的时候，豆子觉得一下子轻松起来。豆子觉得该对爸爸笑笑，表达她的开心状态。豆子笑了，爸爸没有笑。爸爸凝重的神色让她小小的心里塞满了冰块。豆子问，爸爸，那个阿姨是谁？阿姨就是阿姨，谁都不是！爸爸边说边重重地关上车门，坐在那里半天都没启动车子。豆子也不敢再问，低头抠自己的指头。过了一会儿，爸爸拧开车上的收音机，用一个指头把豆子的脸托起来，看着她的眼睛说，豆子，这事儿不要告诉妈妈，你懂吗？豆子被爸爸的严肃吓了一跳，害怕地点了点头。她觉得爸爸很奇怪，这样的"事儿"是个什么事儿呢？凭什么不能告诉妈妈？

第二天，当那个阿姨出现在招待所她们房间的时候，豆子礼貌而疏远地跟阿姨打了个招呼。她一边梳着爸爸新买给她的娃娃的辫子，一边顺便告诉妈妈，这个阿姨她昨天见过了。豆子说完，假装抱歉地看了看爸爸，她小小的心里竟然有一种复仇后的快乐。

爸爸没有再看她。妈妈说，豆子，你出去玩儿吧！豆子快快地挪了出去，她站在院子里愣了半天，没有一个人喊她。于是，她就走出去找那只猫。树还在，阳光还在，只是，猫不在了。

爸爸是第二天跟他们走的，一路上他跟妈妈都没有说话。这一次北京之行，豆子对爸爸非常失望，她期待的事情一样也没有实现。豆子对妈妈也非常失望，这样着急带她来北京看爸爸，可是对爸爸笑都没有笑一下，晚上还搂着她睡，把爸爸撇在一个小床上。在北京除了路过的一条旧街，住了一个破烂的招待所，什么好地方都没有玩儿。北京那次留给豆子的就是阿姨逼仄的家里的一架旧钢琴，还有招待所的那只大肥猫。那个见过两次面的阿姨从此就在他们的生活里消失了。

后来，豆子再想起北京之行，总是有一个挥之不去的念头，如果有机会，她会杀了那只猫——并不只是一个空洞的意念，不是一口怨气。她要彻底杀死它，把它一刀一刀地卸开，像拆碎一个玩具那样。

在路过一个服务区的时候，妈妈让豆子先从洗手间出来在外面等她。豆子看见爸爸站在门口，爸爸笑着问她，如果我跟你妈离婚，你跟着谁过？

豆子说，我谁也不跟！

那你自己怎么办呢？

我死！

她在说这两个字的时候，抬头看着远处，微微地挺起胸脯，把这两个字咬得刀切斧剁般清楚，像用电焊条把它焊接在某处一样，嗞嗞地冒着弧光，让爸爸看着晃眼，听着刺耳，想着闹心。

我喜欢她这样说这个故事，平淡之中沟壑纵横，倾巢之危里有惊无险，只是留下一道隐约的暗伤。

幺幺为她设想的小说起好了名字，叫《路过北京的豆子》，听这个名字，好像说的是一条流浪狗。幺幺有时还会问我，苏天明和金地之间的问题就悬在这里，以不解决的方式解决了吗？

我说，如果是真实的生活，肯定就悬在这里，或者说，真实生活里的人们，除了把它悬起来，晾着，没有其他更好的解决办法。然后我反问幺幺，以你的方式你会怎么处理？

"说实话，如果不是你天天给我讲这个，我觉得这就不是值得一说的事儿！"她把耳机挂在耳朵上，"哎呀，这算什么事儿啊？"

幺幺那时已经在恋爱，男朋友叫鲁嘉，是一个很不错的小伙子。

她听了半天音乐，见我还在等她，便把耳机摘下来说："如果把它当成个事儿，不说是矫情，至少算是糊涂。作为一个作家，关注点不应该放在这里。"

"那放在哪里？"我问。

"放在该放的地方，哪有那么啰嗦！这是一个微不足道的故事，根本没有疼痛，没有悬念，没有撕裂感。"她忽然涨红了脸，"我们会选择闪电式分手，甚至在电话里都解决了，怎么可能有耐心去千里之外找那个女人？"

我想说，假如你们已经生了一个或者两个孩子，组成了一个家庭，两边还有几个风烛残年的老人，还……？幺幺像看透了我的心思，立即从这个冗长沉闷的故事里解脱出来，嬉皮笑脸地说："我之所以不写作，就是害怕像你这样，整天煞有介事地跟自己过不去。都什么年头了，你不会活得轻松一点？"

是啊，她们只要活成自己就可以了，从来不用考虑别人的感受，而且，一切都可以与众不同——说话要有惊人之语，做事要有惊人之举。不管她们干什么或者怎么干，都是因为一个理由：理所当然，而绝不会有别的。既没有信仰也没有禁忌绊着她们，即使父母的脸色她们也瞧都不用瞧，她们拥有自己完整而自我的青春。我记得她考上大学后，我慎重地跟她谈了一次人生观和价值观的问题。她问我："你是以妈妈还是作家的名义跟我谈这个？"

我大为光火，厉声问道："你什么意思？"

"我没什么意思，"看见我发火她又腻到我身上，笑了，"妈妈呀，你凭什么干涉别人的人生啊？那不是你的，是我的。我喜不喜欢，舒不舒服是我自己的事。你管我一时，还能管我一世吗？"

我越来越控制不了这个孩子，我觉得她除了嘴涮，心也比较硬。上大学之后，有时候十天半月也不跟我们联系一次。逢年过节我们提醒她给老人们打个电话，她总是不耐烦地说，为什么一定要赶到节日打？我偏不凑那个热闹！

有时候，她也常常会挖掘我和她爸爸恋爱时的事，比如：你们那个时候多长时间约一次会？平时靠什么方式联络？写信时都说些什么？是不是也会经常假装闹闹分手，然后再和好如初？这样，那样，还有另一样。我如实相告。她说，真没劲，你们那时真是糟蹋了恋爱这个词，你们爱一年也没有我们爱一天丰富，爱一辈子也赶不上我们爱一年。她有时还拿鲁嘉送给她的各种各样的礼物出来炫耀，说，妈妈，我爸爸爱你这二十几年用的情，还没有我们家鲁嘉爱我二十天多。

她对我说的，我不懂；我对她说的，她不愿懂。现在我们与孩子的关系，和我们与父母的关系已经有了本质的不同。她们这一代人，不是因为拥有幸福，而是拥有幸福的方式不同，就使她们变得自高自大得目空一切，好像是她们自己创造了这一切。对来源不明的幸福的沾沾自喜，和对别人同样来源的幸福的轻视，使幸福更像一件家具，失去了它形而上的光泽。

但是，在多次被她抢白之后，我还是忍不住沮丧，晚上躺在床上把这话说给敬川。我直接截取了孩子们的思想拼贴在我的话语里，我说，其实我们恋爱的时候你并没有表达过有多爱我，我们结了婚你也只是关心我而已，我们有爱情吗？即使有，我们也不如孩子们这么会爱。敬川说，你怎么能把她们的时装穿在几十年前的我们身上？他们这一代人，每个人都不是真正的自己了，只不过是很多人投射在他们身上的影子而已，连更换伴侣也赶潮流，就像过家家。我们谈恋爱的时候要是分手了还不得死一次？

二十多年前，刚刚开始和敬川恋爱的时候，我的父母亲还是在任的地方领导，敬川家却是地地道道的平民。不过，从我的父母同意我们的婚姻开始，两个家庭就如同亲人一样，父亲和母亲丝毫都没有因为身份看轻过他们的所有亲戚。我和敬川生活这二十几年，夫妻怄气都不敢到娘家诉说，这是父母亲绝对不允许的。母亲常常告诫我，在婚姻中最有用的诀窍就是孝敬好公公婆婆，这是家庭幸福的核心。我常常庆幸我所受到的良好的家庭教育，因此我也教育幺幺，不能因条件优越而轻视任何人，也决不以地位卑下而降低自己。

那时候，敬川是个少年诗人，当年在大学生诗人里还有点小名气。当时国门紧闭，诗人里他崇拜贺敬之和郭小川，便给自己取了个笔名敬川，搁现在起这样的名字，人家肯定说是文盲。我和敬川十七八岁开始恋爱，二十一岁结婚至今，婚姻很美满，没有出现过大的情感波动。至少对外宣传上，我们的婚姻更像是一块没有瑕疵的美玉。其实，有许多辛酸不便为外人道，又其实，回首往事，真的算是美满，并没有什么足以为外人道。

敬川那时被他父母看好一门亲事，女孩的家庭很不错，个人条件也很好。所以我们俩的恋爱开始得并不是一帆风顺。敬川回家告诉父亲他要自由恋爱。当时他父亲正在独自喝着一壶热酒，听到他的话，眼睛都没有抬一下，抓起酒壶就扔了过来。敬川躲过了酒壶，但没有躲过父亲的责骂和母亲的抱怨，很久都不敢回老家。

我父亲则是一个完全彻底的职业革命者，他十几岁就参加了革命，一直到死都没有改变过信仰。曾经因为我幼年时划破一张领袖像，他很多年都不搭理我。那时我才仅仅是个六岁的孩子，为报纸上挥手的毛主席戴上了眼镜，添上了胡须，我觉得那会让他看起来稍微慈祥一些。这张被我再创作的照片被人告发，并因此让父亲挨批挨斗几乎殃及到全家。那件事情的危险程度，现在说起来完全可以当笑话讲，但是放在当时，如果是个年龄再大一点的孩子所为，几乎是要掉脑袋的，而且还要株连九族。不过随着那个时代被翻转，我在心中默默地为这个事件中父亲的作为翻案，我努力地设想，我的父亲心中当时是因为爱我，爱我们的家，迫不得已才那样做的。

但是事实究竟是什么样子，现在已经无人能说清楚了，毕竟那个时代是个可以让人变成鬼、让鬼变成人的时代。如果允许历史回放，如果当时真要杀我的头，我的父亲敢挺身而出保护她幼小的女儿吗？不，我不愿意这样再想下去，不愿意看到在公审儿女的大会上，父母们义愤填膺地振臂高呼（公审父母的时候，儿女也是如此），尽管这种真实的场景曾经上演了千百次。

也许，我们回忆起来的很多童年的东西，它的可靠性是打折扣的。弗洛伊德认为，"被压抑在潜意识中的童年痛苦经历，有时也可以片段地、不成规律地、改装地表现在日常记忆之中……不过，即使是在这种情况下，也只能是片段的、破碎不堪的，或甚至是被歪曲、被改装了的，意识决不容许这些痛苦的童年经历'肆无忌惮'地表现出来。"

那么，"肆无忌惮"的是历史，我当年的父亲还是现在的我？谁知道呢！

我这个革命的父亲，听说了我恋爱的事情后并没有吃惊，毕竟女大当嫁，天经地义。而当他通过各种渠道了解到敬川的家庭背景后，怒不可遏——敬川家"社会关系极其复杂"，爷爷当过保长，大伯是个专门与共产党作对的反革命会道门头子，表叔从黄埔军校毕业后成了"蒋校长"的忠实追随者，他在昆明与当地一个豪绅的女儿结婚，蒋校长还专门派人送去贺贴。他的六个姑姑五个嫁给了地主、一个嫁给了资本家。

那时，改革开放已经快十年了。其实一直到我父亲死，他的脑筋都是向"左"倾斜，尽管他始终被判为"右"。我父亲一生中的大半生时间是与敬川这样的家族成员生死决杀的，即使革命已经成功，也不可能混淆阶级阵线——是可忍孰不可忍！但是这样的"家丑"又不能外扬，他没让司机开车，一个人坐公共汽车赶到百公里之外的县城，千辛万苦地找到了敬川的父亲，告知他坚决不同意这门亲事，而且把不同意的理由低沉但绝不容许违拗地拍给他们。

两个白发苍苍的父亲面对面坐着，他们的历史和现实是如此云泥之别。我的父亲虽然坐拥话语权，但又为一个没有强烈政治觉悟的女儿而更加义愤和憔悴。我的公公显然比我的父亲还要排斥这门亲事，但却是出于对阶级观念长久的驯化而养成的自尊——其实，在他们的思想碰撞和交锋的那一时刻，也许两个人都有某种政治上的休克感——尽管他们都受过迫害，我父亲所受到的只是来自内部的、"组织上"的，它因为体制优势而高贵，也从而成为他的政治资本。而敬川的父亲受到的歧视和迫害则是来自整个社会，那是原罪。出身以及经历所灌输给他们的观念，使他们觉得这样的婚姻既非天经地义，也不能顺势而为。儿女的婚姻——过去需要由纵横交错的蜘蛛网般的权力和制度来决定的事情，现在可以由我们自己来解决，他们不知道怎样使这个原本简单的事情解套。在我父亲的义正辞严面前，我未来的公公并没有惊慌失措，尽管他心里的纠结使他在短短的半年多的时间里衣带渐宽，他还是用最简短且体面的语言，满足了我的父亲。

中间的曲折过程我不想再重复了，也许它并不比任何一件同类事情更惊心动魄，但对于当事者的我们来说，却是一段战战兢兢的斗争过程，就像暗夜里沿着悬崖峭壁行走，根本不知道哪一脚踏空就会坠入万丈深渊。不过，任何事情都是置之死地而后生，由于我和敬川坚贞不屈，经历了长达三四年痛苦的等待和忍耐，最后，两个不同阶级阵营的父亲终于坐下来喝了一壶和解酒，让思想解放和开放的阳光第一次照拂到我们这两个家庭。

其实离我的婚姻不远，我的两个哥哥（这两个经过解放军大学校锻炼和战争洗礼的大男人）的婚姻，却由不得他们有任何个人的意见，甚至问都没有问过他们一句。我的父母看好就是好，办了就是了。

父亲说，一人打一套家具，给两套被褥，搬单位住去。

我哥说，好。

然后，搬了。

父亲说，要在家里吃，交伙食费；要在单位吃，每人给一套液化气灶（当时那算家庭的一大件）。

我哥还是说，好。

然后，回家吃的交了，在单位吃的，给了。

公公婆婆自打见了我第一面，就表现得很疼爱了。我父亲却一直固执到我们生下女儿幺幺，他才肯与女婿搭腔。

　　幺幺满月了，我们抱着她回娘家去，正是六月天，我像一个送子观音一样托着个十多斤重粉雕玉琢的小女娃娃献给他们。那时幺幺发似黑锦面若银盆，两个大而黑的眼珠子满世界打量着她素不相识的亲人。父亲当即感动得哭了，他抱着女儿的女儿，苍老的面容注满了慈祥。他从来没有这样打量过自己的后代，那时候他还年轻，那时候任何一点风吹草动都比孩子的生死重大，那时候他所有的注意力都集中在行进中的革命队伍的步伐上，一步都不敢踏错，稍有闪失就会断送一家人的未来。

　　很多年以后我才发现，到了晚年，父亲常常会为一点小事流泪，他的心相当柔软和脆弱。原来他也会和任何一个父亲一样像个父亲啊！

5.

　　每当叙述父母故事的时候，我会常常陷入漫无头绪的回忆里。那回忆虽然是为父母而起，但是过程中却往往没有他们。他们是主角，但更像是背景，模糊的，懵懵懂懂的，若有若无的，或者说是可有可无的。他们的身影被那个时代冲洗和稀释得日渐稀薄，然而又非常沉重。他们虽然生活在历史里，但是真正的历史往往与他们擦肩而过。他们没有自己独立的生活，每隔一个月，最多是一个季度，他们就要把自己的生活、工作和思想向组织上汇报一次。除了日常生活，其实连婚姻都不是他们自己的。如果用"革命"这个充满暴力意味的词把父母拉扯在一起，显然是简单和粗暴的。但事情的确如此，是因为革命，他们才走到了一起。那个时候父亲像邻村的那些年轻人一样，被一本泛黄的书本鼓动，中断了学业，逃出家庭的羁绊，"终于找到了组织"。他在昏黄的油灯下经过短暂地培训和宣誓，就开始一知半解地理解并执行革命任务。其实他还不知道，他已经渺茫地走进职业革命者的历史里，政治的追光灯对他的映照越来越清晰了。他警惕而机械地走在城市和乡村之间，口干舌燥地向木讷的人群宣讲着政治圣经，帮助惶恐不安的他们打开大户人家的粮仓，并把从他们过去东家手上抢来的粮食和土地送给他们，告诉他们，这就是"解放"，让他们从物质的意义上来理解革命。结局可想而知。革命成功了，父亲也成功了。

我想，不管打着什么样的旗号，瓜分别人财产的"革命"，即使现在再来一次，也仍然有很多人一呼百应揭竿而起。

父亲认识母亲的时候，她才刚刚走出校门。母亲那时除了年轻和美丽，还有单纯，还有一个几代赤贫的家庭背景。对于革命事业来说，这些条件都是必须的。后来，阴差阳错，不过主要还是对红色事业的追随，让她站在了父亲身后。她像个列兵那样，只要一站在那里，就有了一种职业的忠诚，年轻的身影单薄而坚定。神圣的光芒穿透她纯洁的心灵，让她有了持久的震颤。

对政治过度的敏感，是那个时期革命者的普遍症候，类似于低烧和触电的感觉。其实，这样的感觉燃烧了几十年，一直到我们六〇后这一代才算逐渐式微。我记得我和先生春节期间关在屋子里看《激情燃烧的岁月》，他热泪盈眶，我也是。那部片子播完，我们用完了好几盒纸巾。女儿说，你们真矫情，这什么破玩意儿让你们激动成这样！是啊，那个"火红的年代"，他们这一代人怎么能懂得呢？

那时候，虽然父母都正值谈情说爱的年龄，但几乎没人关注这个问题，好像革命者都没有青春期。他们投身革命就是乐于做一块砖头，一颗螺丝钉。个人感情被搁置起来，那些偶然发生的青春骚动对自身的影响几乎可以忽略不计，或者被作为低级趣味被排除掉。在许多个深夜里，他们躺在床上，愤愤地诅咒自己那不争气的身体，那是他们真诚的忏悔。那时正处在破坏和建设的初期，百废待兴，几乎每天都有大事发生。爱情作为奢侈品从大众的生活里被流放了，生活因此而单纯起来——或许是更加复杂。

那时候，如果政治表现是他们的显影剂，那么婚姻就是他们一生的定型剂。一旦沉入到里面，自己几十年的生活就会被反复复制。父母结婚之后，虽然他们仍然都沉浸在工作中，但生活更加白热化了。日子单调而充满激情，一个又一个孩子的到来，使他们艰难地在革命者和为人父母的双重角色之间泅渡。苦难的日子在他们身后次第展开，一次又一次的政治运动冲刷着他们脆弱的神经，让他们在风浪里颠簸。父亲是一个有资格的、也非常有名的"老运动员"（"运动"这个中国特色的政治词汇，在我父亲身上，有时是名词，有时是动词，有时是形容词。是名词的时候父亲运动别人，动词的时候是他被运动，形容词的时候是说他运动的深度和资历）。我的母亲更苦，她往往在父亲受伤以后，再受一次伤。但是，他们的手在坚守和抗争里紧紧牵了起来，革命让他俩成亲，革命又让他俩成为亲人。我相信，在某一时刻，他们的感情超越了革命，（原谅我没有使用"爱情"这个词，即使现在跟他们提起这个词，他们也会非常茫然，他们根本不知道，他们曾经有过"爱情"。）母亲更加坚定地站在父亲的身后，有时候是站在他的前面——既作为他的同志，也作为他的妻子。

是的，他们首先成为同志，然后成为夫妻，后来才成为伙伴。对于今后几十年相濡以沫的日子而言，这是至关重要的考验。一个革命者，如果不是被自己打败，总是会认为真理在握，因而更具有生活的韧性。父母就是这样的人，他们从来没抱怨过什么，也没企求过什么，他们认为生活本来就是这个样子。他们无法理解上层忽左忽右的政治风向，更无法理解邻居忽冷忽热的政治脸色。一切都是在革命的名义下进行的，因而，他们觉得眼前的一切都是合理的。这种难得的糊涂，让他们活了下来。

在那些饥馑的年代里，母亲用稚嫩的肩头扛起了这个家。不管有多大的困难，她从来没把真实的苦难告诉过父亲。灾荒绵延不断，苦难一望无际。但她都咬着牙挺了过来，没有让父亲为生计而担忧。始终起早贪黑的父亲，总是把背影留给我们，就像他一直到死之前做的那样——我从来不知道他在想什么，他也从来没告诉过我们他想什么。后来到他快死的时候，他想告诉我们，可是，已经没有时间讲，我们也没有时间听了。

真的，即使现在我们谈论起他，也会很模糊，只是一个指代和象征。

也许，他们可能是另外一个模样——当我们真正讨论父母的时候，才会发现我们之间会有这么多的盲点，就像逆光里的一条河流，怎么都看不清楚。

如果作为孩子的我们都说不清楚，那么，谁能说得清楚他们呢？

我记得有一段时间，幺幺考上中央音乐学院附小，父母过去照顾她。那一年春天，幺幺患上了过敏性支气管炎，喘得透不过气来。父亲坐在她的床头，有模有样地跟她说，你妈小时候也是这样，一到春秋两季就复发，闹了好几年才治好。我在外间听到父亲的话，一下子惊呆了，真不相信这些话出自他的口。还有一次他喝了酒，对幺幺谈起往事，说他们那时因为工作忙，会把我送到姥姥家住一阵子。有一次他去姥姥家看我，走的时候我拽着他不肯撒手。他一把拽开我扯着他衣襟的手，把我搡坐在地上，头也不回地走了，走了一路自己心疼得哭了一路。

我的天！他还记得我的小时候吗？他是什么时候、用什么方式记住我的？难道我在他心里还曾经占有过那么重的位置吗？

现在想起父亲说的那些话，我泪流满面。可在当时，我只是震惊了一下。

也许，孩子记忆里的父母，总是孩子想要记住的样子，而父母记忆里的孩子，则往往是他的全部。过去古人说，养儿才知父母恩。也许只有我们有了把自己的孩子慢慢养大的经验，才能懂得父母。父母活着的时候，我们因为不懂他们，让他们成为陌生人，父母死了之后，我们因为懂得，才让他们又重新活了过来。

只不过是，子欲养而亲不待。

可是，父亲除了让我们回忆，他还在哪个意义上是一个父亲呢？

他们这一代人的生活，贫乏得一句话就可以说完，但是又丰富得像一条饱满的河流。可以说他们基本上没过过好日子，也可以说，好日子都让他们过完了。他们没有犹豫和彷徨过，只是习惯于服从和忍耐，但又会用热情填充每一天。他们不会为一段虚无的感情而痛不欲生，更不会为彼此的忠诚而提心吊胆。有时候，他们会静静地坐在一起，半天都不说一句话，不是无话可说，他们每一个细小的动作都是丰富的语言。他们都太了解对方了，因为从他们结婚的那一天起，彼此都活在对方的生命里，虽然是以革命的名义。

我父亲活到七十七岁，无疾而终，对上帝赐予他的死亡方式，我满意。"他没有死于任何疾病，他只是死于死亡本身。"没有比这更纯粹更利索的死了，这也许是他一辈子都喜欢顺从的最好报答了。父亲咽气的时候除我和敬川正在赶回家的路上，别的孩子都在身边。他走时什么也不曾交代，是来不及了还是最后一次听天由命呢？我想，肯定不是来不及，可能他觉得还有一大段无人打扰和干涉的日子在前面等着他，他要认真地想一想，然后再从容地安排吧。

等我们走到的时候，看见他的头朝着我工作的那个方向，这绝对不是一个巧合。我相信在他生命的最后一点空白里，留着他的这个和他一样固执的女儿。我扑过去握住他的手，就像小的时候曾经有过的那样。从懂事的时候起，我再也没拉过他的手。我望着他安详的神态，突然觉得爸这个字眼儿，只有变得抽象之后才是如此具体，轻飘之后才是如此沉重——重得如一次真正的死亡。

6.

敬川出事之后，我的生活完全被打乱了，好像自己的人生突然被人夺走，又塞给我另外一个。我从来没有觉得自己的家这么荒凉过——实际上没有家了，只不过是一套房子。

我穿过每一个房间，好像走在荒无人烟的沙漠里。干净、整洁，这些过去用来称赞一个家打理得井井有条的词语，现在却充满了暗示和嘲弄——这个世界是有人整理的，到处都有秩序——可是在家里，在我的家里，这些词语竟显得如此狰狞和残酷。只剩下我一个人了，我自己。来是我自己，去也是我自己。

死也是我自己。我自己死。我自己知道。

卧室显得格外的大。在我们几十年的夫妻生活中，除了书几乎没有什么共同的爱好，每次回来，他总是找到他上次回来读的那本《百年孤独》，盗版，于娜翻译的（后来才知道在2011年范晔翻译的版本出版之前，所有的都是盗版）。这个版本，他说翻译得最好，就买了好几本，车子里住室里放的都有。他断断续续差不多读了有一百遍。我们家的这一本，他最后一次读到 252 页，在这段话下面画着黑线："当霍恩阿卡迪奥第二天醒来的时候，他仰面躺在一片黑暗之中。他发觉自己是在一列正在行驶的没有尽头的寂静的火车里。他觉得头发已经被鲜血凝成硬块，浑身骨头疼痛。他瞌睡难忍，想长长地睡上几个小时，避开恐惧。他朝疼得轻些的一边侧过身去，这时，他才发现自己躺在死人身上。"

他出事半年后我才翻开这本书，禁不住浑身发冷，好像置身在一群孤寂的死人堆里——抑或是只有陷入那样的情景里，才有可能与死人对话；也许只有与死人对话，才是话语最本质的功能。

在幺幺的房间里，她从小到大喜欢的东西都还保留着。她的娃娃。七岁那年爷爷给她买的读书灯。她的影集。她从开始会写日记时就保留下来的日记。

每天幺幺回来第一件事就是找爸爸。每个房间都找遍，如果找不到，她就闷闷不乐地像大人一样坐在那里沉默。她喜欢爸爸给她讲故事，一直讲到晚上她睡着。

她像一只雏鸟一样长大了，飞走了。看着她留下来的一切，我的心也是一片疼痛——除了对父母满怀的愧疚，作为父母，我们对得起孩子吗？过去我们总是嫌她自私、偏执、不懂得体恤父母，可是，我们给了她生命，却又一点一点地从人格上把她消灭掉，而且还把这叫做爱！

幺幺过七岁生日的时候，突然跟我们提出来学钢琴。我们试图劝说她，改学别的什么。因为我知道，孩子学钢琴除了她自己的倾心投入，主要耗费的是大人的心力，我和她爸爸也确实抽不出时间来陪她。但她坚决不听我们的劝告，一定要学钢琴。

为了慎重起见，我找了几个懂音乐的朋友，测测她的音准，看看她的指头。对她各方面的条件，朋友们都没什么说的，胳膊手指都够长，对音乐的感受力也不错。但是说到学钢琴的难处，大家都摇头。"你知道有多少孩子学钢琴吗？"一个在中央音乐学院当老师的朋友问我们，"跟咱们国家的军队人数差不多！你掰着指头数数，全国每年能培养几个钢琴家？真正成功的钢琴家，从解放以来有几个？"

我们都沉默着，看着孩子。不管是钢琴家或者什么家，我们总觉得她应该比我们强，她必须比我们强。我们常常用望子成龙把这种自私包裹起来。

"我就是要学钢琴！"她眼睛直直地瞪着那个朋友。

"好吧——！"我长出了一口气，终于把这副担子放在她肩上了，并获得了某种优势，因为这是"她的选择"。"说好了，可不许反悔。"

"肯定不！"这个从小就倔强的孩子斩钉截铁地说。

可是，以后的实践证明我们都错了。我们都没有那么坚韧，最后还是退却了。尤其是她爸爸，去琴房陪她练过几次琴之后，坚决让她退出了琴童队伍。

若不是亲历过一个学琴孩子的成长，我无论如何也想象不出她们有多辛苦。再重新来一次，怕是给我十倍的勇气我也不肯让孩子再走那条路了。钢琴，钢的琴，锃亮的木壳子里面，几乎全部是钢，孩子要用细细的指头在钢上敲出音乐来，而且每天是七八个小时的练习，就是一架机器也受不了。她瘦小的身子俯在琴键上，弹半个小时，额头上就会沁出细细的汗珠。孩子练琴的琴房是个只有几平方米，像洞穴一样的小屋，只放得下一架钢琴。

那时我就想，在中国，每一个儿童的生长空间，比么么所处的这个琴房大多少？都说中国人不会笑，从儿童时期他们就笑不出来了。他们对周围世界还没来得及了解，就一头扎进对他们今后成长至关重要的重重武装包围之中。《汤普森练指法》、《拜耳练习曲》、《少儿英语》，这些远离我们生活的东西，被我们填鸭似的塞给他们，世界上最尖端的东西，他们都耳熟能详。而生活中必须的东西，他们几乎都没弄明白。我记得有一次，上了初中的么么这样问我：堂亲和表亲怎么区别？

我哭笑不得。还有多少孩子不知道，洋葱是长在地下，西红柿是草本植物，骡子是马和驴交配产下的后代，而且还分为驴骡和马骡？

除了弹琴，她的课业负担也是重得不可想象。每天早晨不到七点就得起床，我们通常是在她睡梦中帮她穿好衣服鞋子，系好鞋带。到开始洗脸的时候她才慢慢清醒过来，匆匆扒两口早餐就得往学校跑。

从她开始上学，我就像进入了一条黑暗的隧道，不知道什么时候能见到光明。中午、傍晚、直到深夜，都得一分一秒地

■ 她瘦小的身子俯在琴键上，弹半个小时，额头上就会沁出细细的汗珠。

计算上音乐和文化课的时间。我们不敢懈怠，每天都战战兢兢，她的成绩稍微有所下降，在家长会上就会被点名。(学生某某某，本周学习成绩急剧下降，原来在我们班的排位是第几，现在是第十几，甚至是几十；造成我们班在全校的名次从第二名降到……我们相信你和你的家长，不会给我们的班级抹黑。但是，如果再不加紧努力，就来不及了。)

开完家长会，我的心情非常沉重。走在路上我就想，孩子们的生活才刚刚开始，什么叫来不及了？他们是在跟谁竞赛？好像现在已经临近世界末日，好像他们是失足落水的孩子，如果不抓紧把他们捞上来，就会被河流冲走似的。

这个本该像蝴蝶一样飞翔的孩子，却像一只蜜蜂一样一刻不停地劳作。除了学校，在家里我们也从来没有放松过，我们总觉得她有无数的可能性，我们把生活拖欠我们的，统统压在她身上。她因为是我们的孩子，就得承担我们未竟的梦想。她不能有自己的梦想，我们的梦想就是她的，在她还没成人之前，我们已经替她打造好了。她无异于我们的一个长工。

幺幺每天待在学校的时间有十个小时以上。她很小就懂得了语法，勾股定理，南湖上的红船和每一课课文的中心思想。而且老师告诉她们，这要怎么做，那要怎么做，另外的要怎么做，却从来没有告诉过她们，人要怎么做。除了教给她们禁忌，很少有她们成长所需要的东西，也从未告诉过她们这么一个基本的常识：除了法律明确禁止的，她们什么都可以做，没有任何东西是天经地义非得如此不可的！

"纪律！纪律！还是纪律！"老师们敲着桌子这么说。

幺幺每晚做完所有的习题，还得再写十几页生字（所有课本上新学的字，不管你会不会读和写，一律称为"生字"）。爸爸一趟一趟地去看他辛劳的孩子，后来实在不忍心，就把幺幺拉起来说，你去睡觉吧，爸爸替你写。

幺幺说，要是被老师发现了怎么办？

我们都怔在那里。这是个问题吗？或者说，我们把它当成个问题过吗？

也许，并不一定只有在中国这才是个问题，但这个问题如此广泛地被冒犯，却只发生在中国。谁都知道怎么办，家长知道，孩子知道，老师也知道。因为它太普遍，所以不称其为问题了。只有敢于藐视诚信，才是我们成熟、智慧的一部分。其实，在孩子的成长过程中，这样的问题非常非常多，而且我们还必须面对并最终接受它。我们对孩子的"爱"总是那么精致和小心翼翼——新衣服一定要漂干净才穿，补钙要美国进口的液体钙，定期查看他们的粪便颜色，房间每天都要通风透气半个小时以上……然而，我们却把腐朽得发黑的思想病毒完完整整地复制给他们。这样做的危害我们并不是不知道，但是，我们更知道，如果不这样做，危害肯定更大。

一个诚实本分的孩子，将四处碰壁，成为一个废物。

从幺幺二年级的下半年开始，我们就打定主意不让她再到学校去了。我尝试在家里带孩子一边学习文化课，一边学习钢琴。大量的时间是我们一起阅读。到现在我还认为，课外阅读是孩子增长知识最为关键的因素。

她最喜欢的小说是《哈克贝利·费恩历险记》，以至于有些段落她能一边模仿费恩的动作，一边完整地背下来：

"'说实话吧，你真名是什么？是比尔？还是汤姆？还是鲍勃？——还是什么？'

……

'乔治·彼得斯，大妈。'

'好吧，你可要记住啊，乔治。别忘了，待会儿一出门，又对我说你是亚历山大！你可别再穿上那件旧花布裙子到女人跟前去转悠。你装大姑娘可真是够差劲的！不过也许你能哄哄男人。老天保佑你，孩子，拿起线来认针时，别拿着线不动，一个劲把针往线上凑。你要拿稳了针，把线往针上穿才行。女人总是这么穿针的，而男人总要反过来。以后砸耗子或者别的什么东西时，要踮起脚尖来，手要举过头顶，尽量做出笨手笨脚的样子，别砸中耗子，得差上个六七只远。扔东西的时候，胳膊连动肩膀僵硬地甩出去，像是肩膀那儿有个轴可以转动似的。反正得像个姑娘，不能使手腕和胳膊肘，用胳膊甩到一边去，那就像个男孩子。你还要注意，女孩子往怀里接什么东西时，总是把两膝分开的，她不会像你接住铅块那样，两腿一夹。怎么着？你穿针引线的时候，我就看出你是个男孩子啦！'

……"

孙老师是幺幺的第一个钢琴老师。这个美丽温柔的年轻女人，有着孩子般的性格。她非常爱笑，也很爱唱，这在枯燥乏味的钢琴教育中极其重要。她把孩子的兴趣一点一点地培养出来，对音乐的理解更多的是在钢琴之外。她是大学教师，内心里的浪漫，会带着她走很远，直到溢出自己的年龄和职业边界。

但是，像大多数喜欢浪漫的女人一样，她的婚姻很不幸。浪漫是恋爱的发酵剂，却是婚姻的毒药。女人不会在恋爱里浪漫是过失，在婚姻里浪漫，则是罪过。

么么只用了一年的时间就弹完了"汤普森"，孙老师带着她参加完三级考试，就把么么介绍给了她的老师、钢琴教育家容老师。据说，容老师是著名钢琴家刘诗昆的同学，名气很大，脾气则更大。很多在她手下受过教导的孩子，都是谈虎色变。她上课时几乎不容许出现任何差错，稍有失误，戒尺就拍在手上，一堂课下来，孩子的手都被敲青了。

她常常挂在嘴边的一句话就是："刘诗昆也是打出来的！"

容老师虽然是和老伴一起过日子，但是我们从来没有见过她老伴，在她的生活里，他像个隐形人一样。容老师说起他来，好像是说起一件东西。他们的儿子在国内一个著名的乐团弹钢琴，也很少回来看他们。没人知道她的婚姻生活是怎样的，即使后来我们很熟悉，也不曾了解到。有一次在一起吃饭，我问起过这个问题。她一直看着眼前的饭菜，不紧不慢地咀嚼着，好像没听见我的话似的。此后我再也没再问过。

过了很久，一位音乐界的朋友谈起她，说她年轻的时候非常浪漫，（又是浪漫，罪过！）虽然结婚生子了，整天还像个小姑娘一样嘻嘻哈哈的。她老公在坦桑尼亚帮助人家修铁路，她跟一个波兰的留学生好上了，爱得死去活来。后来老公回来，留学生走了。她的生活像短路了一样，再也没有恢复。

我让孩子中断弹琴，从内心来讲，可能也和她这两个热爱艺术的老师的婚姻经历有关。

幺幺平均每天要弹六个小时的琴，她累得受不了，就会趴在钢琴上哭。我被老师安排的功课逼迫着，并不肯心疼她，看见她哭，就做出要合起琴盖的样子吓唬她。我说，你现在知道哭了，当初你是怎么说的？（当时我把担子卸给她，不就是为了痛痛快快地说这句话吗？）现在后悔还来得及，咱们不再学了！她马上扑过来用瘦小的身体护住键盘，说，妈妈我错了，我好好弹。说真的，看着她这个样子，我坚强的内心在一点点崩塌，真的希望她说不弹了。我几乎没有勇气再坚持，不知道什么时候可以停下来。许多事情，一旦开始，一旦进入固定的轨道，就不是一个人能左右了的。

若是姥姥和姥爷在，姥爷便会不讲道理地袒护她。老人们什么都不懂，听见乒乒乓乓的声音，就觉得外孙女能把一架琴弹得这么清脆响亮多了不起，还有什么好练的？我那时真的很生气，便大声地驳斥父亲，我们这一茬人已经被荒废了，什么都没有学过，还不都是因为父母无知？现在我怎么能允许你们再让我的孩子撂荒！父亲吃惊地看着我，半天才回过神来，然后伤心地说，你真是这样想的吗？

我真是这样想的。真的！

我父母亲都是这样的人：随遇而安，没有一点野心，生活把他们放床上他们就睡床上，放地上就睡地上，绝对不争取不抵抗。他们进入晚年后，对孩子更是不抱远大的期望，他们鼓励我们努力，教导我们做正直善良的人，我们有安定的工作和平安的生活他们就已经很满足了。对于孙辈更是得过且过，为此我常常生他们的气。事情完全颠倒过来了，常常是我对他们满心的恨铁不成钢。我原来在机关做行政工作，后来改行做专业作家。妈妈经常发愁，说你整天都不干正事儿，写什么啊写，哪有那么多要说的事儿？我父亲的口才非常好，当了几十年的地方主官，从来不用秘书，大小会议讲话都不用讲稿，出口成章。父亲对文字应该是很敏感的，但是我写的小说他看都不看一眼——不过也不尽然，有一次他住在我们家，我去他们的房间找东西，看到我的一本小说集正被他捧在手上，他见我过来像火烫一样地丢开——有老朋友祝贺他，说你女儿很了不起，写了那么多文章，他只哼一声表示不屑。在他的儿女里，他和母亲可能觉得我是最不务正业的一个孩子。"写作"这件事，在他们宏大而空虚的生活词汇里，估计连一个职业都不算，只能算是一桩投机，甚至连手艺活都不如。尤其是我的父亲，他这一辈子没有任何谋生的本领，除了干革命——开会，检查，汇报，政治学习，组织活动，这是他生活的全部，一旦没有了这些，他就完全脱离了"生活"，家只是他的一个壳。

幺幺上初中的时候是寄宿制。现在我想，她能从那个学校里走出来，而且心理还这么健康，多亏了我父母的影响。她基本上算是被姥姥姥爷带大的，她的性格中有许多姥爷的影子，大脾气，再过不去的事，只一会儿就想开了，而且从来不计前嫌。致命的遗传就是不要强，上幼儿园时孩子们每天都为争取小红花高兴或者不高兴，她从来都一副无所谓的样子，说，要那干嘛，买一张红纸可以做一大堆。上小学仍然是我行我素，粗心大意，每一次考试总要被扣分，而且总是能找到借口和退路。她说又不是不会，下次给你们考个一百分看看！结果永远都没拿到过一百分。她参加钢琴比赛得第二名，说下一次看吧，下一次仍然与第一名无缘。我们常常为幺幺的达观欣慰，觉得孩子这样也好，将来遇事不至于太脆弱（幸亏她不脆弱，否则后果不堪设想）。但同时也不无忧虑，她这样的个性注定了她的未来，她不会成为一个好的音乐家，或者其他什么家，她缺乏走到最后一公里的毅力。

高中三年级，她非常要好的一个同学出事了。这个名叫小静的孩子曾来我们家吃过几次饭。她是个复读生，像她的名字一样，文文静静的，一说话脸就红。可能因为受不了家庭和学校的双重压力，小小的年纪就开始早恋。家里知道这事后，专门让老师安排几个同学监视她。一个下雪的夜晚，天气预报说最高温度只有零下十七度。她趁大家都蒙头大睡想翻窗逃出去，抱着下水管道向下滑，不成想管道上面全都结成了冰。像根自由坠落的冰棍一样，她呈加速度撞向了地球。

"第二天早上，我们被召集到楼下，"幺幺在日记里写道，"她的身体已经成了一坨冰。不知道是因为冷还是怎么的，我们都浑身打着哆嗦。没有一点声音，也没有人哭。

送去火化的时候，我求妈妈跟我一起去了。举行了一个小小的告别仪式，没人能把话讲完，大家都哽咽得说不出话来。小静的妈妈跪在她的尸体前面跟她告别，一头栽地上昏了过去。我过去告别的时候，看见她的丧衣下面都湿透了，不停地往下滴着水。她体内的冰，不知道什么时候才能融化完。

当她被搁在焚尸炉的架子上往炉膛里推的时候，我看见了红红的火舌，像一群怪兽的爪子，疯狂地挥舞着。那炽热的火是鲜活的，而冰凉的她是死的。"

她在日记本上用一整页写下一句话："原来，死离我们这么近！"

直到幺幺考上大学，才回过头来抱怨我说，妈妈，我们住的小区里有那么多孩子，我一个朋友都没有。我常常看着他们在楼群外面玩闹，你一次都没让我去和他们玩儿过。我无语，她怎么也不会明白，在她失去结交朋友的机会的时候，我的朋友圈子也消瘦得像一层薄膜。我承认自己是一个无比失败的妈妈，若是日子能回过头来重新走一次，我宁可她什么都不会也要给她一个快乐的童年。但是，上帝不会让任何人走回头路的，你生命中的所有一切，都是你该有的。如果没有，就是你不该有。

那一刻，我突然就接受了我父母的活命哲学。

7.

从上初中开始，我和陈琳的关系就非常好。后来我们两个的家又分在一栋家属楼上。那时候，我曾经觉得陈琳这个人比较简单，也很上进，没有那么多的啰嗦事，而且我们的孩子也都在一个班上学，有时候忙不开还要互相帮忙接孩子。敬川因为在区里工作，待在家里的时间很少，他和陈琳的老公周健虽然打交道很多，但是关系始终是非常客气的那种，平时遇到了也是互相客客气气地问候一下，并没有过多地交往。那时周健跟着市长当秘书，后来还兼任市政府的督察科长。开始敬川对他敬而远之，一方面是他的狷介性格使然，另外一方面，在敬川的朋友圈子里，对周健的评价不是很高，有人说他喜欢见风使舵，有人说他心机太深，还有人说他钻头不顾尾。

后来有两件事改变了敬川对他的看法。一次是因为城市道路建设，市区有一条道路，叫工区路，年久失修，因为穿过两个破产的厂子，很多失业的工人就在路上搭建了临时房屋，经营小吃、生活用品什么的。为这一条路的建设和管理，市里和区里皮球踢了很多年，历经过好几任市区领导都没有解决。这条路如果不修，影响城市的形象不说，还影响市领导的政绩。每次国家级卫生城市检查验收，都是在这里出现梗阻，要么是厂里的工人代表晚上偷偷往检查组的住室打电话举报，要么下来视察的领导车子被拦下，搞得市区都很头疼；这条路如果修，工人搭建的房屋虽然是违章建筑，但是经过数年的经营，已经形成了事实上的产权，无偿拆掉根本不可能，拿钱赔偿一来数额太大，二来害怕形成连锁效应不好收拾。

敬川当了区长之后，想着市区共同努力把这条路给修了，市里出钱，区里出力。他拿着区里的修路报告，通过周健找市长汇报。周健接过报告看了半天，笑了笑说，这事儿你是真想办，还是像过去前几任那样，做个样子给老百姓看？敬川说，军中无戏言，这报告是区政府集体研究的意见。

如果是这样，周健说，你回去把报告改了。敬川问，怎么改呢？周健又笑了笑，说，我要再细说，就过界了！他看着敬川一脸茫然，便叹了口气说，你没想想，这个事情拖了二十多年了，谁不知道它的难度？虽然市长是新来的，但是拨出这么多的银子，肯定要上市政府常务会，这事儿一上会不就露底了？敬川问，你的意思是？周健拿起笔，把"请求市政府修建道路的报告"唰唰划拉掉，改成区政府主动要求承担修建这条道路，请市长过去视察，现场给大家鼓鼓劲。敬川想了半天，很是佩服。临走，周健送敬川到楼下，又说道，论职务你是领导，论年龄你是老弟。你要知道，细节决定成败。这件事要想办好，第一，你要把握好当地的居民，只擦粉不能添乱，一定要让市长有面子。第二，你只装愣，可别要小聪明，不能做成夹生饭。

敬川说，你要相信人们群众的智慧。

过了没几天，市政府办公室通知区里，市长要到工区路视察。一大早区政府就组织一群离退休老工人在现场等着。市长的视察队伍一下车，老工人们就鼓起掌来。一个七十多岁的老工人过去拉着市长的手说，昨天听说市长今天要来视察，我一夜没合眼。我们盼星星盼月亮等着市领导来看我们，今天终于等到了！一个老奶奶拿着一封信递给市长，说自己的孙子孙媳妇，就等着这条路修通才回来成婚，这修路架桥可是积德行善的好事儿！等喧嚣平静下来，市长看了看大家说，我一来就听说了这条路，据说难度很大。但是，难度再大，有我们老百姓的幸福大吗？大家起劲鼓掌欢呼，市长停了一下，提高了嗓门说，今年市政府就是有天大的苦难，也要勒紧裤带把这条路给大家修通！

周健把敬川往前推了推。敬川赶紧上前向市长大声汇报说，这条路区里准备修，只要有市长一句话就行了。市长正色道，你们嘛，就不要和市里争功了，修路我亲自挂帅，区里负责搞好配合，让人民群众满意是最高标准！他转身拉着刚才那个老工人的手，说，再也不能让大家为这条路睡不着觉了！

路很快就修好了，成为市区的一条景观大道，并被更名为爱民路。

第二件事是因为区里和市里的一次纠纷。当时市区部门之间的管理职能交叉，发生摩擦也是常有的事。过去的处理往往是不了了之。这一次是区环卫局在清理建筑垃圾时，与市环卫局发生了冲突。双方冲突的原因完全是利益之争，清理出来的建筑垃圾可以卖给筑路公司修高速公路，所以两家都来争夺。虽然市里来的人多，设备也先进，但是他们在老百姓中的影响不是太好。结果，区环卫局领着群众把市环卫局的车队包围了，最后双方发生了殴斗，一些车辆被砸坏，部分工作人员被打伤。

刚好那天敬川患感冒在家休息，把电话全部关闭了。第二天早上起来一看，手机上竟然有一百多条呼叫转移信息，还有十几条文字信息，要求他八点钟之前赶到市政府会议室参加紧急会议。等他赶到已经八点半过了，看见周健在主持会。周健看见他过来，连忙走了出来，说，你怎么亲自来了？敬川说市政府办公室通知他来开紧急会。周健说，你赶紧回去吧，什么紧急会！这事儿不用你管。他疑疑惑惑地离开会议室，刚上车离开市政府不远，周健突然打电话来，说会议已经结束，事情已经解决好了。敬川说，才几分钟的时间就解决好了？周健说，那当然！是你们区里打赢了嘛，肯定好解决了。如果你们打输了，这会议可得好好开！

敬川一时没明白他的意思，就把区环卫局长找来问问情况。区环卫局长说，这事儿是市长安排市政府督查科了解情况的。双方在那里汇报经过的时候，市里告状说我们打赢了，他们吃亏了；我们说他们打赢了我们吃亏了。谁知周健一拍桌子说，什么输了赢了的，要是让别人听见不笑话你们吗？都是政府的工作部门，只要你们一动手，双方都输了，哪还有赢家！各自回去检讨自己的问题，三天以内把检查送过来，市政府要看你们认错的态度，再做处理！

环卫局长笑着说，事实上是我们打赢了，终于出了一口恶气。

敬川看了看他，什么也没说。

等环卫局长走后，敬川给周健打电话表示感谢。周健说，你可能觉得我是从个人感情出发才帮助你，错了！其实这是大局，如果没有区环卫局的环卫工在一线兢兢业业地扫地掏大粪捡垃圾，我们这个城市早就被垃圾埋住了，所以我帮助你也是在帮助自己嘛!

后来,敬川当了书记之后,不顾很多人的反对,坚持把周健调过去当常务副区长。而再后来发生的那些事,除了让人唏嘘和沉痛,留给敬川的,不知道是什么样的感觉,即使到现在他也没说过。

8.

幺幺总爱缠着我,让给她讲我童年的趣事。事实上那寂寞、单调、让人孤独无依的生活往往使我战栗,以至于有很长一段时间我拒绝回忆。可那些林林总总的往事,却常常像春野里的青草,在不经意间长成茂密的一片,根子深深地扎在生命里的某个地方。

我曾经写过一篇散文《纸裙子》,纯粹是写给幺幺的,这篇散文后来获得了一个著名网站的征文一等奖。那就是我的历史,每当幺幺用童稚的声音在屋子里大声朗读它,我就不得不在她稚嫩的声音里一次次地走回去——我的童年是在北方一个破败的小城度过的,那时候,父亲在那个地方当一把手。尽管我出生时正是最贫瘠的岁月,妈妈也总是千方百计地让我们穿得得体一些。我的同学和玩伴,都是些衣衫褴褛的农家娃娃,他们纯朴而又愚钝,善良而又狡黠。实际上,除了穿着有区别,那时候我们的童年是一样的——虽然在那个制度下,早晚有一天我们的生活会截然不同地分岔,但我们在一起的时候,是没有阶级界限的。我们整天奔跑在野地里，天高地阔，我们却很渺小，由此我们幼小的心里生满了敬畏。我们敬畏一切老的东西，一棵老得满身是洞的柏树，一头老牛，一座老房子。

没人玩儿的时候，我常常坐在夕阳下的田埂上望着哗哗的杨树林发呆。春天来了，河水在很远的地方默默地流着。我的思绪却总在逆光的地方闪烁，想象着一条蓝底白花的裙子，想象着一辆有着巨大轮子的卡车驮着我们远远逃离这卑琐破败的小地方。因为比他们读书多，我懵懵懂懂地知道了外面的世界，因此，我总是渴望过一种非凡的日子。童年的心里盛满了忧伤，早熟的心事常常在夜晚把枕头濡湿。

我出生在一九六五年那个青黄不接的岁月里，那时候，中国刚刚从饿殍遍地的噩梦里走出来，但是对饥饿的恐惧还远远没有消失。实际上，饥饿一直都蹲在每一家的门口，主宰着大部分人的生活。虽然我的父母都是领导干部，但是日子依然过得紧巴巴的。据母亲讲，因为怀我的时候营养不良，我出生时才三斤多重，胳膊只有拇指那么粗，看起来像一只猫仔，完全可以装进父亲那宽大的鞋子里。

因为我的出生，父母实在没有能力照顾三个孩子，最后由组织出面找了一个世代赤贫"组织上信得过"的家庭，把我大哥送过去寄养。听到这个消息，大哥一声都没哭，木呆呆地坐在小板凳上，等着母亲为他收拾东西。那个年代，我们懂事特别早，都能从父母的眼睛里读出东西来。母亲带着为他收拾好的一个小包袱，把他送到单位派来的一辆车上拉走了。那时候，父亲不是正在被斗争，就是走在被斗争的路上，连挤出时间回家来跟大哥见一面的工夫都没有。送走大哥后，母亲坐在屋子里一直哭。父亲回来只问了一声，走了？母亲点点头。父亲就坐在床上拼命抽起烟来。那天中午全家人都没吃饭。

　　大哥去的是一户极好的人家，虽然穷困不堪，可是待大哥像自己的亲儿子一样。大哥刚过去的时候，喊那家女人奶妈，过了不久就开始喊娘了。两年后，大哥重新回到这个家来，像变了个人似的，整天闷着头不说话，跟全家人也都疏离得很，尤其是对父母，冷漠得像是陌生人。在学校里，如果他的弟弟我的二哥被人欺负，他连看都不看一眼。一直到他结婚生子，我觉得他都没有真正改变过——直到我父亲死，直到我家遭遇变故，他才真正找到在这个家的位置——逢年过节他都要去奶妈家，也许那才是他心中的家。

　　在随后的几年里，我一直长得很慢，但是对书本与生俱来的喜欢却迅速超过对食物的欲望。两个哥哥也喜欢读书和幻想，他们放学后用粉笔、毛笔把所有的院墙和家具涂满字画。因此，这直接刺激了我对汉字的亲切感，五六岁时我就能翻看父亲的报纸（也因此让我们父女反目成仇），把能找来的几本小人书读得倒背如流。因为家中无人照管，过了五岁我就跟着两个哥哥上学了。

　　我的姨父母都是上个世纪五十年代的高材生，他们拥有的大量藏书滋养着我们兄妹。说来让人难以置信，很多中外名著诸如《红楼梦》、《青春之歌》、《钢铁是怎样炼成的》，我都是在小学三年级以前似懂非懂地啃完的。也许这是那个时代最畸形的产物——我们所受的正规的教育，一直都没有正规过。而不正规的教育，却是最正规的。我们在课堂里读的课本，据说大都是手上长满厚茧的工农兵们编写的。除了从课本上了解氮磷钾和各种害虫，学生们最熟的课文是，第一课："伟大领袖毛主席万岁！"第二课："伟大的中国共产党万岁！"第三课："我爱北京天安门！"在一片震耳欲聋的呼嚷声里，我独自坐在墙角，把一本本砖头一样的书吃进肚子里。保尔柯察金那冻裂的伤口和冬妮娅厚厚的皮大衣，贾宝玉那凄凉的呼喊，（"趁着你们都在眼前，我就死了，再能够你们哭我的眼泪，流成大河，把我的尸首漂起来，送到那鸦雀不到的幽僻去处，随风化了，自此再不托生为人，这就是我死的得时了。"）像一幕幕话剧在那四面透着寒风的教室上演。

不过，那个时候我们几乎没有个人的梦想，不管是谁试图托举一个小小的梦，都会被粗暴的现实一脚踏碎——我们的梦想也是由国家包办的，当一名人民解放军去解放全人类，或者当一名工人，成为一颗祖国需要的螺丝钉。

从幺幺会玩玩具之后，买玩具几乎成了我的癖好，以至于她的房间成了玩具超市，而且还不断地更新。其实这玩具一半是买给她，一半是买给我那残缺不全的童年的。我们家和一对南方下放的知识分子夫妇处邻居，尽管他们家的生活也一样拮据，但偶尔会有包裹从一个叫"南京"的神秘地方寄来，有布娃娃、小汽车，还有一些乳酪干、奶糖之类的东西分给他们的三个女儿。

那些洋里洋气的东西不管是说起来还是听起来，都好像来自另外一个世界，让我们惊羡得眼睛发绿，也成为我童年遗憾的渊薮。唯一让我得到补偿的，是我的小哥哥会用黄泥制作许多有轮的小汽车、驳壳枪，还有各式各样的"饼干"。偶尔我们吃到的饼干，把它称为面疙瘩更恰如其分，面粉里放点糖（后来知道大部分是糖精），烘烤一下就是饼干。糖块也只有用红薯熬制的硬黑的小方块，跟我们口袋里擦黑了的橡皮差不多。我常常偷一些妈妈装在瓶子里的白糖（放在橱柜最顶端的那一格，用医院里淘来的治疗蛔虫药的广口瓶装着）当零食，偶尔吃到一次牛肉，就偷着切一块放在口袋里，一丝一丝地撕着吃。如果天气允许，能吃一个星期，味道实在是好极了。

我最开心的事情就是哥哥们（我想不起来他们是因为什么理由重新成为玩伴的）找来一些小玻璃块，涂上色彩和人物，用手电筒照在墙上，一幕幻灯剧就在他们不伦不类的解说中上演了。有时候猪八戒还没下台，一个眉目不怎么清晰的解放军战士就上了场，他的枪和猪八戒的耙子还真不好分辨，让我常常搞混。他们除了开电影公司，还办报纸，不过发行量仅限于我们三个人。大哥写发刊词，然后就抄上一些三句半对口词之类的。二哥负责画插图。最辉煌的一次，是我那别出心裁的二哥用一张大牛皮纸给我做了一条带褶的长裙子，用蜡笔画上图案，我穿上在屋子里飘飘欲飞，稀里哗啦地绕圈子。他们前仰后合地评论着，让我的表演更具现场感。估计那是中国最早的时装秀，想来如果我的哥哥搞设计，能够进军米兰时装周也未可知。我非常喜欢这条纸裙子，放了很长时间都舍不得扔掉，后来还是在一次次搬家的时候弄丢了，让我伤心不已。

每搬一次家，父亲就爱在门口开垦一片小菜园。不管到哪里，他都习惯带着他的土地和农民生活方式。我们趁机在他菜园的田埂上种上甜瓜和花生，在等待瓜果成熟的日子里，我常常夜不能寐。

父亲和母亲总是无休止地开会，整晚整晚地把我们扔在家里。记忆里的母亲除了让我们吃饱穿暖之外，从没有时间爱抚我们，因而今天做了母亲的我也不会和女儿亲昵。我们没有任何一个孩子在父母面前撒过娇，那是不被允许的，不仅不被我的父母允许，在我的童年玩伴里，没有见过谁会撒娇，那是资产阶级的生活方式。我记得小姨他们相对象也是在众目睽睽之下进行的，大家都正襟危坐，每一句话都是经过慎重斟酌的，没有寒暄，也没有过门，双方只是煞有介事地把自己的基本情况如实交代一下，好像审案子一样。所以，我记忆里的母女程式根深蒂固地影响着我，么么小的时候在我面前撒娇，我也会一把把她推开。

最让我们兄妹头疼的，莫过于那个姗姗来迟的小妹。爸妈去开会，留下一群惊魂甫定的小孩子，还要照管一个更小的娃娃。大哥围上妈妈的头巾，背对着我们，小妹以为是妈妈，就会有片刻的安静，但一旦东窗事发就会有更凶的哭闹。气极了的时候我们便把妈妈洗衣用的大木盆反扣在地上，让她站上去，一边敲打木盆一边开批斗会，尽数她哭闹的无理——从父亲的身上，我们自小就明白了批斗会的厉害——小妹要么哭累了，要么吓怕了，最后终于合上困倦的眼。直到妈妈回来，我们才能像解放了似的逃回自己暖和的被窝，一边听窗外呼呼的风声，一边听妈妈纳鞋底子抽拉线绳的刺啦声。在这辉煌的乐章里，妈妈的身影被照在墙壁上，那样神圣，又那样温暖。

上中学的时候，刚刚十二三岁的我，正是被幻想追逐的年龄，整天梦想着走出去。北京、上海和南京在我心目中无异于圣殿一般，那么遥不可及。我一心一意地想考进去，但是梦想落空了。一九七九年的高考，我只考到了一个小城市读中专，一九八三年考进省城读了大学。到大城市读大学的渴望，就只能成为我心中永远的遗憾和梦想了。

我生幺幺的时候不满二十四岁，那个时期我的个性中充满着非凡的勇气和盲目的自信，好像从来没有害怕过什么。公公那时在一个乡下医院当院长，家就安置在医院前面一个空旷的院子里。院子的外面是一条河，一到夜深人静，就能听到淙淙的流水声隐隐约约地传来。那一定是一条美丽的河，听敬川多次提到过它。他的童年大部分的快乐都来自于这条河。后来散步的时候我去看过它，跟在流水声里想象出来的差距很大。河水呈棕红色，河面上漂着动物的尸体和白色塑料袋。据我公公讲，从周围的人懂得赚钱开始，它就不再清澈了。它有一个很朴素的名字——泥河。从这条河往南去，有一条河叫石河，往北去，另外一条河，叫沙河，它们都是淮河的重要支流。这些普通河流的名字，就像庄稼人的名字一样，总是跟自然紧贴在一起——庄稼人的孩子，如果生在春天，就叫春生；生在秋天，就叫秋生。

医院的院子里有许多只能长在乡下而且叫不出名字来的老树，树干和乡下人的身材差不多，坚硬并佝偻着。乡下这静美的日子，使我回到了童年时期，我也是在这样的环境中出生成长的。一时心血来潮，我立马决定在那个我还非常陌生的地方把幺幺生下来。我不知道当时幺幺若是有知，她会不会恨我这个对待生命如此不负责任的妈妈。

妇产科的文医生已经五十多岁了，我们都喊她文姨。文姨性情温和，说话没个大言语，看着像个送子观音，目光中却透着医生的果断和笃定。我觉得她天生就是一个妇产科医生，我问她，生孩子是不是很可怕？文姨呵呵地笑起来，反问我，生孩子可怕吗？然后又自问自答地说，生孩子是女人最大的福分哩！不生孩子才可怕——等幺幺结婚生子的时候，我才知道这句话是多么伟大。她婚后半年没有怀孕，双方父母和他们小两口急得恨不得跳楼。

文姨和我说话的时候还在不停地忙碌，整理着产包，要拿去消毒。文姨面目清秀，看起来像年轻人，可她的身材已经变形了，尤其是腿，走起路来有些罗圈，那是长年累月站在产床前累的。她已经在那个小小的位置上站了三十多年。她在用自己的生命传递着别人的生命。

听我婆婆讲，文姨是六十年代省城下放的知青。她年轻的时候是个绝色美女，那时候当地人造了一个词，叫"高大利落白",就是专指文姨的。婆婆说,后来她被当地村支书的儿子看上了,她坚拒不从。村支书的儿子拿了把砍刀堵住她的门口说,你要不愿意我就把自己砍了——破坏工农关系也是要株连九族的。她回省城与自己的父母抱头痛哭了一场,真的嫁给了这个农民的儿子。

不过,文姨有一次和我说起她的婚姻,好像并没有什么遗憾。那时候,下放知青的生活太苦了,她嫁到支书家,倒是过上了安逸的日子。特别是她婚后,接连生了两个虎势势的儿子,婆婆一家几乎把她供起来养着。文姨说她连灶台都没下过,她后来能去上卫校,都是公公托关系走后门磕头作揖才办成的。毕业后,她是有机会回到城里去的,但是,她不能对不起这一家人,于是就"毫不犹豫地回来了"——这句话不管是说者还是听者,都有一种咯噔一下的感觉。

文姨的两个儿子都考上了大学,后来一个下海开公司,一个在印度大使馆工作。她的丈夫在乡政府当门卫,我和先生散步的时候碰见过一次,倒是很温良的一个人,丝毫看不出当年威逼使横的痕迹。看见我们走过来,很远他就露出了笑容。不过,那笑容就那么一点儿,似乎他不知道该笑多大才合适——我想起爷爷第一次看见我们时的笑,好像乡下人的笑都有尺寸——如此看来,文姨他们算是一桩好婚姻。不过,婚姻这个东西合不合适,双方般不般配,只有当事人自己清楚。婆婆讲的那一段毕竟是传说,没准一开始就是文姨主动的。

　　我们常常夸奖幺幺是比较省心省事的孩子，其实每一个做父母的都必须有足够的宽容，才能在养一个孩子的过程中间笑得出来，哪一个孩子的成长经历都会有一火车的惊险故事。幺幺在我的肚子里就充分施展了她自由随意的性情，正常孩子的胎位应该是头朝下，一直到出生都是头先见天日。她却不肯随常，我每一次去体检她都是头朝上，安闲打坐的神态。到了九个月上，文姨让我按照他们规定的动作趴一趴，我为此吃了许多苦。辛辛苦苦趴一个晚上，第二天终于把她给弄顺了，第三天再去查，她已经全面复辟，端坐在娘肚子里，一副事不关己的样子。她这无赖的模样一直延续到今天。有时候我想跟她别扭，先生就会说，她娘胎里就这德性，你能扭得过来？我想想也是，那时候天天扭也没扭过来。我妈妈笑着说，什么样的妈就有什么样的孩子，你还不知道，我生你时就是先出脚，迷信的说法说是生相好，脚踩莲花，站生娘娘呢。但是，我妈说完后，自己的神情也突然严肃起来。她生我的时候上边已生过两个哥哥，而且我极瘦小，还不到四斤。幺幺与我比起来，显然是个庞然大物。

　　敬川那时候还做着律师，我让他请假陪我。我担心幺幺不愿意准时出来，耽误假期，所以我始终坚持运动，每天都要走差不多十公里的路，做大体力活动。幺幺比预产期推算的时间提前十四天出生，再次违抗自然规律。在此之前，文姨仍然让我坚持做胎儿复位运动，等她处于正常位置时，立即用绷带夹两块木板固定住她，终结了她自由转体一百八十度的来回翻腾。

　　那年的阴历五月十四日早晨，我跟先生出去散步，回来后突然觉得有小便失禁的感觉，还没走到家裤子已经湿了一片。我很害羞，觉得可能是走累了，致使小便失禁。我把衣服换了，洗了澡，再坚持把衣服洗了。我去文姨那里咨询已经是几个小时以后的事情了。文姨听了以后并没表示吃惊，什么都没说，只是立刻让我回家躺下，五分钟后她提了输液瓶过来。我问这是干什么？她说没事儿，给你补充点体力。她安排我婆婆给我弄点营养的东西吃。婆婆炖了一只鸡，我觉得那只鸡在门口的炉子上煮了很久，长得好像都没有尽头似的。那时一阵一阵的疼痛感已经非常剧烈了，等鸡汤喝到嘴里，我已经感觉不出来什么味道了。喝了鸡汤，好像还被他们逼着吃了几个荷包鸡蛋。

　　下午的五点四十分，幺幺出生了，顺产，重达八斤三两。她摇摇晃晃地探出头来，头发有两寸多长，就像刚刚洗了个澡从浴池里溜达出来似的。脸上身上竟然没有一点老人纹，让大家大为惊奇。她长达半个多小时拒绝睁开眼睛，也不哭。文姨和特意赶来帮忙的婆姐用了所有手段，她仍然不哭。这时文姨妇产科大夫的本性就显露了出来，她一只手像托一条狗崽那样托起幺幺，另外一只手噼噼啪啪地朝孩子的屁股打了起来。我和先生的眼泪立马流了出来。但是孩子慢慢地开始哭了，起初像个猫仔般呻吟，顷刻间就声如洪钟，余音绕梁了。她几乎是突然间睁开了眼睛。我先生叙述说，两个眼睛很大，几乎全是黑眼珠。年轻的父亲把手伸过去逗弄他渴望中的女儿，心里被满满的感动充塞着，泪水在他眼眶里打转，终于还是忍不住喜极而泣。后来先生跟我转述说，刚刚睁开眼睛的女儿，眼珠会

■敬川那时候还做着律师，我让他请假陪我。我担心幺幺不愿意准时出来，耽误假期，所以我始终坚持运动，每天都要走差不多十公里的路，做大体力活动。

跟着他的手指转动。我先生附在我的耳边说了一句悄悄话，我那时笑得很艰难，但我还是笑了。

文姨说得没错，生孩子的确没有什么可怕的，但也绝不似她表现得那般寻常。文姨几乎从来没有安慰过我，但从我接触她的第一天起，她都在无声地安抚着我紧张的情绪。到打吊瓶的时候，那已经是非常危险的关口了。我早晨的症状是羊水提前破了，这是生孩子的大忌。我是上午九点钟破的羊水，傍晚才把她生出来。幺幺不哭，是极度缺氧，她已经没有哭的力气了。她能活着生下来，一方面是文姨采取的措施得当，另一方面是她的命大。

生命是一桩由上帝主持的盛大的欢聚。

在我们家，上帝把这件事情委托给了文姨。

9.

大学一年级，幺幺开始着手写她的小说《文臣和他的女人》：

文臣出生的时候，中国已经跨入民国的门槛了。文臣的爷爷是个秀才，虽然没有中举，但在当地也算是个响当当的大户人家。他的三个儿子生在锦衣玉食之家，但走的道路却有天壤之别。老大老二继承了父亲诗书传家的香火，小家庭经营得都很不错。作为老儿子的文臣父亲，自小被父母溺爱，读书没有耐心，耕作没有耐力，又有点小聪明。他自以为比两个哥哥强，过日子的本事没学会，混日子却相当有水平。根据父亲的安排，他跟着一个从皇帝身边告老还乡的老中医学习望闻问切。那个老中医是一杆老烟枪，文臣父亲中医知识没学多少，却把吸大烟的技术研修得炉火纯青。因为爱这一口儿，他与当地官宦乡绅土匪恶霸的关系都非同寻常，一直到了民国中期，在当地的势力还是很大。

文臣父亲的香火不旺，一水儿生了六个闺女后，好不容易才求神拜佛得了两个儿子。渴望人丁兴旺的他，有收了两个外甥跟着他们一起生活。文臣的哥当上了保长，那是德高望重的人才能承当的角色。文臣的大表哥从黄埔军校五期毕业后，在国民党云南飞行团任少校参谋。二表哥跟着当地一个半红半黑的人物上了山——这个家庭算总账，是个比上不足比下有余的人家。

文臣父亲上面靠着爹，下面靠着儿子和外甥支撑着门面，穷奢极欲，天天带着姨太太抽大烟。母亲在文臣很小的时候就病死了，实则是被丈夫压制着，抑郁而死。到文臣父亲死的时候，家里的田地已经基本变卖干净。父亲尸骨未寒，哥哥把文臣喊过来与他分了家，一分钱都没给他，只留给他三间空落落的房子。"父亲留下的债务你就别管了。"哥哥大度地拍了拍身上，又拍了拍手，好像一巴掌拍下去，就可以对过去和现在有一个了结似的，"你要把自己的事情管好"——他把"你"字咬得重重的。

五年之后，当哥哥因为拒不交出私藏的四坛银元而被土改工作队用两根扁担夹断双腿的时候，站在公审大会会场的文臣，真是百感交集。

　　文臣穿金戴银的六个姐姐，实在不忍心、也不好意思看着弟弟家徒四壁，便为他凑了一些钱财。一心一意要争口气的他，拿着这些钱跟着爹的一个朋友去武汉贩运生猪。谁知到武汉的第一天晚上，那人把文臣灌醉，带着他们所有的钱款，在这个九省通衢的城市里消失了。黄鹤一去不复返，此处空余黄鹤楼，渴望一战功成的文臣，被人生的第一次失败抛弃在举目无亲的大武汉。除了仰天长叹，他没有一点转圜的余地，独自一人默默地登上黄鹤楼——本来那是在他们计划中准备赚了大钱后举杯庆贺的地方——怀里揣着喝剩下的小半瓶白酒和一包"三步倒"鼠药，准备在黄鹤楼上杀身成仁。等他顺着台阶一步一步往上走的时候，抬头看见了一副对联：

　　黄鹤飞去且飞去，白云可留不可留。

　　他心里突然涌上来一股思乡之情，那种浓烈的感情把他吓了一跳。他是无家可归者，他的家在哪里？

　　他想起他的几间破屋，现在他与它们之间，好像有着一生的距离。一切归零，重新回到了原点，他脑子里一片空白。后来他想，就是那种空白感救了他——那空白有时是一堆冰凉的气泡，有时是一团悲愤的雾气，不知是针对他的懦弱，还是针对他的晦气而起——他不想让他的人生空白着去见自己埋在地下的母亲，他要用自己的生命填补那空白。

　　文臣是靠沿路乞讨走回家的。走在路上，他想起爹娘曾经给他定下的一门亲事。那是一户殷实的人家，虽然文臣并不是非常乐意，但是父母之命不可违，只好勉强答应。现在走投无路之际才去厚着脸皮投靠人家，这让文臣觉得自己的人生又失败了一次——这种挫败感压迫了他一辈子——穷其一生，他一直都没有顺利过，在命运多舛的时候他不顺利，在时来运转的时候他感觉不顺利。

他觉得自己一辈子都在逆水行舟。他很累。

让文臣万万没想到的是，那却是一户极好的人家。他们像待自己的儿子一样接纳了他，对他的情况一句话都没问。当时文臣很感动，但是过了不多久，他心里反而觉得更难受——人家问，他认为是冒犯；人家不问，他认为是轻视。抑或是，人家对他的情况一清二楚，不问只是碍于面子吧——那样的怜悯，岂不是更残酷？

文臣生得俊朗异常，且聪慧过人，什么东西入眼就会。那家的女儿跟他比起来，非常不般配。她个子矮小，五官模糊，身材也不是太好看，更主要的是，她一个大字不识，说话还总是一斧头一锯的——过去在他们家，这样的女人连当丫环的资格都没有——这让文臣心里生出更多对自己的哀怜，他觉得他是被命运打入另册的。

文臣在未来的岳父家读了私塾，后来岳父又把他送到外面读洋学堂。

文臣和他的女人总共生了五个儿女，一辈子对他女人说过的话，不比做爱的次数多。不过要说起来，文臣这一辈子对他的女人确实不错，从来没有打骂过，吵她的次数都很少。新中国成立时，文臣因为家里被爹吸得一干二净，划了个贫农成分。他因祸得福，靠着挣来的学问谋了个公职，却也因福得祸，因为家庭"极为复杂的社会关系"，在公职人员队伍里，始终郁郁不得志。在当时的政治气候下，文臣成了一个边缘人。政治清洗的时候，他因出身贫寒而幸免于难，而在政治上要求进步的时候，却又因为"复杂的社会关系"（一直到死，这种"复杂的社会关系"都没有出现在他的档案里，但是都知道他有"复杂的社会关系"，像红字一样烙在他脸上）而被拒之门外。历史反革命、地主、资本家、国民党军官——这一道又一道的政治符咒，使得他一次又一次递交的入党申请书成为废纸。不但文臣受到株连，就连他的孩子都生活在所谓的"政治上不清白"的阴影里。他的几个品学兼优的儿女，始终迈不进共青团的门坎儿，因为他们家的"贫农"是打了折扣的，谁让他们有那么多"黑五类"亲戚呢？

　　年轻的时候，文臣还有心争取，后来连争的心都没有了，只是喝喝闷酒，发发呆打发日子。他终于明白了一件事情，那就是，他什么都不明白，什么都不会明白，什么都不能明白。他曾经那么渴望生活发生变化，而一旦生活像陀螺似的转起来，他又禁不住恐慌。他对生活的控制越缺乏判断能力，因而也就越绝望。他完全像蜗牛一样退缩到自己的壳里，彻底把自己遮盖起来，任何外在的东西都不能引起他的兴趣。他不再关心任何事，包括自己的家庭和孩子，从来没有过问过他们的一切，他的工资完全被自己吃喝掉了。

文臣四书五经倒背如流，写得一手好字，也写得一手好文章。在医生业务上，他也是独当一面，尤其是在后来开展的中西医结合方面，他做得非常得心应手。如果历史给他机会，他会成就一番事业的，但历史从来不会如此宽容，"阶级"这道高高的门槛，始终把他拦截在主流社会之外——在文臣生活的那个时代里，政治以史无前例的严酷筛选着所有的人。那个因为推翻他们头上的三座大山而建立起来的无产阶级政权，为他们这样的阶级阵营挖掘了深深的壕沟。血统论深深地把这个社会切割得四分五裂，整个社会不是按照人的能力，而是按照出身的偶然性来分配收入、财富、机会和权利。他被淹没在激荡的历史大潮里，开始他还试图浮出水面，但当直觉告诉他这样做的危险性之后，他就销声匿迹了。在这一点上，既取决于他的小聪明，也得益于他从开始就被注定的渺小。

邓小平复出之后，新的政治激流重新把他裹挟到岸上，给了战战兢兢的他一个清白，后来又让他当了医院的院长。但那时他已经被折叠和伸展了多次，失去了所有的弹性，即使有心，也已经无能为力了。虽然他把医院办得风风光光，成为鄂豫皖交界的一所名院，但这种成功只是他顺应潮流的一次半真半假的努力而已，既不曾在他的心里，也不曾在他的眼里留下任何划痕。他老了，心里是彻底的绵软和服帖，激情早已被连根刨掉了。人生这本大账，如果从头一笔一笔算来，他一直在亏空，甚至连自己的老本都没有捞回来。他是个彻头彻尾的失败者。

　　如果没有文臣的女人，文臣的生活可以说贫乏得无一可言。文臣的女人是极要强的一个人。无力养家的文臣，在这个家庭里只是空担了一个家长的名义，他从来没有管过家。他也根本不知道，对于一个儿女成群的家庭来说，家长意味着什么。孩子的衣食住行是这个内外交困的家庭最大的挑战，可是不管多难，文臣的女人都是自己一担一担地挑起来，从来不把担子递给他。有一次，娘家弟弟来看她，那是一个冰天雪地的冬天，她正在塘里劳动，和一个五大三粗的男劳力搭帮，把塘底的污泥一筐一筐地抬上来。村子里每年都要清一次塘，这活儿本来只有年轻力壮的男劳力能干，可是为了多挣点工分，她硬是咬着牙每年都坚持干。每一次抬完塘泥，她累得几个月都不会来例假。看到这个情景，弟弟含着泪扭头回去了，卖了自己家的两头猪，给姐姐买了一台飞人牌缝纫机。这台缝纫机拯救了姐姐，也救了这个家庭。文臣的女人靠着一手精细的女红养大了五个孩子。到改革开放，她第一个开缝纫店，竟成了当时为数不多的万元户。从一九七七年恢复高考开始，文臣的五个孩子次第考上大学。

　　在文臣的不经意间，儿女都已长大成人，而且成了当时最受人羡慕的大学生。对此文臣本来是该惭愧的——过去的艰难时日，他自顾自地生活，从来没过问过孩子有没有衣服穿，上不上学，在外面受不受欺负。发了工资，只记得三件事：烟、酒、肉。

有一次两个女儿去看他，刚好他买了一只烧鸡半斤老酒，他问两个孩子吃不吃肉。女儿孝顺不忍心吃，便说不喜欢吃那种东西。他顺手把剩下的半只烧鸡给了看大门的，告诉人家自己的孩子不喜欢吃肉——得意的应该是她的女人。可事实上，没人说是她的功劳，她自己和文臣也没说过。丈夫就是天，哪怕他只是一个象征。天塌不下来，她就拥有完整的世界，她是一个妻子和母亲；天塌下来了，她什么都没有了，只是一个女人，而已。

文臣几乎没有笑过，脸上似乎永远只有一种表情，一副不得不活着的悲壮，或者说他能好好地活着，就是对亲人的一种恩赐。他退休后，女人也做不动活计了，儿子把他们接到城里住。文臣不像他的女人，进了城看见什么都兴高采烈，只为下雨不踏泥，吃饭闻不到大粪味儿，都能在夜里笑醒。而文臣觉得城永远是别人的城，包括他的儿女在这里的成就，与他也统统没有干系。他不服城里的水土，他这棵树只能栽在适合他生长的地方，那个地方不需要名字，那个地方的树也不需要名字。

文臣习惯于一个人在黑夜里散步，那时喝到微醺，有想哭的欲望，甚至渴望让自己放纵一次。他活着一辈子，本来是想填补人生的空白，可是回头看去，依然是一片空白，一切都是空白。他的脑子里空空荡荡，过往的日子像一张漏洞百出的网，什么都打捞不起来。偶尔有一条鱼翻出一点浪花，也是被动的，死气沉沉的。到后来，最给他安慰的反而是这种空白，生活对他洗劫得越彻底，他的感觉就越轻松——他既不想跟生活和解，也不想跟它对立——谁说一无所有不是一种超脱呢？他的一生就是在这种沉闷里度过，从来没有闪过光。一辈子唯一让他刻骨铭心的，就是自己的错，好像他生下来就一直在犯错——既然生活从来没有给他任何一次自由选择的机会，他又何错之有呢？

人生的悲哀不在于没有了希望，而在于对希望没有了感觉。那是对麻木的麻木，对冷漠的冷漠。仅仅是因为失望，他感觉到的空虚比实际的空虚要大得多，而且每年都像空洞一样不断扩大——其实，对于文臣来说，"还有什么比渴望不死更空虚呢？"

文臣活到六十六岁上，大病了一场。有一段时间他一直便血，对于做了一辈子医生的他来说，当然知道这意味着什么。但他谁都没说，也不准备去医院检查。在他心里，有很多顽固的东西是不能改变的，比如他的座右铭：先断气，再断烟。再比如：医生治得了病治不了命。这不是他的迷信，他能用来反抗这个世界的，除了自己的身体，一无所有。

他的病还是被细心的小儿子发现了。小儿子不由分说地拉着他去了医院。结果没出更大的意外，他被查出来患了直肠癌。按照他自己的话说，这是他一辈子好吃好喝的结果。他看着检查结果，露出从来没有过的笑容。好像他与这个结果早就有了预约，它只是如期而至而已。他从来也没有这么轻松过，也从来没有这么幽默过——他说，赚了！

这句让他的亲人们无比伤心的话，是用他的一生沉默换来的。他好像赌着一口气，在他看来服帖的表面之下，是他与这个世界的势不两立。

在父亲手术之前，两个儿子带着父亲去澡堂洗了一次澡。小儿子为父亲搓背，大儿子为父亲剪了脚趾甲。这是文臣这一辈子第一次也是最后一次让他的两个儿子这么亲近。他们谁都没有想到，死亡之网已经渐渐收拢。

手术做得还不错，刀口很快就愈合了，但是术后一直低烧，各种抗生素都试过了，没有效果。最后彻底检查了一次，才发现了致命的失误，直肠部分术后感染，肠子已经穿孔了。

他一语成谶，治得了病，治不了命。

他的身体素来健康，平生从来没有打过针，感冒药都极少吃，但在他生命的最后三个月，几乎把药都用尽了，身上被输液器扎得像筛子一样，找不到一块完整的地方。有时候他疼得受不了，就低声呻吟，后来完全靠杜冷丁止痛。有一次，他用已经枯瘦如柴的手拉住自己的大儿子，乞求他放弃治疗。他说，我再也受不了了！如果你真孝顺我，就让我现在死吧！

大儿子把父亲的手重新放进被子里，默然走出病房，站在洗手间失声痛哭。

文臣就要死了。他一辈子都是活得不耐烦的样子。等到一切治疗手段失效，真到了要死的关节点上，他却怕了。是的，他怕了。文臣每天强烈要求儿女给他用最好的药，请最好的医生。文臣告诉所有的亲人，他还想再多活几年。儿女们看着这个生命在逐渐枯萎缩水的父亲，真的是肝肠寸断，他们为他残存的欲望而恐惧——过去他想死的时候他们怕他死，现在他想活的时候他们怕他活，因为他的活只是为了让死显得更加像死。

　　在最后一次抢救后，他又活了过来，而且活得很好，有了明显的康复迹象。在将他从重症监护室挪回普通病房之后，一个星期没有合眼的家人把他托付给护士和护工，全部赶到宾馆洗澡睡觉，手机都关闭了。就在那时，文臣悄悄地走了，既决绝，又冷清。

　　文臣死了，也许只有死，只有这死后空旷得无边无际的岁月，才能让他更从容一点。他这一生，潦草而固执，匆忙而空虚。别人的日子，不管是顺风顺水，还是愤恨交加，都是现世的，有烟火味的。唯有他的日子，像一张画错了方向的草图，怎么看都让人找不到头绪——尽管有着那么多的创伤，却没有痛不欲生的悲哀；尽管从没有遇到生死攸关过不去的坎儿，却没有足够的幸福。如果没有死这个具体事件来作注脚，谁能说他曾经真实地活过？

　　文臣的一生就活在孤独之中，而且，即使在他死后好多年，也没有彻底消除这种孤独。"我一个人彻夜彻夜睡不着，"他托梦给他的小儿子，"谁在我门口装了一个大灯泡，照得我没有一刻安静过？"小儿子从两千里之外的海南赶回了老家，说起父亲所托之梦。他的堂哥告诉他，一个风水师看到他的坟刚好在一条大河的拐弯处，为了避邪气，堂哥悄悄地在他坟前埋了一面镜子。

　　文臣活着的时候，他的女人尽心尽力地照顾他，她要求儿女给他们的父亲用最好的药，什么起死回生的偏方都要试一试。刚刚做完手术，他的腹部还打着腹带，每天替换的腹带洗好来不及晾干，女人都是缠在自己身上暖干的。女人不想让丈夫死，她生性胆子小，大白天一个人都不敢在家里待着。丈夫要是死了，谁来陪伴她呢？但是，只能是文臣的死，才让她真正拥有自己的丈夫。只有那时，她才有机会俯身在丈夫的病床边，一遍一遍地为她擦洗泛着酸味的身体，为他那不能打弯的双腿按摩，像伺候自己的新生儿一样伺候他的大小便。哪怕他哼一声，她就会拖着酸痛的身子飞奔到他跟前，小心地察看着他的脸色——她从来没有这么近距离地睁眼看过他。

"他能扛过去吗？"私下里，她会悄悄地问她的儿女们，她希望能在他们大咧咧的态度里找到坚定。

她为一直伺候到他死，并且伺候了他病痛后的死亡而颇感欣慰——实际上，对于她来说，他的死比真正的死还像死——十年后，我的母亲却仅仅为了这一点而痛不欲生，每当说起我的父亲，她都要号啕大哭。开始我们还陪着落泪，时间久了就有点心生厌烦，"人死了又不能复生，总得让活人好好地活吧？"我们这样劝她。而她总是一遍一遍地说："哪怕让我伺候他一个月再死，我也不至于这么亏欠他啊！"——到底她欠他，她们欠他们什么呢？到现在我也没弄明白，但也不是真正的糊涂。

对于文臣的这个几乎不识字的女人来说，不管怎样回首，生活都是一笔数额巨大的历史流水账。她的生活比她丈夫的生活更琐细，更具体，也更真实，剪不断理还乱的都是些芝麻蒜皮的世俗小事——孩子，人情债，还有一大堆碎布头似的记忆。

但是，文臣的女人并没有让自己迷失在斤斤计较的计算里，她甚至来不及悲痛。文臣的女人有很多现实的问题需要亲自处理，她一声都没哭，积极投身于丈夫后事的处理之中，甚至连孝子贤孙们身上披的麻布尺寸她都要亲自丈量。

"这些尺寸可不能错，不然人家笑话！"只有在处理实际问题时，才有她的位置。也只有闲下来，她才能找到自己。她恍然明白自己已经走入了另一段人生，这段人生将由她自己来出演。她像想起来什么似的说，今后家里就剩下我自己了？

孩子们都说，怎么会呢？

她说，就是！这句"就是"不知道是指真剩下她自己了，还是孩子们不会撂下她，反正她觉得这个事情终于过去了。

这一辈子，文臣的女人什么都不信，既不信邪，也不信命。但她的心中有神，即使在文革对所谓封建迷信管制最严厉的时期，她也为她的神安置了应有的位置——她在里间的房梁上悬空搭建了一个神龛，让她的神安坐在那么一个狭窄而又恰如其分的空间里。每当夜深人静，她便长跪在地，把她绵密而又沉重的生活一一告诉她的神，希望他来帮助她拿拿主意。每次她的神都微笑着同意了她的想法，并且暗示她做得都对。每到初一十五，总是孩子们最快乐的日子。不管多穷，她都会想尽办法为她的神鼓捣一些相对可口的东西。她用筷子指点着那些东西，像给一个亲戚夹菜，把诸神和先人一一让到后，就当着神的面，把这些食物分给孩子们。

后来，她的儿女们都长大了，他们曾经笑着回忆这个在他们看来十分荒唐的行为，他们说，那时我们从内心里害怕两个人，一个是生产大队的治保主任，一个就是住在房梁上的神。文臣的女人从来都不觉得可笑，而且，她根本就没有理由不信神——开始，是因为她比别人都苦，现在，是因为她比别人都甜。她生存的所有尊严和信念，只有通过这种仪式才得以完成，也正是因为有了这个可以让她亲近的神而显得格外踏实。

文臣死了几年之后，有一年春节，文臣的女人把自己的五个孩子全都喊到跟前，郑重其事地交代了一件大事：她死的时候就埋在孩子们生活的城市里，决不回老家陪他们的父亲。如果他们不答应，今天就是她的忌日！

孩子们异口同声地答应了。

孤独注定是文臣的生命徽章。这一生，他被遗弃了很多次。开始是被父母遗弃，后来被兄姊遗弃，再后来被社会遗弃，即使在他死后，依然被亲人遗弃。

看过幺幺初稿的人都说，这篇小说写得过于老道了，尤其是人物，刻画得太深刻了。幺幺心里明白，换一个人物她就写不出这等深刻了。她写文臣和他的女人的时候，觉得那两个人物是活在她脑子里的，因为她管那两个人叫爷爷奶奶。

但是，她更明白的是，只能在外面看着她的爷爷奶奶，根本无法进入他们，因为他们是她的爷爷奶奶。这个理由看起来是如此牵强，但我却深有同感。我又何曾看清楚任何一个自己的亲人呢？所以当她告诉我，觉得他们看起来比陌生人更陌生，我认真地点了点头。是的，我明白这个，这就是她的这篇小说渗透力太强而穿透力太弱的原因。

10.

有时候，我觉得除了说不清楚自己，也很难说清楚别人——在中国，作家这个职位，承担得更多的是一个说书人的角色。我们只是习惯于讲故事，讲别人的故事。即使是自己的故事，也是改头换面，添加了各种小说和流行元素而产生出来的。能在多大程度上坦率地述说自己的生活，我觉得是检验一个作家是否真正成熟的标志。而我，则常常陷在两重痛苦里不能自拔。在现实的痛苦里，很多情绪化的东西不能让我对"真实"脱敏。而在虚构的痛苦里，我又找不到真实的表达——文学在物质化的世界里正在渐渐失宠，过去我们曾经用文学点燃生活，那么现在如果说生活是一支炮仗的话，我们的欲望就是一盒干燥的火柴，文学只是爆响后沉默的灰烬——可惜的是，它又不完全是"一把健康的骨灰"。

但是，我一无所长，除了写作，除了在这片灰烬里寻找更有意味的暗示和隐喻，我不知道我还能做什么。作家的道义和责任感，能用什么方式和角度显影？虽然我们可以"自由"地言说，可是并不完全具有话语权。即使在这仅有的自由里，我们要告诉读者的是什么？我们常常被自己的情绪牵着走，悲愤和不平都是自己的，和别人几乎没有关联。对于苦难，我们好像理解为就是悲哀，姿态比苦难本身还低，我们被苦难压迫着，根本无法超越它。我们靠描摹苦难的细节煽情。这不能显示我们的悲悯，充其量只是可怜，因为真正的悲悯要有足够的尊严——不管是悲悯者本人还是被关注的人。

经历了一些事情——那些痛苦的、幸福的、无以言表的事情，我渐渐平复的心灵，虽然不会再有盲目的激情，但在生活里更真实了。我在写作中努力寻找着自己。

可能在所有认识我们的人眼里，我和敬川都称得上是一对幸福的夫妻：自由恋爱，从一而终，既郎才女貌，又女才郎貌。可是，有时候我突然之间会非常困惑，我们的幸福又表现在哪里呢？

我们长达十几年不在一个城市生活。我们每天早晚都按约定时间通电话，涉及的话题总是身体，锻炼，少喝酒。其实，我们的婚姻只是相互给对方带来安慰，而并没有愉悦；只有安全而没有兴奋。我们活得太沉重了，总是想着会积攒一大堆幸福放在那里，等着我们有一天去享受，为了这个目标我们可以舍弃当下。有时候我们互相之间也表达爱情，感情丰沛，话说着说着就柔软起来。他几乎常常说他很爱我很想我，可当我一个人待在家里为一桶矿泉水放不到机器上而哭泣的时候，他在什么地方呢？有一次他晚上回来，发现我们家全部十六只灯泡就只剩下卧室里一只还会亮，愣怔了半天，说，你看这日子过的！

　　我也常常说我爱他，可过了这几十年，我为他洗过几次袜子呢？有一次我告诉他他有白头发了，他吃惊地瞪着我说，已经白了好几年了，你才发现？

　　是啊，我对他的感情，从来就是那么简单和直接，说爱的时候，我想肯定有着纯金的品质。可是一直到现在，我也没有怀念过他，即使我想他，也只是纯粹的"想"而已，而不是怀念。他不是让人用来怀念的，因为他几乎没有任何东西留给我。他在的时候，我体验着他的在——激情、大器和很多妙不可言的东西；他不在的时候，我却很少能体验他的不在。只要一走，他便把一切都带走了。我拥有的只是他回来的希望和一个单身女人所应该有的生活。

　　敬川喜欢我的简单，他常常向朋友们夸奖我，说他的老婆好养，口袋里装一百块钱都会乐呵呵的。小夫妻那会儿，我的确不曾期望他有什么高官厚禄，他那时做律师，少年才俊，顺风顺水。他工作很努力，他说希望妻儿能生活得比父辈更安逸。如果顺着律师这条道走下去，这样的目标很容易达到。但是历史并没有给他自由裁量权，不到三十岁他就被选拔为处级干部，三十岁当上了局委的一把手，三十三岁就在一个地方做了行政主官，在全省都是最年轻的。在这样坐过山车一样的变化当中，有一个时期我生活得很没有自信，不愿意与人交流，越来越少地参加社交活动。而他的社会活动却越发地多起来，回到家里总是显得很疲惫。依他的敏感，完全能看出我的不开心，但他却装得什么都不知道，他有时间宁可和女儿胡扯一通，也不愿意触及更敏感的话题。

　　据说婚姻有一段敏感时期，叫做七年之痒。难道我们也步入这样一个平台期了吗？我觉得不像，至少与周围的家庭比起来，我们的婚姻要幸福得多。不过话又说回来，如果你在心里默默打量你的婚姻生活的时候，还有多少底气说你真的很幸福呢？

　　有很长一个时期，我陷入这种无休无止但又无法言说的困惑之中，总觉得生活中会有什么事情发生，但具体担忧什么，又未可知。总之，看不到未来，对日子充满着恐惧。

　　后来我渐渐想明白了，开始写作之后，我已经把我的作品掺进了我的生活里，或者把生活搬到了作品里。那个时候我已经分不清哪是作品，哪是自己的生活了。围绕女主角金地和男主角苏天明，我编织了许多故事。大部分时间，我就生活在这些故事里，怎么都走不出来。尽管这些故事是虚构的，谁能否认它曾经来自于真实的生活？不管是真是假，我编织的那些生活，已经成为我现实生活的一部分，即使在梦里，也把我硌得生疼。曾经有人问我，金地是不是写你自己？开始我矢口否认。可时间久了，连我自己都混淆起来，金地到底是不是我？也许金地是我内心另外一个自己吧。其实，人有时候并不是他自己。西谚说，一个人早上是天使，晚上可能是野兽。这话没错，坐在夜店里，可能是一个好色之徒，但到了募捐现场，却又成了翩翩君子。环境在时时刻刻改变着我们。金地的确不是我，但金地身上的故事，投射在我的现实之中，让我寝食难安。

我对自己的爱情坚信不疑，但是在我女性特有的细腻、敏感和小小的机会主义特性中，却又常常徘徊不定，形成一种既可以这样又可以那样，然后从本质上来说既不可以这样也不可以那样的解读方式，几乎随时把现实的感受换成当下的恐惧。同时，我又为如此广泛而深入地审视和批判自己的婚姻生活而惴惴不安——尽管我深深地知道，如此这般地追问是不是还有爱情，一点意义都没有：如果从来就没有爱过，有什么可后悔的？如果曾经爱过，还有什么可遗憾的？

在金地和苏天明的故事里，我总是白日梦般地反复设想这样的细节：不知道从哪一天开始，苏天明的举止变得有些躲闪。金地做不出那些小把戏，比如翻老公的口袋，查看手机通话记录之类的，想一想都觉得耻辱。苏天明是了解妻子的，他回到家中可以放心地把手机扔在任何一处，他不动就不会有谁动他的东西。但是有一个时期，金地很久都看不到丈夫的手机，他很安全地把它装在口袋里，到了后来，连短信的声音都没有了，他关闭了声音——

事情纯属偶然，金地晚上和苏天明一起去参加一个饭局，苏天明喝醉了，金地拿着他的包。他们俩上了车，手机短信提示连续震动了几次，金地原本是想掏出来递给苏天明看。苏天明却没有给她机会，劈手来夺。这让金地非常惊讶，她这一段时间的猜疑突然被放大了，她把手机放回自己包里。苏天明刚才还醉得东颠西倒，一下子醒了大半。他严肃地耳语道，把手机给我！金地更加固执，把手机攥在手里不说话。回到家中，金地却发现手机信息是加了密的，她根本打不开。她开始哭泣，苏天明却自顾睡觉去了。金地不知道自己哭了多久，第二天醒来手机还握在自己手里。后来苏天明直接废了那张卡，换了部新手机。他也没有任何解释，神情里的一丝愠怒反而让金地自己觉得做错了什么似的。那部废掉的手机在金地的抽屉里关了很多年，她没有再探究里面的内容，但一直像病一样亘在心底。

苏天明只是在和金地温存的时候，才会轻描淡写地说起这些事儿：只是不想让那些乌七八糟的东西打扰你，你相信老公爱你就行了！

金地觉得苏天明说得有道理，金地强迫自己相信苏天明也相信苏天明的话，她真的不想看那些东西了。可那发信息的人是谁？到底写了什么？她与苏天明的关系仅限于手机信息吗？这个问题有时会在某一个夜晚突然闪一下，尖锐地刺疼她。但看看身边熟睡的丈夫，她又困惑起来，这个男人每天面对的烦心事够多了，她又何必为这些小事而纠缠不休！看看她的好朋友末小米过的什么日子，她把老公的谎言戳破，老公索性根本不回家睡了。

还有，金地有一年随单位去新加坡考察，晚上费好大劲往家打电话，接通后她能听到苏天明的声音，苏天明却听不到她说话。喊了好一会，只好挂了再拨去。苏天明接了，却在电话里柔声说，我知道是你，别再让我生气了，我气得胃疼你知道吗？——金地听不下去了，泣不成声，她说，我是金地！苏天明愣了一下，脱口而出，怎么会是你？

金地打了一个冷颤，问，怎么不该是我吗？

苏天明说，我——

金地说，苏天明，你是真的爱我吗？

苏天明丝毫没有犹豫，说，是！

是会吗？是不会吗？想得脑仁痛的金地口气软了下来，说，苏天明，你爱过我，是吗？

苏天明说，不是爱过，是一直在爱！

这些夹在生活里的小波折，像落在床铺上的灰尘，不理它也感觉不到它的存在，真正去拍打它，却会弄得满屋子乌烟瘴气。那么，苏天明是真的不知道还是假装不知道，它们在金地的心中，是无法结痂的痕，想一想都会渗出鲜血。可她从来没有吵闹过，并不是害怕婚姻破碎，是她觉得如果自己以这样的由头把婚姻拍碎，太让人看不起了。

到了四十岁上，金地突然就释然了。这种释然是她觉得应该回过头去正视自己的婚姻，在作了反复纵向和横向比较之后达到的。砍去一路走来的枝枝蔓蔓，如果只看大节，丈夫从善如流，女儿天天向上，到底有什么事情让自己不开心呢？况且，就每个人的感情而言，变是必然的，包括爱情。如果真的一成不变，那还是爱情吗？

金地想，有很多时候，我们不是被爱人出卖，而是被我们自己出卖了。我们太害怕变，我们觉得永远不变才是天经地义的。从小受的教育就是这样，我们太害怕冒险和变化，我们喜欢自己的生命一直波澜不惊。我们只喜欢天生的和被周围的人固定的自己，从来不想着有任何的改变，对自己爱着的人也是如此。其实，在婚姻和爱情生活里，相信永恒并不是自信，而是自卑，人喜欢被自己的幻想所欺骗。一见钟情的刹那并不是永恒，而所有的永恒，都只能存在于刹那——在所有的永恒之中，刹那是不可分割的，一直可以持续的，只能是刹那——正如拉罗什福科所言："爱情的坚贞不渝实际上是种不断的变化无常，它让我们的心相继扑在我们所爱的人的所有品格之上，时而爱其这个品格，时而又爱其另外一个品格，因此这种专一只不过是对同一对象的固定不变的、深藏不露的不专一。"

不过，所有的这一切，与后来遭遇到的打击相比，与那些有着令人触目惊心的横断面的崭新伤痕相比，曾经经历过的那些鸡毛蒜皮，又算得了什么呢？

11.

我母亲性格坚定且坚强，不管遇到任何事情你都不会在她脸上看到异常。她这一辈子几乎没发过火，处理事情总是不温不火，所以我父亲暴烈的脾气几乎很少带到家里。母亲这一辈子好像就是为了忙碌而来到这个世上的，即使到现在也不能让她闲下来。只要让她闲着，过不了两天她就会闲出病来。事实上她有一身的病，冠心病，脂肪肝，脑部供血不足，也常常会有短暂的昏厥。她治疗自己疾病的方法就是干活，伺候完我的父亲伺候我们，伺候完我们伺候我们的孩子，伺候完我们的孩子伺候我们孩子的孩子……我不知道四世同堂是个褒义词还是贬义词，对于我母亲来说，肯定不是一个享福的词汇。

在管理家庭上，我母亲确实厉害，她有一种平静的严厉，我们家不管是多不听话的孩子，在她面前都是规规矩矩的，从来不敢乱跑乱动。她没有批评过任何一个孙子辈，只是用她那慈祥的目光看着他们，把他们一个个都看软了。她的目光让孩子们懂得了什么是应该，什么是规矩，孩子就是孩子，老人就是老人。她用那种博大而又无语的爱，让我们这个大家族里始终有尊卑和秩序。她在的时候，绝对感觉不到她的在；如果她不在，一定能感觉到她不在。她掌握着这个世界，但又在这个世界上占据一个非常小的位置。

尽管她很早就参加了革命，尽管她一辈子都是领导干部，但在为人处世这一点上，她很像我的姥姥。我姥姥养育了三儿三女，都很有出息。但她和姥爷固执地在一个偏僻的乡下生活，穿粗布衣，只吃自家树上结的和地里长的东西，肉都很少吃。有时候儿女从城里回来带些好吃的，她会送给半个村子的人。村子里几乎所有的家庭跟她借过钱。她和我姥爷头疼脑热连个小药片都不吃，抓一把生谷子，舀半碗凉水送下去，蒙头睡一觉，出一身透汗就好了。她一辈子信佛，每年的阴历二月二，她都要组织一帮子老太太，像串亲戚一样，步行到两百里之外的伏羲太昊陵烧香。路上来回要四五天，风餐露宿，吃自己带的干馒头，晚上挤在麦秸垛边睡，随便到人家讨几口水喝。

她们为神准备的食物就装在柳条筐里，那是提前一个月就蒸好的枣馍馍（一个特别大的三角形状的饼，上面沾满枣，她们叫"枣山"；为了怕孩子们偷吃上面的枣，吊在屋梁下的"气死猫"篮子里），还有肥瘦各半的猪腿肉（真是匪夷所思，莫非神也爱那一口儿？）干瘪的苹果什么的。不过她们的神的口味也都跟国内的 GDP 增长相联系，日子好起来后，她们也开始带麦乳精蛋黄粉什么的。

他们老两口不愿意跟着任何一个孩子生活。孩子们从城里开车回来看他们，必须在村头下车，走着回家来。如果谁穿的衣服出格一点，立即要换掉，头发上抹点儿头油什么的，也要立即洗掉。（她的这个特点，也完完整整地传给了我的母亲，她一辈子连雪花膏都没用过。）

在任何时候，她都把自己的身段放在别人之下，从来不显山不露水。这些东西都不是别人教给她的，是与生俱来的。它们就像是寄居蟹，借助于她的壳，霸占了她的身体。当然，从更理性的角度来说，这是她的哲学，也是她的文化。从一出生起，这些东西就在她身体里住下来，从来都没有挪过窝。

等它们把姥姥体内的东西吃完了，转身又换了一个壳，寄居在我母亲的体内。

我常常见到姥姥欣赏的目光停留在妈妈身上，很久很久都不移开（后来，我奶奶也用这样的目光看我）。她看着她的女儿成长为她希望的那个样子，看见自己在生活中接受的东西又被女儿接受，她放心了。其实，在她的儿女中并不是都传承了她的美德。但是，她宁愿相信他们都接受了，而且她会把她的相信传播给整个村子。有时候，她的某个儿媳会在暗处让她忍受她不应该忍受的东西，她也会毫不声张地忍受，不让任何人知道，包括她的儿子。在她的口中，她的儿媳都是世界上最好的。

她把所有的人都想象成好人，一切不好都是她自己的原因造成的。她因此让一切都好。

活到自己并不希望的年龄，确实需要制造一个驱使她的理由。也许这样做并没什么奇怪的，中国大多数老人，都是活在两个世界里——现实的和他们自己的。不过，如果能坚持一百年都这样，那她就是圣人——确实没有人能够像我姥姥那样，（其实也包括我的姥爷，虽然生活中从不缺少他，我总觉得他是姥姥的影子，是我另外一个长胡子的姥姥）使自己的生活重复了一百年，而丝毫没有厌倦。她对生活的全部热情或者说是耐心，除了仰仗土地，还仰仗着神明。她是一个不折不扣的泛神主义者。（大年初一不能动刀剪，以免把回来聚餐的祖先吓跑，他们在坟地里守候了一整年，就是为了今天赶回来团聚。正月里打碎了东西，一定要再买一个同样的，不然土地爷会生气，他不想承担过失。初一十五到水井打水，别忘了要祷告一下，井王爷是个闲差，心眼小脾气大）。

我姥爷活到虚岁九十七，姥姥活到虚岁九十九。我们都预料和希望他们能活过一百岁，这完全是有可能的。她九十五六岁时，还骑着三轮车载着三个牛犊子似的重孙子们去赶集买菜。九十七岁那一年，她自己搬了一个梯子，爬到树上给孩子们摘樱桃，因此而住了一次院——不是因为体力，而是盯着那些果子太久，造成了眼底出血。可是，生活不能一直这样延续，我的姥爷先走了。姥爷走后，姥姥就不怎么说话，也不怎么吃饭。我母亲一边在旁边偷偷地哭，一边在她面前装得没事人似的劝慰她。

姥姥心如止水，目似深潭，没有一点动静。

除了死，没有什么能够打动她了。

奇怪的是，我父亲走后，母亲也有长达两三年的时间陷在这样的状态里。后来母亲又活了过来，完全是因为她的重孙子外重孙子的陆续出生。她无法想象他们来到人间没有体面的衣服穿。她为他们每人都做七套小人衣服，一针一线纳出来的。七上八下，七成八不成，她觉得七是个吉祥的数字。老了以后，一辈子不信迷信的她又绕到了姥姥泛神主义的老路上。

我把她做的小人衣服挂到网上，没人相信那是我母亲亲手做的。那不是衣服，简直就是艺术品。

至少是生活的艺术，她为这样的艺术忙碌了七十多年。

父亲快退下来那一段时间特别恋家，只要一有工夫他就回到家里，搬个凳子坐在母亲对面看着她做针线活。他那会儿看起来像我们家最大的孩子。其实他的脾气暴烈得让人难以置信，凡是跟我父亲在一起工作过的人都怕他，他批评人从来不放在背后，专拣有人的时候，把人家训得哑口无言没一点退路。他的下属即使在背后说到他，都是满心的恐惧。他对待工作太认真，认真得没有一点缝隙。年轻的时候，他常常把工作带到家里，自己关在屋子里。每当他离开房间，我们进去打扫，整个屋子就像窑洞一样青烟缭绕。他在家很少说话，从来没笑过，正因为此，每当看见他回来，我们立即会停止喧哗，像突然被掐断了电源一样。对我们，他谁也不看，把报纸文件扔在沙发上。顷刻间，他像站在一座荒岛上，身边一个人都没有了。

即使他走到哪里就把家搬到哪里，我们也从来没有觉得他就是家。

我们的家是那个虽然沉默，但是可以让我们亲近的母亲。

12.

我出席各种公开场合常常把自己打理得很出彩，漂亮、干练、精致。我一定要让别人看出来，我活得有声有色。所有第一次见我的人都觉得我很不简单，有做一番事业的气魄。可是，只要我一开口说话，大家都会会心地笑起来。我头脑简单，往往通过语言的幼稚，在极短的时间里让别人认识我。有时候，我跟着家里的小姑娘去买菜，人家看见我就会特别高兴。我煞有介事地跟人家讨价还价，最后可能比讨价前的价位都高。其实我只是觉得那是买菜的一个仪式，我必须经过那个过程。至于最后多少钱一斤买的，买了几斤，我根本没往心里去。看着电子称的时候，可能我正在跟我小说里的一个人物对话，为他的一点小小的成功而兴奋不已。（大姐，你看这芹菜嫩得简直能掐出水来，生吃都没问题。给你捆好了哈！再来半斤香菜？）

我们拎着好几种自己根本没想到要买的菜穿过闹市，其实

■她长大了，个头和我一样高挑，走在大街上，几乎会聚集所有人的目光。

我只是走过我自己，我在自己的身体里旅行和穿越。更多的时间里，我脱离了一本正经的生活，让自己闲散着，一连几十分钟看着一片天空，鸽子飞过来的时候，我就想象我的女儿。她长大了，个头和我一样高挑，走在大街上，几乎会聚集所有人的目光。总会有人问，她是你的什么人呢？我女儿啊——我把"啊"音拉得很长，那是一个母亲无限骄傲的忍不住的呻吟。

啊——啊——啊——

我有时想，不能老是这么惯着自己，总得干点什么，比如，在纸上写下我这个时刻的心情，写下并不完整的生活的碎屑。若干年后，我已经不在人世了，女儿在舒适的屋子里带她的孩子玩耍，她的孙子或者孙女要求她讲一个故事，她朗读的或许就是我在纸上留下的文字。抑或我的女儿的女儿会根据这些纸片写一篇某某女人的小说也未可知。

我的血液流动加快了，可是思想更加盲目。我在电脑上敲下一行字：被一只蚊子咬了一口，好痛！

极短的时间内就有人跟上来，操！矫情，被蚊子咬一口也能说痛？

其实，对我之外的任何一个人来说，不管我有多大的痛，也不会让他们有比蚊子咬一口更痛的痛了。

而且，当那个"蚊子"默不作声地朝你扑来并狠狠地咬住你不松口的时候，你连喊痛的机会都没有。

我突然笑起来，收不住，眼泪淌了满脸。但是，我没有让思想在这件事情上继续停留，我的思想总是无法在一个问题上纠结太长，更何况我拒绝与谁讨论痛苦和幸福。痛苦和幸福都全凭自己的感觉，说出来，就完全不是那么回事了。更何况，我认为的甜蜜，换一个人或许就会觉得苦涩。

敬川在某一天上午，非常突然地打一个电话给我，说他要出差去。当时我正在一个会议上，我问，要多久呢？他回答，说不好，大概不会太久吧！他的声音很安详，他还说，你照顾好自己，并特意安排，幺幺可以交给小芸带着。

我只是有一点小小的疑惑，为什么特意安排幺幺的事？小芸是我的一个朋友，在幺幺那个城市里做医生。我放下电话，很璀璨地给了自己一个笑脸。我知道他很快就会回来的，他只是像往常一样放心不下我和这个家。我一直生活在他密实的爱护之下，从来没为任何事情担心过。我记得我们在一次激烈的争吵后，他拍拍我的头安抚说，别犟了，我娶你这二十多年，没有让你操过一根钉子的心。

敬川的那个电话是我人生年表上的重大事件，重大到跟我的命一样大。危机突如其来，我生命的泰坦尼克正朝着一个既定的冰山疾驰，顷刻之间就可能粉身碎骨，可我却一点都没有察觉——在中国历史上，这样的暗礁一直都是这么暗，这么硬。人们已经习惯于用最危险的方式把危险突然塞给某个人，只有这样，才能让危险的效果最大化。

从此以后他就失踪了。很久。很久很久。

当时我正在给参与一个文学奖的评委们分发参评稿件，我很笃定，把手中的活计做得一丝不苟。然后，我给大家开了一个小会安排接下来的工作，说了时间和要求。再然后，我在办公室坐下来，想想还有什么事情没有安排妥帖。

王生给我打来电话差不多是正午的光景。他说，你在哪儿？

我说，在办公室。

办公室？他的声音已经变调了，你怎么还在办公室？

怎么了？我凭什么不能在办公室？

王生迟疑了一下说，你回家吧！我在你家楼下。

我在楼下看到王生的脸，他的面孔从来没有这样古怪过，既不是凝重，也不是担忧，几乎可以说有点滑稽。这个男人向来快乐，我认识他十多年他都是快乐着自己和别人。现在，他的神情让我不得不中断惯常的思维，向另外一个狭小而陌生的空间迈进。

我和他一起上了电梯，春光刹那间被关在了门外。我喜气洋洋的休闲小外套在逼仄灰暗的空间里，显得那么的不合时宜。但是，我茫然的脸一定显示出惯常的无所谓。因为我知道，在我的生活里，所有的问题都不会是问题。

保姆打开了门，放了两杯水在茶几上。王生却执意让我到小书房里说话。他坐在一把椅子上，我坐了另一把，中间隔了一米远的距离。十多分钟，好像我们什么都没有说，或许说了我记不得了。

又过了十来分钟，贾生来了。再过了半个小时，弟弟和弟媳来了。陈生来了。我哥哥来了——这些鱼贯而入的人们给我带来的信息并没有让我吃惊，而是他们带来的紧张气氛，塞满了一屋子，让我压抑得受不了。

我张罗着给他们弄水，突如其来的变故让我在惯性的轨道上滑行。下午三点多女儿打来电话，说，妈妈，我爸爸的手机为什么打不通？我平静地说，打不通就不要打了，你现在去小芸姑那里吧。

她说："为什么？"

"不为什么！"我的回答恶狠狠的，然后我的哭泣跟在这句话之后突然展开。

我哭不出声，眼泪却汹涌澎湃地滚落，没有丝毫控制力。贾生后来说，他担心我整个人都变成水，会把自己哭没了。这中间有一个我不认识的人打来电话，说，听说敬川出事了？我坚定地告诉他，他不会出事，他是个什么样的人你们不知道吗？又过了一会儿，我的一个女友打来电话说，要我见她。我说就在电话里说吧！她迟疑了一下，问，电话里可以说吗？我说，有什么不可以的？

她说，听说敬川出事了，有人说是政治路线问题，他说话办事太出格了！也有人说是经济问题，你要有思想准备。

他经济上没问题，我是他老婆，我知道他有没有问题！

女友说，你真糊涂！你们两口子真是瞎打误撞进了官场！政治问题不都是拿经济问题说事儿？

我无语。

她也迟疑了半天，说，如果他骗了你呢？如果他在外面有女人，藏了钱在女人那里呢？

我没回答，这样的问题我不屑于回答。

女友叹了一口气，说，你别再傻了，他们说他在外面有女人，而且有个八岁的儿子。据说，那个女人已经被控制住了。

是吗？相信我的嘴角一定是讥讽的笑。

是的，他有。别再傻了，你就信一回吧！

我回头望着一屋子的亲人和朋友，心里突然释然了。如果说敬川"出事"指的就是这事儿，那我还有什么好担心的呢？

我关闭了电话，因为我不能再重复我的坚定，我会被一万个人的疑惑逼疯。而且事实上我的信念真的就那么坚定吗？

不期而至的危险，让我第一次陷入史无前例的困顿之中。就像在海里游泳，突然被一个巨浪卷走了，根本让你来不及思索。而且问题还远远不止于此，那个时候只有你自己孤身奋战，你既不能喊，又没有任何东西可以让你凭借——你完全失去了陆地、天空，以及历史。

我一次次地说服自己，我病了，我努力地让自己走入病中，只有在病中我才能找到坚持下去的借口，因为只有病才有医治的希望。我不知道我还能活多久，也许是一个月，也许是一年，也许是明天。我在想象里过着几乎与世隔绝的日子，那种感觉好像是与人结伴而行，忽然被遗弃在荒郊野外。我不知道我的那些朋友是怎么找到我的，反正他们一个个出现在我的眼前，几乎像在梦境中一样,分不清是真实还是幻觉。我一遍一遍地问，是你吗？真是你吗？他们说，是，是我。

13.

我的生活又重新进入了轨道。

我也重新找到了写作姿态，金地和苏天明的故事，依然在我的生活里如影随形，只是经过了那么多的变故和挫折之后，我能更清楚地打量他们和我自己。没人能游离于生活之外——不是这一样，就是那一样，我们只能永远处于选择和面对之中，而不能逃离。

去四川大概是八月中旬的事。四川作协的友人打来电话，说要组织一批作家到四姑娘山采风，问我去不去。我说我病着，怎么去？友人说，这年头还生什么鬼病啊？出来走走就好了。并说，大家都盼望你来。

后面这句话他说得特别重。我心里一热。

放下电话我问幺幺，去吗？

为什么不？她斩钉截铁地说。

那时我才忽然发现，幺幺的爸爸出事之后，她像突然换了一个人——我越来越依赖这个毛丫头了，不知不觉间，我也到了向她献媚的年龄，几乎不想让她离开片刻——我几乎忘记了，从小到大我是怎样一步一步对她由希望而失望的。我常常不由自主地叹息，怎么生了这么一个偏执而又从来不考虑别人感受的孩子。她读幼儿园，跟在我们身后散步的时候，我就该看出来迟早得落入她的掌控之中。有时候我们走在路上，她会突然提一个无理要求，振振有词，她的沉着无辜的大眼睛掩盖了她内心的诡计。如果我们不答应她，她就会大哭起来，而且眼泪汹涌，让过往的人觉得我是个十足的后娘。从上初中开始，她给我们提要求，如果我们告诉她不好办，她总是会说，好办不好办我不管，反正那是你们的事儿！没有一次她达不到自己的目的。

　　——我的女儿确实是长大了，曾经，女儿在我们的搀扶下学会走路，今天，我却在女儿的鼓励中重生。夜晚她在床上紧紧地抱着我，她说，妈妈，你可不能死，特别是不能以自杀的方式死，那样我怎么对我的儿女交代？说他们的外婆是自杀的？我的孩子又该怎么对他的孩子说呢？妈妈，我希望我们家族的历史上，永远都是正常的死亡。

　　没有灯光，我和她都有一双猫的眼睛，在黑暗中熠熠生辉。自从她长大后，她就再也不哭给我看了。孩子，我为什么要自杀呢？我满意你，满意我自己，也满意生活给我们的一切。我们遭此劫难，能活下来，而且还能独立地审视自己和这个社会，难道不是个奇迹，不值得庆贺吗？现在我们经历的一切都是值得珍惜的，幸福也好痛苦也罢，都是生命的一种形式和过程，这世上难道还有任何东西比生命还重要吗？我们失去了很多，也毁灭了很多。如果失去了，说明它本来就不该属于我们；如果毁灭了，说明不毁灭这些东西，就会毁灭别的东西。我相信，只有在失去和毁灭中留下来的东西，才是最好的，才是最应该的。

　　卡尔维诺说过："你会愿意一切东西都如你所想象的那样变

成半个，因为美好、智慧、正义只存在于被破坏之后。"

虽然从女儿能听得懂话我就习惯于说："妈妈爱你。"可是到了我真的要表达这种想法的时候，却不知道我该怎么让她知道我有多爱她。

我知道，面对不幸，我有多疼，我的女儿就有多疼。母女连心。

我从北京出发去成都，在机场和汉胤、秋子提前汇合。汉胤是我非常好的朋友，很哥们儿，我们也很谈得来——我们之间的很多话，既可以说，也可以不说。秋子是那种水一样的女人，我不知道为什么会这样形容她，只觉得她是水，是潺潺细流那种。一路上，她都在浸润着我。

喝一点点酒，秋子姐就会舞起来，她那么安静的一个人，跳起舞来却犹如风中的火焰。她说她的舞蹈是突然间开始的，好像是从自己的身体里长出来的。现在她已经把这样的烈火燃烧到国外去了。她正经八百的头衔是一个编辑，私底下却是一个小有名气的现代舞者。

在成都见到枚姐。我爱上她已经很多年了，每一次一起出行她都教会我一些生活的小技巧。她出差会带一箱子衣服，每到一个地方换上一件，衣服比生活变化得还快，也许那就是她的生活态度，谁说人必须被生活牵着走呢？

我已经习惯于对枚姐诉说，因为她愿意听，而且会听。

在四川四姑娘山的山坡上，我接到敬川打来的电话。有很久没听到他的声音了，磁性，很坚定——然而也有点熟悉的陌生，就像自己家里一扇好久没有打开的门，忽然大大地敞开了。阳光倾泻而来，山风把我的声音弄得晃晃荡荡。但是，我没有哭——我有什么好哭的呢？在我们这个时代，悲哀是有相当规模的，跟我们这个世界一样大——哭能解决什么问题！我问，你好吗？他说，好。又补充说，非常好。他没有说更多的事情，只是问了问孩子和老人的情况，最后才说，你过马路一定要当心啊！

枚姐询问是谁打来的，我说我先生。

他可以打电话啊？枚姐挽住我的胳膊，歪头看着我，都说了什么呢？

过马路要当心。

为什么要说这句话？

算命的说，我今年路上有灾。

眼泪瞬间蒙住了枚姐的眼睛，她拍着我的肩膀说，你还需要什么呢，难道你还不是个幸福的女人吗？

是啊，我还需要什么呢？好像一切都从暗处摆到了前台，我的生命已经达到了某种饱和，再也不需要增减什么了。

不过，我还需要——需要我该需要的，毕竟没有时过境迁，毕竟还要强作欢颜，毕竟，我还需要紧握这突然而至且又必须慢慢放走的一小段幸福啊！

晚上，藏民们为我们组织了锅庄舞会。篝火熊熊燃烧，不远处的架子上烤着肥羊，县城的夜空飘散着浓浓的酒香，大家喝一点酒变得和藏民一样豪迈起来了。我被他们拉入舞池，开始还规矩地按着节拍走，慢慢地，我滑到舞池的中央，那疯狂的律动，来自我的心灵深处。在这样的（这样的！）夜晚，我燃烧它还是它燃烧我？

我知道，我终将被一双大手托住，他不会让我倒下。我的朋友们啊，他们都不会让我倒下。那天克敬大哥对我说了一句话，他说，你是太过于幸运的女人，上天给了你智慧，给了你美貌，你还能指望它把全部的好都给你一个人吗？

一年以后，我在写下这段文字的时候，他那双淳朴而智慧的眼睛，仍然与我咫尺之隔。那温厚的目光，让我的灵魂渐渐安静。

是的，我想对这个世界说，这个那个，我都需要。我希望自己更饱满。

一次，我在阅读林徽因书信集的时候，被她写给沈从文的一段话打动了。她在信中是这样说自己的："我所谓极端的、浪漫的或实际的都无关系，反正我的主义是要生活。没有情感的生活简直是死！生活必须体验丰富的情感，把自己变成丰富，宽大能优容，能了解，能同情种种人性，能懂得自己，不苛责自己也不苛责旁人，不难自己所不能，也不难别人所不能。更不愿命运或是上帝，看清了世界本是各种人性混合做成的纠纷，人性又就是那么一回事，脱不掉生理、心里、环境习惯先天特质的凑合！把道德放大了讲，别裁判或者裁削自己。任性到损害旁人时如果你不忍，你就根本办不到任性的事（如果你办得到，那你那种残忍，便是你自己性格里的一点特性，也用不着过分去纠正），想做的事太多，并且互相冲突时，拣最想做——想做得顾不到旁的牺牲——的事做，未做时心中发生纠纷是免不了的，做后最用不着后悔，因为你既会去做，那桩事便一定是不可免的，别尽着罪过自己。"

　　林徽因是我最喜爱的中国为数不多的女作家之一，这个被胡适赞誉为中国奇女子的歌者，用自己的生命抒写了人性的光芒。她敢爱敢恨，一方面对自己的家庭和婚姻视如珍宝，另一方面又把对徐志摩的爱表达得淋漓尽致。那是真正的赤子之情，真正坦坦荡荡的大爱，那是她一直追求的"有情感的生活"，她是真正的懂得自己也懂得别人。是啊，生活在妇女解放的今天，可是我们要么把自己扒得赤身露体，要么把自己裹得讳莫如深，什么时候做过真实的自己？有时候，即使想在自己的作品里面对自己，可是那思想总像四面漏风怎么都糊不严的屋子，总有丝丝缕缕的寒冷从缝隙里扑过来，让你震颤，让你冷。不但是我们，在现实生活中，有多少人能看清自己呢？这种身份的焦虑，像四处蔓延的野草一样，遍布我们的心灵。我想起了我在《明惠的圣诞》里所创造的人物，明惠。当时我想借这个人物表达城乡之间的对立，尤其是进城农民对自己身份的焦虑——她渴望别人认可她，渴望成为一个城里人。她在成为城里人的过程中，可以不惜一切，甚至卖身。但是一旦身份变了，感觉到自己是城里人了，别人的一句玩笑或者是冷落，她就受不了，甚至不惜牺牲生命来维护自己的尊严——想想看，一个人的身份哪怕稍稍变化一点点，就会有截然不同的结局——这种东西过去是没多少人关注的，对"城市化"，人们只是习惯于用数字说话，城市化率达到多少多少,新农村建设如何如何。从来没人会想到,在这个数字后面,是活生生的生命和尊严的丧失,更不要说文明的衰落和历史的失重了——但是,即使是死,明慧们也没有找到自己的真实身份,对于城市给他们的语言和表情,他们根本消化不了。

有时候我在想,作为城市的后之来者,难道我们不是一个个明惠吗?我们从乡镇进入小城市,又从小城市进入大城市。每一次进入,不是渴望尽快地融入城市,而是坚定地与它分割开——即使是融入它,也是为了更好地分割,因为只有分隔开,才能让融入变得有意义——融入只是为了涂改历史,而分割是为了证明我们已经修正了出身的"错误"——一定要让人知道我来了,我在。在任何一个地方我都可以理直气壮,因为我已经属于这里!我把一张张名片发给那些素不相识的人,对他们释放廉价的微笑。如果他们都不知道我来了,那么,我的来还有什么意义呢?

14.

亲人之间,有些话只能装在心底,一辈子都无法表达。想到么么,我的身心立刻就会被幸福疼痛着,这种骨头里的亲爱,如果用语言表达出来就不是那种完整的意思了。

现在我才会这样想:我的父母对我,不也是如此吗?

父亲去世四年后的一个夜晚,我突然在梦中哭醒。我梦见他躺在灵床上，被白色的床单罩着。灵床自己在走，似乎是一直向南。没人告诉我被单下面是我父亲，可我知道是他。父亲路过我家门时没有停留。我装作什么都没有发现，催促母亲去医院看他。母亲非常平静，慢声细语地对我解释着她不着急去的原因。然后她突然撇下我，上了一辆公交车，回头大声地对我说，你爸已经死了，我去追他！

父亲为何就那样凄凉地走了？他躺在一张狭窄的床上，蒙着白色的床单，一个人，去了一个我们未知的世界。父亲，你是不肯原谅我了，还要让我伤心多久呢？

父亲走得很干净，简直像一个梦。他退休后我们就安排他跟着小妹去了深圳，借口那里的气候适宜老人生活，不让他回老家来。他爱小女儿，也装作很喜欢那里的生活。其实，我清楚地知道他的孤独，他想回家，家里有他熟悉的一切：天气、气味、同事、水土……我躲避着他的心愿，很残忍地。我告诉哥哥和小妹，他老了，别太惯着他，并借口说老人路上折腾多了会出问题，一次都不让他回来。最后几年他在我们面前完全软塌下去了，像一只漏气的皮球，一点点地软塌下去。他从来没有跟我们提过什么具体要求，估计是不知道哪句话该怎么说才合适。他就坐在那里，像屋子里的另一堵墙，可以随便挪开的墙，看我们的目光像羔羊一样。我明白他想干什么，可我根本不给他说的机会，武断地阻止他的表达。我们父女俩在一起时常常像陌生人一样，互相看都不看一眼。父亲的最后几年，我没有为他洗过一次衣服和头发，更没有拉过他的手，一次都没有。我一直认为在他的内心深处，应该深怀着对我的歉疚，为他年轻时对我的严苛——我们的关系从我幼年时的某一天走入这个定式，再也没有改变过——现在，他弱小了我就强大起来。我像他当年对我一样，武断地，不给他任何机会。那不是恶意，是忽视。

现在，除了忽视和伤害自己的亲人，对这个世界我们还能够做什么呢？

他从家去深圳那会儿，身体已经非常虚弱了。提前两个月他就开始发愁，说走不动路，若是上不去飞机怎么办。我完全可以给他解释清楚，可我没有那个耐心，皱着眉头呵斥他，嘲笑他，嫌他操闲心。他不敢再絮叨了，就那样被登机的烦恼煎熬着，整整两个月，更加瘦起来。

妹妹是父亲的半条命。我有时想，若是母亲不生这个老丫头，他们的晚年该是何等的难过。妹妹伺候父亲比伺候她的儿子都有耐心，不厌其烦地为他理发，剪指甲，洗脚，哄他喝水。我在他身边坐着他视而不见，一声声呼唤着另一个女儿，五分钟的间隔都没有。我又忍不住嚷他，你喊得我心慌！他会停一会儿，然后再喊。他依赖我小妹，信任她，也忽视她。她说十句话他都不答应的事情，我瞪一下眼睛，他立刻噤声，表情完全像个做错了事的孩子。

马尔克斯借奥雷良诺上校之口说："一个幸福晚年的秘诀不是别的，而是与孤独签订一个体面的协议。"可是，我们把父亲逼近的孤独，还有多少体面可言呢？

父亲喝了一辈子酒，一天抽三包烟。我总是吓唬他，不让他喝，也不让他抽，说抽烟喝酒会要了他的命。管了他一辈子的母亲，实在看不下去他那可怜兮兮的样子，就恳求我说，让他少沾一点吧，就一点？我丝毫不为所动。他怕我生气，真的把烟酒都戒掉了。戒了烟酒的他神情更加恍惚了，像个无所事事的游魂。而他的生命，却并没有因为戒了烟酒而延长。

去世之前三个月，父亲坚决要求回老家。我们的阻拦失效了，他决绝的态度是如此的悲壮，那是他生命中仅存勇气的最后一次回光返照。我们不得不答应他，但我附加了一个条件：不让他回县城那座空置多年的干休楼。我让妹妹陪他们住在我曾经工作过的L城，除了我想让他的生活环境更好一些，主要是怕他见到那些老朋友老同事，烟酒瘾会复发。他妥协了，他那时几乎再也没有辩驳我的力气了。

父亲去世后，他的那些老同事老朋友们责怪我说，最后也没让我们老哥几个见个面！我无言以对，我对父亲亏欠的岂止这些啊？

我写这么多，完全忽略了先我出生的两个哥哥。在陈述父亲与孩子们的关系时，我似乎完全有理由忽略掉他们。父亲一生都宠着女孩，对儿子几乎不闻不问。有一次我委屈地讲述小时候父亲对我划破主席像的严苛，伤心不已。我大哥说，你那能算委屈吗？我二十岁以前爸都没有正眼看过我。与他们比起来，我真是幸福得太多了。父亲坚持富养闺女穷养儿，从我有记忆起，他就供着我花零钱，即使他对我最严苛的时候也从来没有间断过。在经济不宽松的年代，他工资还算高。每天我都能在自己的口袋里找到零花钱。不知道他是什么时候、怎么装进我口袋里的，我几乎没见过他。母亲发现之后总是气急败坏，但管不住，他总会偷偷地给我。哥哥却不能够享受这种特殊待遇。当然，对儿子他同样是爱，只是藏在心中。1979年我不满二十岁的大哥参加了对越作战，父亲不管工作有多忙，每天下午都会抽出一段时间坐在邮局里等信。收不到大哥的信会掉眼泪，收到信则哭得更凶。

父亲住在L城的那段时间，我每次回去看他，若是提前打电话，他会一上午心神不定，极其费力地走到楼下观望，或者干脆搬个小凳子坐在楼下等，不管天气好坏都是如此。我看见了，就呵斥他，你怎么这么会磨人啊？再回去，电话都不给他打了。母亲说，你过去回来先通知一下还好，他不那么着急，现在他觉得你该回来了，就天天守在电话机旁，连吃饭都不舍得离开。

他年轻时爱吃豆类食品，妈妈买一点新鲜的豌豆剥出来，他不让吃，坚持要等着我先生和孩子回来再吃。若是我一个人回去，他就会很失望，说，冰箱里有豆子啊，他们怎么都不回来吃呢？

都那么忙，哪能说回来就回来！我把放得发黑的豆子一股脑儿倒掉，吵他说，这些东西哪里买不来？

父亲去世前，把他一生积攒的钱都分了。他一分一分地从自己的零花钱里攒出来的，那该是多少他忍痛割爱的烟酒所组成的啊！他对我妈不放心，存折自己放起来，还要经常拿出来看看，害怕它们会突然消失。现在，他果断地分着他的资产，就像把他的生命一份份地分给他的亲人。分给幺幺的钱，他不交给我，坚持当面交给孩子。他一直等到幺幺参加完高考，给了她一张存折。幺幺是个只要手里有钱立马都要烧掉的主儿，姥爷去世快五年了，那张存折她却始终没动。父亲是在幺幺考完试五天头上去世的，他强撑着等她。他一边耐心地等着她，一边耐心地等着自己的死亡。

我的家人是否都是敏感的先知？

那天早上起来，父亲吃了两个鸡蛋，一杯牛奶。母亲把他平时服的药配好拿过来，坐在他对面看着他吃。他把药推到一边，对母亲说："活到咱们这个年龄，才知道什么是该要的，什么是不该要的。"母亲大为骇异，他们在一起过了一辈子，他从来没有用这么哲学的话语同她说过话——他们之间从来不说没有实际意义的词语（比如：我好想你。这里的风景真美啊！）他们的交流都是非常形而下的，是筛子般细密的生活应对——说完那句话，父亲站了起来，表情凝重地要求我母亲立即给儿子打电话，他要回自己的家里去。母亲说，现在吗？他说，现在，一刻也不能等！他已经很久没有为自己做决定了。母亲只迟疑了几秒钟，立即从他的脸上看出了非同寻常。她拿起电话找到我大哥，让他带着医生和一辆救护车来接父亲。

父亲是自己从三楼上走下去的，上车后他一路上都在说话。据后来大哥告诉我说，父亲好像一辈子都没说过那么多的话。他劝父亲说，爸，你休息一会吧，现在先别说了。父亲说，还有一件事我要交代你，我死了之后，一定要把我埋在你爷爷奶奶的脚头，记住啊！大哥没有回答他。父亲再次说，记住，记住啊！大哥把脸扭向车窗外，泪流满面。后来大哥给我打电话说，爸病了，你赶紧回来。我说，他又是撒娇，是不是想闹点动静让我们都回去？大哥说，别说了！马上赶回来！

载父亲的车十点钟驶回了他工作了一辈子的小城。哥哥直接把他拉进医院病房，想要给他做个检查。他连一口水都没喝，只问了一声，我到家了吗？得到肯定的答复后，他说，那我睡了。那时我还正在赶回家在路上。妹妹说，爸先别睡，我姐在路上，等她一会儿。他把头扭向另一侧。我的二哥双手紧紧地拉着父亲的衣角，焦急万分地看着他。"人这一辈子就怕死，"他柔声地对自己的小儿子说，眼睛里满是笑意和慈祥，这一生他从没有这么温情过，"真正到死的时候啥都不怕了。"二哥努力地想朝他笑笑，却流了满脸的泪。幸好父亲已经合上了眼睛，他没有看见。各种仪器都还在红红绿绿地闪烁着，医生把手伸进父亲的身下，摸了摸他的背，说，出汗了，然后又摇了摇头说，抓紧换衣服吧！

母亲像遭电击一样呆住了，她跌坐在椅子上站不起来，根本无法相信早上还鲜活的生命，就这么撒手走了。护士把丧衣整整齐齐地给他换上，那时他的身体还温热着。哥哥妹妹，还有我的几个表姐弟，都跪在他的病床前，等着他再说点什么，等着一个炽热的生命像一杯热水那样慢慢地变凉——只是，天命不可违，生命总要由热变凉，不管何时去死，也没有什么非说不可的——尽管屋子里泪流成河，但没有一点声音，孩子们以一贯在他面前的态度，安静地送他上路。

我的父亲睡了，再也没有醒来。我扑到病床前，心里却在责怪他，你怎么可以不等我回来呢？他的嘴巴张开着，不回答我。我和他别扭了几十年，他怎么可以这样不声不响地走？他把我的世界一下子掏空了，空得像一片坟场。

他咽气后，医生怎么按摩都合不拢他的嘴。我把手放上去，我说爸，我回来晚了，对不起爸。爸爸！他的表情一下子松了，闭拢的嘴像是在微笑。他走得像是一个胜利者。

是的，他胜利了，他微笑着离开，把疼痛留给我们。

埋葬父亲之前，老家小叔打来电话说，爷爷奶奶的坟（家族的坟园）现在已经是在村子中央了，剩下的地方即使埋得下父亲，也埋不下他们弟兄两个。他跟我妈说，他和我二叔的意思，能不能再迁一处新地，他们兄弟俩百年之后想跟哥哥埋在一起。

妈妈迟疑了一下，说，我跟孩子们商量商量吧！

那天我们还没有来得及商量父亲的后事，中午小叔又打来电话说，他们的一个老姑，已经快一百岁了，又聋又瞎，中午突然哭了起来，嘴里说的都是父亲的话语，坚决要求跟自己的父母葬在一起。按农村人的说法，这是灵魂附体了。我接过电话说，这事儿不容商量，一定把爸爸埋在爷爷奶奶的脚头！放下电话我再也控制不住自己，失声痛哭。爸爸，你只知道找你的父母，现在那也成为了我的希望啊！那是任何一个孩子永远的希望啊！

上天啊，快把他还回来，我要让他给我时间，让我照顾他的晚年，让我洗净他的头发，泡软他的双脚。让我表达我对他的全部的爱。爸爸，我爱你！这个世界上所有的爱加在一起，都不及我对你的万一！

父亲走了，决然地走了，不给我机会。

可是，即使不走，难道他在过吗？他常常自己，一个人，拖着被这个时代掏得空空如也而又塞得满满当当的身体，像个塑料贴片似的粘在这个世界浮华的表面上；他不属于任何人，也不属于他自己。有时候我想，这个我喊作爸爸的人，他的哪一部分是真正属于他的孩子们的？他的父亲称谓更多的是个象征。如果说他只是肉体上属于我们，那也只是在他死了之后，变成一具真正意义上的肉体，才纯粹属于我们——让我们爱，让我们哭，让我们把他烧成一把灰。

——"除了他曾生活过并且苦恼过之外，我们对他一无所知。"

我从小就胆怯，一个人不敢关灯睡觉，自从父亲走后，我再也没有害怕过。可是，过去我到底害怕什么呢？抑或是，"除了害怕本身，并没有什么可害怕的"？有人说，当你成为父母之后，你才可以失去父母。现在，我一个人的夜晚，父亲常常坐在我的床边，抽一支烟，或者看一份冥间的报纸。坐在他的膝上吵闹，已经是太过久远的事情了。那时他喝了酒，故意把酒气喷在我脸上，那温热的辛辣刺激出我的泪水。四十年后，我再也闻不到那个味道了，泪水却像决堤的河水，泛滥得无边无际。爸爸——我想让这个称呼，一直暖我到死。

　　我在他的守护里睡去，我和他赌的四十年的气，竟然如此温暖着我。他愤怒着我，无奈着我，骄傲着我。而我从来都知道，我是他最疼的孩子，我的反叛是一种撒娇的方式。他的不妥协，是另一种撒娇的方式。

15.

　　没有人能说得清在虚构和现实之间，有多大的距离；现实是别无选择的虚构，而虚构则是瞬息万变的现实——甚至在很多时候，虚构是现实的背书——在金地和苏天明身上，我更加弄明白了这种宿命和不测。对自己和别人，我们所知甚少，所惑甚多。

　　对于自己的初恋，金地总是恍惚得像一个别人的故事。那时，苏天明的父亲让人给他说了门亲事，那个女孩儿是金地的大学同学，叫芙蓉，长得也像芙蓉花一样娇艳。芙蓉对苏天明似乎有许多个不满意，她喜欢那种身长八尺，相貌端正，礼节周全的男人。从任何一个角度上说，苏天明显然都不符合她的标准。

　　大二的暑假，金地见到了苏天明，觉得似曾相识，有那种灵光一现的心动。苏天明也诧异这偏远的小城，还有这样灵秀的女孩儿。金地并不是个善于交流的人，她寂寞的外表常常把人推得很远。可那天刚好芙蓉有事，就把苏天明留给了金地。不知道从哪里开始的，后来他们谈到了诗，谈到一些作家和作品，

■ 大二的暑假，金地见到了苏天明，觉得似曾相识，有那种灵光一现的心动。苏天明也诧异这偏远的小城，还有这样灵秀的女孩儿。

谈俄罗斯文学对中国的影响(啊,二月。一打开墨水就痛哭!\哽咽着抒写二月的诗篇,\当暴风雪再次狂怒,\孕育着一个黑色的春天),这是他们那个时代最时髦的话题之一。其实说是"谈到"并不很确切,主要是苏天明说,金地一直在听。她不时点一下头,以便述说者的叙述更完美。他的语调中带着兴奋、神秘、卖弄和庄重。非常有意思的是,她能懂他。其实,她不仅仅是能听得懂内容,更主要的是听懂那样一种形式。不过,在苏天明那颗不安分的心中,能有一个听得懂他而又如此忠实的听众,况且还是这样美丽的女孩,真让他喜出望外。

在心里,金地暗暗地喜欢着他,这个个头不高,语言机警,散漫却带着几分激进,幽默中总有零星刻薄的男人。他骨子里有一种不羁,这和金地身边的男孩子们非常不一样。她活在一个"温良恭俭让"的生活圈子里,包括她的哥哥们,也都是中规中矩的。

那天苏天明和金地聊天的时候,手中拿着一串葡萄,叉腿反坐在朋友家的自行车支架上,一边吃一边把连珠妙语像葡萄籽一样吐出来。他多么符合金地关于白马王子的想象啊,睿智,激情,落拓不羁,头发蓬松,眼睛闪闪发光。

一切都可以用来回忆,充满着爱情的张力。

返校之后,苏天明给金地写了一封很长的信,谈理想,谈人生,更多的还是谈诗,还给金地写了一首小诗。金地也回了一封很长的信,也谈理想,谈人生,并试着给苏天明回了一首小诗(这是她第一次写诗呢):

这是夏天

我用凤仙花

染红了指甲

想把花开

嫁接在我的思想上

一朵花

让我留住了开的季节

小桃红一样的指尖儿

这藏在日子里的小妖精

让生命

有了颜色

苏天明再写信来，金地也写信过去。芙蓉收到苏天明的来信，常常拿给金地看。金地也只好把苏天明写给她的信给芙蓉看。苏天明写给芙蓉的信显然正规很多，有时候看起来简直是一个保健处方：吃什么，怎么注意保暖，该读哪些书（看书不能太久，四十分钟要站起来走走，往远处望）。金地在信里看到了另外一个苏天明，一个物质的，现世的苏天明。芙蓉给苏天明织了一件毛衣，咖啡色的，厚墩墩的，有居家的质感。她拿着让金地提意见，金地竟然提出了一大堆毛病，最后不得不拆掉了重来。很久之后金地想，当时的这个行为是不是暗示着他们三个之间的关系，有的要拆掉，有的再重新编织？

　　那时苏天明和金地在踏着不紧不慢的步子，按照生活固有的节拍向前进。如果不是后来……

　　如果！每当想起这个词，金地就会后怕得出一身冷汗。

　　芙蓉觉得金地欣赏苏天明，这让她非常满足，因而对苏天明的看法就有了改变。她当初把苏天明介绍给金地，其实是想让金地帮她拿主意，她对这个男人举棋不定。她在金地的态度中找到了自己的态度。

　　对与苏天明的通信，慢慢地，金地心中有了点儿不安。尽管她不知道这种不安意味着什么，可她再接到苏天明的信，若是芙蓉不知道就不让她看了。渐渐地，她刻意不让自己给他复信，忍了不久又推翻自己的决定，试着再写最后一封。这"最后"一直没能守住，防线向后撤了又撤，无济于事。女孩子到了这个年龄，内心总是寂寞的，哪怕和爱情无关。

　　这期间，有人给金地介绍了一个对象，是一所工科大学的高材生。金地和那男孩子见了面，人家常常来找她。他来了，她就去见他，两人看起来也不错。

　　如果不是被爱情撞个正着，谁能感受到生活在暗处的力量呢？

　　苏天明给金地写的最短的一封信只有五个字：金地，我爱你！

　　那天金地走在小城秋天的街道上，傍晚，蜜色的阳光把她涂抹得似真似幻。她有一种想流泪的冲动，然后就真的哭起来。小城的街道被她肆意的眼泪泡得面目全非，像调色板，她觉得自己的腿脚轻飘飘的。她不是不爱，也不是不会爱，她只是觉得，不是该这个时候爱，不该爱这个人。一切都是错，错得那么无力，那么依稀仿佛，那么执拗，那么温暖……实际上，她的感情已经出发了，寻寻觅觅，深一脚浅一脚地在摸索着前进。但是，稍微有一点风吹草动，它就会缩回来，退回到原点，不着痕迹。那种敏感，那种惊险，现在想来就像一段发黄的影像，不知道该用来收藏，还是该用来伤心。

金地决定不回复苏天明。苏天明再写信来，仍然是五个字。金地，我爱你！

金地仍然不回复，苏天明仍然写来，仍然是那五个字，具有侵略者的野心和霸气。

金地在那张被她摩挲了无数遍的信纸上写道：凭什么呢？你也不问问我爱不爱你？

苏天明回复：这不就是你的答案嘛！

苏天明和金地相爱了，每天都写一封长信，有时也相约打一个电话。一大早他们就坐公交车来到长途电话局，呆坐在一大片焦灼不安的眼神中，等待总机接转。有时候要等一天，好容易接通了，电话那头刺刺拉拉的电流声中忽远忽近的声音，让人觉得是如此的虚幻和吊诡。她知道，如果突然停电或者接线员换一个插孔，眼前的一切立马就会消失。金地哭起来，哭的是什么自己也说不清楚。也许是想念，也许是害怕，想念也远不如写信时真切，害怕却远远比自己想象的要大得多。

金地和苏天明的故事，是我从开始写作一直到现在都反复讲述的。他们俩陪伴我这许多年里，跟我一起成长，也跟我一起烦恼和喜悦。

以上关于金地和苏天明的爱情故事，是我讲给幺幺的版本。故事的发展也许是另外一个版本，毕竟生活远远大于故事，也比故事简约得多——极有可能的过程是，苏天明直接到把金地约到某一个地方，两个人抱成一团，痛哭了一场，仿佛山穷水尽疑无路了。他们两个都没有办法逃避。两个人相爱了。

苏天明当天就把事情告诉了芙蓉，那不是冲动，一部分来自于幸福，一部分是内疚，还有一部分是恐惧。好像他的孩童时代，点燃一只炮仗，只要把耳朵捂起来就听不到爆炸声，对接下来将要发生什么既盼望又害怕。

让苏天明万万没有想到的是，芙蓉的情绪会是那么激烈。这件事很快就惊动了双方的父母——他们都是儿女婚姻的一个组成部分。天明的父母表现得比芙蓉的父母还冲动，他们给金地的父亲写了一封信，历数这桩出格的婚变将要产生的负面影响和严重后果。那个时代，对未来婚姻的承诺，是一个人最大的信誉资产。

金地的爸爸在个人道德的领地里守护了半辈子，岂能容许这样的事情发生在自己家里。女儿一向是让他放心的，他和金地的妈妈把女儿关在家中，坐公共汽车去芙蓉家道歉。事情持续发酵，结果可想而知，他们被芙蓉的父母羞辱得无地自容。

金地的父母回来时坐在公共汽车上默默地流着泪，好像这辆车是开往世界末日的。当时他们情愿如此，他们就希望坐在这个车上，忽然之间一切都消失掉。但是，这个车还是在该停的地方停了下来，不堪还得面对。金地的父亲试图以最传统的方式了结这事儿，回到家里，狠狠地打了金地一个耳光。耳光清脆的响声，久久地回旋在屋子里好多天。被爱情占满了身心的金地想，她渴望的正是这一声脆响，她知道父母最后的招数也就这样了。

苏天明去看金地。他们那时都已经工作了，两个人的城市相距两百多公里，他来的时候要走一天，回去也要走一天，中间只有一个多小时的见面时间。苏天明来了，就在金地的办公室坐上一会儿，像个公事公办的业务员一样。如果赶上金地下班时间，他们就到田野里去溜达一圈。他们实在无地方可去，到处都是他们不希望看到的面孔和眼睛，那时候根本没有私人生活可言，整个国家还处在人盯人的政治运动后遗症末期。苏天明要走了，金地就去送他。苏天明上车，金地也跟着上去。没有座位，两个人就一直站着。车子到了中转站，两个人出了车站，忽然忘记了各自的目的，就坐在车站的台阶上叹气。夕阳在他们幸福的伤感里逐渐消失，天黑下来。苏天明去买票，然后，又把金地送回去，好像他们的爱情只能一直在路上流浪。

他们的爱情不够惊天地泣鬼神，但爱得足够疼痛。金地每天都幻想着有一个遥远的"鸦雀无声"的地方，只能容得下他们两个，她要和天明一起去到那里，从此形影不离。她要生一个小金地出来，因为天明渴望着有一个女儿。

——在他们真正地遇到那场灾难之前，他们的故事不管怎么样说起来，都是一副儿女情长的模样。

"你远远理解不了，"我对么么说，"他们的爱情故事越老套，后来发生的那些事也就越惨烈。因为那个时代的人，开始的时候无路可走，等到有路可走了，却没人敢走。"

16.

在我的记忆里，父亲从来没有带着母亲回过他的老家。对这件事，父母都讳莫如深，不过，我们也没敢问过。父亲带着我们回去的次数也屈指可数，他自己则常常回去。我考上大学那一年，他带着我回去了。当时他让母亲和我说这件事儿，我顾虑很久，真的不想回去为他装点门面。后来，我想到即将与他分离过我自己独立的生活，才勉强答应了他。

他带着我和哥哥们回去的第一件事，就是给爷爷奶奶上坟。

那时候，爷爷奶奶的坟还在村子外面。父亲的故乡是真正的农村，一出村子就是大片大片的田地。那时是秋天，举目四望沃野千里。父亲立在他父母坟前，只一声"我回来了"便涕泪横流，甚至忘记了给他们汇报我考上大学的事儿。我远远地看着父亲高大的身躯弯成一张弓，衣衫被秋风鼓胀着，花白的头发和祖父母坟头上衰败的枯草一样在秋风中抖索，心里竟有万般滋味。父亲老了，他再也不是那个无所不能的父亲了。不过我怎么也不会想到，他的生命与他脚下的坟墓之间的距离竟是如此之短。我更没有想到，很快就会有一天我也像父亲一样跪在这里痛哭流涕，而陪伴左右的将是我那脸上永远开满笑容的女儿——那时我怎么能明白，生命给我们的时间并不慷慨，两代人命运的衔接处往往只有窄窄的几级台阶，而我们能和父母并肩而行的日子，实在是屈指可数。

那时每一次还乡，父亲都要带几条好烟回去。家里除了不吸烟的小叔，已经没什么亲人了。村里人也未必知其烟的好坏，但父亲执意要带。父亲退下来后，故乡上门的人日渐稀少，但父亲那古道热肠依然不减当年。父亲是真正敬着故乡的人，故乡在我儿时就与父亲有着千丝万缕的联系，常常在放学后，家里出现一拨拨的陌生人，带着黄豆、芝麻、花生、红薯之类的土特产，显眼地摆放在桌子上。父母亲忙着招待这些语言木讷、脸上堆满笑容的人。他们把屋子里搞得乱七八糟，简直就像事故现场。有时候，他们不好意思在客厅吐痰，便跑到卧室里去吐。为此，我抗议过好多次。我那尖厉的叫喊，很让父亲尴尬，但父亲从来也不提醒他们。他们说着诸如收成、生老病死、左邻右舍等千篇一律的陈旧话题，求医的，告状的，借钱的，购置建材化肥农药的，甚至为宅基地纠纷之类断官司的。这就是故乡的人，他们那黧黑的面孔和羊一样的目光像皮影一样交替出现在我家门口。我常纳闷，为什么父亲走了一辈子，却从来没有真正离开过土地？他经历了半个多世纪的纷繁复杂，在政治路途上起起伏伏，可骨子里仍旧是个十足的农民，始终保留着他农民的本色，包括吃饭、穿衣。也许是害怕距离故乡太远，每到一个地方，他总是千方百计开垦出一片土地来从事农耕。推开我们的院门，总以为是走到了试验田里。

站在这个被父亲日思夜想的故乡，我实在幻化不出它曾经的浪漫来。父亲距他的故乡至少有五十年了。五十年前，村落的草屋顶上，飘着淡淡炊烟，也许会有一些古典的韵致。但一九七五年那场史无前例的大洪水已扫荡了父亲记忆里所有的一切。新规划的街道高低不平，一些新建的房屋，妖冶地站在牛羊粪堆的旁边。穿着新衣的孩童，黝黑的手抓着白面馒头，躲在父母的身后不知所措。空气中弥漫着一股淋过雨的柴禾与各种粪便混合的特殊气味，闭上眼睛也能嗅得出到了什么地方。这个村庄和其他乡村没有任何不一样——但我相信在父亲心目中，它永远保留着原来的样子——却仅仅因为它是父亲的故乡，我们就要带着崇敬的心情回来，然后再如释重负地离开。

父亲见人就要停下来散烟叙一叙辈分。村子里的人赶集一样地拥过来，父亲便不停地介绍着小叔、四大爷，似乎村里所有的人都和我们家沾亲带故。父亲和他们一样傻呵呵地乐着，很动情地说着陈芝麻烂谷子的往昔，沉浸在经年旧事的喜悦里。他们吃过同一眼井里的水，也许在几十年前他们曾经手牵手走过一道又一道沟沟坎坎，平淡的历史在他们的比划里突然变得鲜活起来。回乡的滋味总是这样千篇一律而又无一例外的意味深长，无论在其他地方生活时间多么绵长，你永远不可能有这种与生俱来的熟稔，这样无间的亲情。

吃饭似乎成了一个重大问题，各方相执不下，搞得父亲既无所适从又得意洋洋，最后几十口子老少经过慎重商议，确定在我的一个堂嫂家吃。堂嫂是村子里的顶尖人物，里里外外一把手，而且干净，能擀一手好面，烙一手好饼。十几年前她曾经带着一个小小的娃儿去我家借过钱，那时她还是一个少妇。印象深刻的是，晚上看家里那台十四寸的黑白电视，堂嫂瞅了半天突然指着墙角一个单桶洗衣机问："上面的人是不是从那机器里放映出来的？"那时我还是个孩子，笑得满地打滚，但我惊讶她竟然会使用放映这个词。堂嫂收拾着各家各户源源不断地送来的菜肴，满面红光地忙着，擀面杖在她手里愉快地翻滚，风箱声和父亲他们的笑声穿插在院子里，真是一幅其乐融融的还乡图画。

父亲在故乡生活了十七年，十七年的生活给了他强壮的身体和坦荡的胸怀。父亲是在枪声中告别家园纵身投入这个纷纷扰扰的世界的，他经历人生的坎坷与争斗，肉体和灵魂都感到了疲倦。童年的一切无疑成了人生的乐园。想想那些快乐的日子，田野是那么丰饶，河水是那么清澈，风景是那样秀美，家园是如此的充满香味……对于父亲，故乡就像秋天夜里的一声古钟，既那样遥远，又那样绵长。

我们这一代人，已经越来越少使用"故乡"这个词了，我们真的不知哪儿该是我们的故乡。每当在各种表格中填"籍贯"的时候，我总是习惯填上"××县"，其实既非生于斯也非长于斯，我们好似无根的一代。但父亲不是这样，父亲这一代人都不是这样，叶落归根的愿望，几乎是他们步入老年之后的全部人生理想。其实他们思念的绝不是几间旧房子和满院子的老树，也不是唏嘘着递过来的青筋毕露的手。他们想挽留住的，是那样一个时代，是那些无忧无虑赤脚趟河的日子。但那个时代已经一去不复返了。恰似村口那座石碑，被满载各种欲望的大小车辆，荡得灰头土脸，面目皆非。

父亲对于生养他的土地的深情，如果不是我亲眼所见是绝对不会想象出来的。那一天，吃过饭他领着我们向村外走去。我们故宅的后面环绕着一条宽阔的小河，当地人称做寨海子。据说过去海子里的水与村西的河水相接，四季丰盈，生长着一丛一丛的苇子，秋天里芦花下雪似的飘满了村子。五十多年前，父亲和他的伙伴们赤裸裸地在这里纵身入水，他们劈波斩浪的雄姿与五十年后的苍老几乎是隔河相望。父亲的脚步迟迟疑疑地迈过小桥走向村外。大片大片黑黝黝的土地，像一个袒露着丰腴身体的母亲，朴素而静谧地躺在蓝天下。父亲的目光渐次抚慰着它们。也许是一声狗叫，也许是一声温软的呼儿唤女的乡音，在父亲的记忆深处响起来。父亲说："好！好！"父亲是仰望着天空说这句话的，声音小得我们只能隐约听得见。

然后，他突然蹲下去，把双手深深地插进松软的黑土里。

很多年后，当我阅读勒克莱齐奥的《乌拉尼亚》时，突然找到了那种感觉，那种对土地的亲近和崇拜，使我不禁热泪横流："我说到淤泥和冻土，颜色跟黑墨水一样，那是黄土和腐殖土的混合物，可以深达一米多。我说，这种土黑得就像伊甸园

■大片大片黑黝黝的土地，像一个袒露着丰
  腴身体的母亲，朴素而静谧地躺在蓝天下。
  父亲的目光渐次抚慰着它们。

里的土壤一样。我说出了伊甸园的真正的名字，它们在朗波里奥的院子里回响：黑钙土，栗色土和淋溶黑土……我开始讲土地是如何诞生的。那些呕出熔岩和灰烬的火山，神灵一样的火山，内华多德科利马火山，且希塔罗火山，巴坦班火山，哈诺托胡卡蒂奥火山，它们用它们的血覆盖了河谷、平原，直至海洋。还有破火山口、深成岩体、从熔岩中升起的火山锥，同时喷出的沸水与冰水，伊特兰喷出硫磺的间歇热喷泉。我说到冰川的缓慢下沉，自美国北部的威斯康星州和加拿大的萨斯喀彻温省起，围绕着死去的火山，把山顶侵蚀成一种细细的黑色粉末，埋入土壤深层。接着，我又说到广阔而茂密的松树林和落叶松林，在树林里，阳光甚至无法直射到地面……冰川退到北部以后，森林在火山的雷火中合抱在一起，燃烧了几个世纪。燃烧的灰烬飘到空中，把天空熏得黑洞洞的。就在这片烧焦的土地上，青草自由自在地生长，引来了水牛和野马，羚羊和树獭，狮子和大象。人们在烧焦的悬崖上生活，在他们的身体和岩石上画出星座、荷叶蕨和苍鹰。

　　我说，经过无数个世纪，四周的河谷和平原形成了一片雀麦的海洋。每年冬天，极地风从这里吹过；每年夏天，雨水从这里淌过。黑洞洞的天空中刮着龙卷风，湖出现了，在阳光下银镜般闪闪发光，但之后，湖又消失了。生命从污水中诞生出来，植物的根与根之间是浸润了细菌和孢子的土壤。

　　我讲起蒸发和蒸腾作用，讲起根围、矿藏、铁、钾肥、硝酸盐、粗腐殖质，进入土壤深层的原始腐殖土。我讲起南北贯穿美洲大陆的黑走廊，讲起加拿大的北极灰土、黑草原、红铁石，一直讲到加利福尼亚沙漠的灰钙土。一万年前，男人和女人们正是经过这条走廊来到这里，他们吃的是从瘦骨嶙峋的反刍类动物的口中抢来的草叶和树根。正是在这条走廊上，他们种植出了养育当今人类的植物：玉米、西红柿、菜豆、南瓜、甜薯和佛手瓜。

……”

每当想起父亲去世之后，被深深地埋在这肥沃的土地里，我便感觉到一种说不出来的温暖。终归有一天，父亲也会成为这土地的一部分，不管以什么样的姿势躺下，横竖不都挨着父母亲脚头吗？

神说："……直到你归了土，因为你是从土而出的。你本是尘土，仍要归于尘土。"

17.

林彪摔死那一年，我六岁，但我已经跟着哥哥上了两年小学了。当时我们只是发现父亲和母亲说话的时候，总是鬼鬼祟祟地背着我们，不想让我们知道，不知道外面到底发生了什么事。后来才知道，我们最最敬爱的林副主席逃跑，飞机在半道上爆炸了。"温都尔汗"，"三叉戟"，这些稀奇古怪的名字像一个鬼魅的传说，占据了我们童年的想象世界。我哥哥也不过读小学三年级，也闹不太懂。批林批孔就在我们的懵懂中开始了，大街小巷都贴满了标语、口号、大字报，丑化林彪叶群的漫画，凡是有他俩名字的纸上都打上黑叉。我们只是觉得好玩，却没发现父亲的脸突然变得阴沉起来。后来父亲的名字就上了墙，跟林彪贴在一起，名字也被打了叉。林彪摔死了活该，他反党反毛主席，可是，关两千年前那个叫孔老二的人什么事呢？关我父亲什么事呢？

我在暗夜里大睁着眼睛，小小的心灵第一次感觉到了困惑的滋味。

那天一大早，机关的于秘书就来到我们家。我不太喜欢这个人，脸太白而且很长，眉眼也分得很开，孩子们背后都喊他长白猪。不知他对我父亲嘀咕了几句什么，父亲对我们三兄妹说，今天不要上学了，都到高中的院子里去，给在机关住的孩子开会。

"我们都没有请假！"二哥大着胆子抢着说。

父亲瞪了我们一眼，那样的眼光我第一次看到，像冰锥一样寒气逼人。我们立即低下了头。事隔这么多年，我至今不清楚当时父亲是否知道会议的内容。他一生都是那种原则性纪律性极强的人，依此推断，他应该是知道的。但即便如此他也决不会向我们透露或者叮嘱什么。

我们跑着往高中院子里去。不上学对哥哥们毕竟是一件大好的事，他们在路上跟其他孩子比赛踢瓦片，看谁踢得远。我跟着女孩儿们掐来大把的指甲花，把指头染得血红。好像是三四月的天气，操场西边的李子花开得粉团团的，成群结队的燕子蝴蝶也赶过来凑热闹，一派春和景明的气象。

我们被集中在一间大教室里，一共二十几个孩子，大多都是兄弟或姐妹。于秘书和两个公安很严肃地坐在讲台上。于秘书给我们宣布纪律：不许离开教室，不许回家，吃饭就在这里吃。问题解决不了，睡觉也要在这里睡，一直到问题解决。

于秘书说的"问题"把大家弄得莫名的紧张和兴奋，侦察英雄和抓特务之类的故事是我们主要的精神粮食，而我们突然就置身在这种情节里了。我们大睁着眼睛瞧着台上的两个公安。他们一高一矮，高的长得浓眉大眼，很像英雄，矮的精瘦，眼睛不大却很明亮。两个人搭配在一起恰好符合剧情的需要，吻合了孩子们的想象。高个子开始给我们讲"问题"，讲的原话我记不清楚了，一切都是后来一天天像补丁一样补起来的。但大致意思我弄明白了：于秘书在机关院子里拣到一张报纸，发现上面有人故意侮辱我们的伟大领袖。所有机关里的小孩，每个人都要交代清楚，不然就不能回家。

当时我并不怎么在意他们说的那些事情，我非常发愁我养的那只鸟，它正在生病，我不回家它会不会饿死？

大家紧张了不长时间，便对这种乏味的沉默失去耐心，开始交头接耳做小动作。有一个叫梁兴的小孩故意把凳子弄翻，惹得大家都笑起来。于秘书和那两个人让大家在纸上划一些直线曲线之类的东西，并写上自己的名字。他们翻来覆去地拿我们划拉的东西比较了半天，一直忙到中午，好像也没有找到他们满意的答案。午饭是从机关食堂送来的馒头和菜汤，孩子们不管不顾地抢着吃起来。没有人想到，这三个面容严肃的大人背后，到底隐藏着什么样的危险。

吃过饭，于秘书和那个高个子到隔壁教室去了，矮个子负责看管大家并一个一个地喊人。喊到谁就到隔壁去，大约十几分钟一个，不知让干些什么。我的年龄算是最小的，总也喊不到我，等得都不耐烦了。等到喊我时，天都黑了，我似乎嗅到妈妈新蒸的馒头和炸酱的香气。那个高个子很和气地问我，喜欢玩旧报纸吗？我很诚实地点点头。于秘书的眼睛有点亮，你怎么玩啊？我避开他的目光，大声说，画画！写字！他们相互看了一眼，高个子递过来一只钢笔和一张白纸，说，给我们表演一下好不好？他的表情很像电影里拿糖豆逗小孩的日本鬼子。我赌气接过纸和笔，很认真地画了一朵花和一根没有几片叶子的竹子交给他们。我以为画好就可以走了，他们似乎来了更大的兴趣。于秘书说，你都在报纸上画什么还记得吗？是谁让你画的啊？虽然我很小，但他说话的急切口气还是让我提高了警惕，我想起父亲的目光，立即摇摇头说不记得了。很多年里我一直在想一个问题，他们为什么不把报纸拿出来让我们看看呢？大概这帮孩子都比我大，或许知道一点厉害，没有人承认画过报纸。终于碰到一个乖巧的女孩，使得他们的情绪顿时高涨起来。尤其是于秘书，一次次地变着法子诱导我，说有许多人在一起的照片，你这么聪明，一定能想得起来。高个子说，你肯定不认识照片上的人，更不是故意画他们的。于秘书不等我回答，拍了拍我的头说，小孩子家，这又不是什么大事，你承认了我们立刻放你回家去，不然就得一直待在这里。

马上回家这句话立刻打动了我，我的心思一直牵挂着那只生病的鸟。我终于迟疑着说，我记不得了，可能画过吧！我的回答让他们欣喜若狂，事实上，即使那天一无所获，晚上也会放我们回家。我以为自己很聪明，却不知大祸降临，一个小女孩单纯而稚嫩的心灵史将从此改写。于秘书他们那暧昧而又意味深长的笑从此成为我醒里梦里战栗的深渊。他们露出成功的狩猎者般的笑容，把我送出来，当即宣布解散。除我之外的任何人都不明白发生了什么事，包括我的那两个小哥哥。我暗自快乐着，这么简简单单就救了大家，我是个小英雄，而且是女的。

我的小鸟，我的处处充满香味的春天。

哥哥们在外面玩儿，我自己唱着歌儿奔进家门，在走进屋子的那一瞬间，突然就呆住了。于秘书他们三个正坐在我父亲的对面，面色严峻地跟父亲说着什么。父亲的眼睛红红的，似乎刚刚哭过。看到我们回来，他们也立即住了口。我站在门口不知该进还是退。跪下！父亲突然一声断喝，像劈头盖脸的一个响雷。顷刻之间我就魂飞魄散，吓得尿了一裤子。我惊悸的眼睛看着陌生的父亲，他因愤怒而扭曲的脸上不知是泪水还是汗水。我的疼我如命的父亲，我的把我含在嘴里都怕融化了的父亲，他没让我说一句话，一巴掌就把我扫到了墙角。我的哭嚎立即充满了整个院子。直到今天，我仍然能听到灵魂深处抹不去的那一片惨嚎。

许多年里，我都会重复做同样一场噩梦。

　　天黑透了，我蜷缩在阴冷的屋角，任凭奶奶怎样抚慰，我紧紧地护着自己的头不肯挪动半步。我的心里除了恐惧，什么都没有了。天亮了我该怎么办呢？我小小的脑子里幻想着，这只是一场噩梦，对我一向宠爱有加的爸爸当着那么多人打了我，这肯定是一场误会。我在哀哀的啜泣声中昏昏睡去，眼前是一圈圈看不见底的漩涡，我挣扎着想要逃出去，可始终迈不动脚步；再后来，我又被许多高大的白色布幛遮挡，我的脚下开着大片大片黑色的、我从来没有见过的花朵，我曾经以为那就是那种叫做罂粟的花朵。仿佛有人向我耳语，从今以后，你只需在此看管这个黑色的花园，不用再上学校，也不用再见任何人了。我在我的花园里奔跑，我变成了一只黑色的小狗，我看着我的家人，可他们谁都不知道是我。我与爸爸擦肩而过，当他回头紧紧盯住我的时候，我一慌张就醒了过来。我出了一身冷汗。

　　那种灵与肉、幻想与现实之间的纠葛和折磨，并没有终结我对这件事情的疑惑，而且我始终没闹明白，即使我的父亲抛弃我，我的母亲为什么既不保护也不安抚我呢？也许，最粗糙的解释就是，那个时代的政治大于亲情，但我觉得问题远远没有那么简单——我不敢也不愿往人性方面深想。

　　真正懂得自己所闯祸的严重性，还是渐渐长大以后的几年。每一次运动，在批判父亲的大字报中，无一例外地提到教子无方，丑化国家领导人，甚至演绎为教唆子女恶毒攻击伟大领袖。勿需两个哥哥朝我翻白眼，我已经深知自己罪不可赦。事实上，那次画报纸事件发生在我们家，刚好给了某些人以口实——父亲是我们那个小地方的一把手，整个文革期间都是被打倒的对象。但是他行为端良，总让他们抓不住实质性的问题。而这次内伤正好可以被他们作为硬伤。父亲所受的委屈和承受的压力，是可想而知了。

于秘书很快被"双突"提拔重用，是不是和"侦破"这个事件有关，就不得而知了。

对一个孩童最大的打击是，作为父亲最宠爱的女儿，一日之前还是整天骑在他腿上，拱在他怀里撒娇的娃娃，一日之隔，我们之间的父女深情突然间戛然而止。从此后他眼里再也没有了我，更不用说对我笑一笑，或者牵一牵我的手。父亲高大的背影，过去让我有多温暖，现在就有多恐怖。我总有一种孤零零被抛弃的感觉，我多么渴望他回过头来，在我面前弯下腰说一句温存的话，哪怕拍一下我的脑袋，甚至呵斥我一句。可是没有，那种如仇恨一般的冷漠，一直持续到我读书离开家。

我们很快就离开了那个地方，父亲再一次被发配，或许是因为我。是因为我吗？我不知道。他被调到一个非常偏也非常落后的地方任职，我们去的那天，刚好赶上下雨。那里不通公路，我们的车子陷在淤泥里。他突然跳下车，重重地甩上车门，独自站在路边狠狠地抽起烟来。母亲和哥哥都不看他，扭着头看着我。他们的目光像石头一样砸向我。我低下头，觉得冷得发抖，可是没有一滴泪水。

　　新地方的同学和老师不知道这场事故，我仍然是个好学生，但它巨大的阴影和深深的恐惧，如影随形地纠缠着我。我正处在经不起伤害的年龄，这种疾风暴雨般的摧残，几乎决定了我一生的性格走向。文革结束后，我二哥和我谈起这件事，竟然是当成笑料来说的。他怎么能笑得出来呢？即使到现在我也做不到。他还说，他有一个叫李京的小学同学，上一年级，刚刚学会写字，拿着粉笔到处炫耀。有一次他把一个操场都写满了"打倒刘少奇，保卫毛主席！"可能是写太多脑子乱了，竟然出现了"打倒毛主席，保卫刘少奇！"这样的句子。事情几乎惊动了整个小城，出动公安保护现场，最后揪出这个七岁的孩子。一夜之间，几乎所有同学都知道了李京是一个小反革命。没有人再敢和他说话，原来十分顽皮的孩子，成了一只孤雁，整天形单影只以书为伴。恢复高考制度后，他顺利地考取了北大，后来去了美国，听说在硅谷跟人合伙开公司。

　　"他每年回来都是我接待，"二哥跟我炫耀道，"你去美国可以找他！"

　　我去找他干什么呢？可以重拾往事，共同体验那种虫蛀般的心情，还是相视一笑，把童年的忧伤轻轻放下？谁能知道它留在我心上的伤痕，使我一生的笑容里都含着苦涩呢？在那些郁郁寡欢的日子里，没有人注意到一个孤独的小女孩委屈凄凉的眼神，他们从我面前匆匆而过，他们那响亮的脚步震荡着我脆弱的心灵。开始我还会流泪，可这种泪水大人们是不屑一顾的。后来我就渐渐地麻木了。

18.

一个女作家的逃逸之路，在很多年前伍尔夫就设想出来了，她在《一间自己的房间》里，为了表现出坚强不屈、始终与男性主义抗争的精神，提出双性同体论。如果仅从精神的层面来讨论这个问题，我觉得她的很多观点是对的。但如果从社会和家庭的层面来讨论，我认为它仅仅是一种姿态，而不能成为一种生活立场和原则。

敬川出事之后，我才对婚姻、家庭有了全新的认识。事实上，谁都不可能成为家庭的一半。对于一个具体的家庭来说，夫妻双方，男或者女，都意味着全部。

我"出逃"的那个下午，大概是三四点钟的光景。天气几乎是霎时恶变，电闪雷鸣，风强烈得差不多能把一个人吹跑。站在窗口往下看，狂风把落在地上的暴雨吹得摆来摆去，像枪口下的难民一样四散奔逃。楼下的整个街道变成了波涛汹涌的汪洋大海。但是，我去意已决，不想在屋子里多待一分钟。我已经很难系统地思索了。弗里德曼说，这世界是平的。可对于此刻的我来说，这世界既不是平的，也不是圆的，它是窄的。

它漆黑一片。

事实上，我一刻也不能静下来。在这个世界上，总有我要去的地方，总有我能去的地方——它一定不是现在这个地方。

什么行李都没带，我背着一个小包就出了门。外面电闪雷鸣风雨交加，这样的天气平常在屋子里我都会害怕，但现在我什么都不管不顾了。我撑着一把伞，独自走在风雨里。淡绿色的雨伞漂浮在狂风暴雨中，很干净，也很孤独，那是像我此刻的心情一样极其脆弱的颜色。

我撑着伞往大街上走去，风立刻就把它翻转过去，好不容易弄好，刹那间就又顶不住了。试了三次才找到了风的方向，顶着风朝前走。那一会儿，心中的泪水比外面的暴雨还猛烈，但我脸上却挂着一抹微笑。走在风雨里，心里的信念越来越坚定：一定要找到女儿，目前我唯一能见到的亲人。不管是生是死，我要和她待在一起！我在风雨里喃喃地念着她的名字——幺儿，幺儿——亲得让我虚脱。

走了两条路才遇到一辆出租车，我要他载我去火车站，语气恳切小心，唯恐他看出我慌不择路的样子而拒绝拉我。司机替我打开车门说，这天儿真不好打车是吧？我说是啊，不全是你这样的好人啊！司机笑了起来，说，你没看老天爷打雷吗？坏人谁敢跑出来玩命！我几乎不相信还能心平气和地和他聊天，一天跑几个小时，家里有几口人，还顺便骂了几句房价。

当时我那么平静，或者说能装那么平静，现在想来真是一个奇迹。其实我虚弱得像纸糊的一样，一个指头就能把我捅透。

好多年了，这还是第一次自己买火车票。因为是傍晚，排队的人不是太多。整个售票大厅看起来很有秩序，并不像逃难的场所。我挤到一个窗口问有没有去北京的车票。卖票的女人很生硬地看了我一眼，好像我急迫的语气惊吓住了她。我意识到自己的唐突，语气缓和下来，再问有没有去北京的卧铺票，越早班的越好。她又看了我一眼，在电脑上查了一会儿，不客气地告诉我，除了明天一点五十分有一张硬卧，而且是上铺，别的班次全是站票了。我的体力严重透支，到此时已经是筋疲力尽了。如果不是有柜台支撑着我，我很难想象自己能站立这么久。我恳求她帮我想想办法。她不耐烦地用眼睛斜睨着我说，没办法，待会儿连这一张都没有了。我不再犹豫，买下了那张票。

离开窗口，我就在售票大厅门口站着，渴望能看到一个传说中的票贩子。但是所有人都气定神闲熟视无睹，没有一个像票贩子的样子。就在我失望地向远处走去的时候，一个学生模样的男孩跟上了我。他不说话，只看着我微笑，沉着地观察着我的急切。我拿不准他的身份，但仍然假装老练地说，我有急事去北京，有票吗？他说，没有。然后走开了，停了两分钟，又走了回来，露着白白的尖牙齿笑着跟我说，算你运气，跟我来。男孩把我带到两栋楼之间一个狭窄的通道里，推开一扇小门。我以为是他们的窝，心口紧张得像敲鼓一样咚咚直跳，但那时我已经豁出去了，根本没再顾虑那么多，强迫自己跟着他往里走。过了转角，突然听到人声鼎沸，这才发现是进了麦当劳的后门。

麦当劳里面人很多，几乎没有一个空位子。男孩三两下就在靠边的长椅上扒拉开别人的行李，为我挤出一个位子让我坐下，然后开始打电话。很快，一个中年男子向我们走来，他诡谲的笑并没有让我警惕，反而觉得很温暖。不管是出自什么原因，那却是来自我将要逃离的城市给我的最后微笑。我也对他笑了，他附在我耳边小声说，北京只有十点多的一张中铺了，加六十。我说，钱不是问题，不用跟我讲价钱，你还能提前吗？也许是我的单纯和真诚在交易中显示出它那无比的力量，二人交换了一下眼色，中年说，大姐，我相信你，你等着我去给你找。中年走了之后，男孩又站了一会儿，说，你可千万别乱动，我也去帮你找。两个人迅速地消失了，我环顾四周，满屋子除了能看到吃东西的嘴，几乎什么都看不到。那些人在我眼前，我却视而不见听而不闻。周围的一切像莎士比亚说的那样，"充满了声音和狂热，里面却空无一物"。包括我，我也很空，空得就像那时的我，或者，只有如此的空，我才是我。

他们两个人是一起回来的，从他们那如释重负的神情里，我知道我将要得到我渴望的东西。中年人的一只手插在裤子口袋里。我目不转睛地盯着他的手，知道所有的希望都在那只手上。他走到我面前，并没有抽出那只手，只是说有张九点二十分的，但是票分两段，从郑州上车时是站票，到了安阳才能上卧铺。我说，好！但是，这要加钱，他们说。我说，好！眼窝里热热的。两张折叠得皱巴巴的车票出现在我眼前，我几乎不敢相信自己的眼睛，接过车票看了又看，心里突然被一阵剧烈的幸福感袭击，我有点眩晕。

这是两个好人。

他们走了。我把票紧紧地握在手心里，反反复复地举到眼前看着它——它多像世界末日的船票啊！

不知道什么时候天已经放晴了，外面的风雨消失得干净彻底。我透过玻璃门望出去，傍晚的余晖温情地涂抹着广场，人群变得如牧场里的羊群一样悠然自得。我看着他们，也用另外一个自己看着我。我知道我不能变成他们中间的任何一个，我固执地把我摆在他们之外——痛苦，冷清，麻木着，我不相信自己一夕之间就成为了他们。

五月，又是一个五月。还是一个五月！已经是夏天了，我却冷得瑟瑟发抖。

从进来我就死死地坐在凳子上，丝毫没有挪动半步，这时方知腿脚都麻了。我努力站起来走到服务台，买了两杯橙汁和一个鸡肉汉堡——我已经四十多个小时没合眼，水米未沾了。我一口气喝干了一杯，就着另一杯，开始艰难地吞咽汉堡，每一小口都要付出巨大的努力。胃是绝对地不配合，咽下一口它都试图顶回来。我不着急，翻上来我再压下去，一点一点地坚持，反正我有的是时间。我需要体力，最少我得把力量维持到见到女儿那一刻。

好像从有记忆以来，我还是第一次面对这样重大的事情，但是我既不恐惧，也不伤心，甚至没有一点心酸。我知道哭没有任何用处，也不想哭，只是反复地在我脑海里植入这样一个信息：他不在我身边了！可是他去了哪里，没人告诉我。他突然就这样失踪了，失踪得没有一点踪迹。那时候我还不知道，将有很长一段时间我不知道他去了哪里，为什么失踪。那是一个国家机密。

他饿吗？他累吗？他会像我一样绝望或是愤怒？他不能伤

心，伤心是女人的事情。上天啊，把伤心全都给我一个人吧。从来都是他为我们承担，现在我愿意把他的苦痛全部接受。我不怕，哪怕万箭穿心，都已经不如我现在的疼更疼。

那时候，我才明白，生命虽具有偶然性，但也并不是微不足道。我知道我的幸运就在于还能拥有现在，而我的不幸则是，除了现在，我已一无所有。

我坐在候车室里不停地看着表。墙上的。手机上的。一队一队进站的人流，他们表情木讷，好像是去赴难。大人如此，小孩也如此。他们不会玩儿，不会笑，也不会喧闹。队伍不断在缩小，也不断在壮大。人们像传送带上的物品被装进去。我看得眼晕心慌。

如果你不经过这个传送带，你就不能达到目的地，这就是秩序的意义。

不光是乘火车，包括很多。包括一切。

大约是十一点前一点点，小喇叭终于报出了我的这个车次，进五道。进了检票口，我才发现人好像并不是很多，不知道是已经进完了还是在我的后边，我不会跑，越急越走不快，心都要跳出来了。我太紧张了，恐惧一直在追逐我。害怕是恐惧，但恐惧不仅仅是害怕。

我的票是十车厢的，可是走到六号车厢的门口，我实在走不动了。我开始央求门口的列车员，说我是十号车厢的，走不动了，请你让我从这上去吧。列车员是个男的，以为我没有票，指着前面说，你去五车厢补票。我没有时间解释，我说我走不动了，请你让我从你这里上去好吗？他说，不行！
我那一刻不知从哪里来的勇气，不管他同不同意，一定要上了。
我以为他会拦我，他嘴里喊着不行，却并不伸手拦我。他也
是个好人。

终于，我上车了，哪怕就是站着，今夜我也一定能到北京了，
一定能看到我的孩子了！

孩子啊！我的亲爱，我的！我把头靠在车窗玻璃上，忧伤
地喊着她的名字。

我简直不敢回头想象，这一路我是怎么走过来的，人抵抗
不幸的力量到底有多大？虽然说，没有任何人、在任何时候适
宜发生任何不幸。但是，在不幸发生的时候，任何人，只要他
愿意，只要他努力，都有比不幸更坚韧的力量！

过了很久我才明白过来，我并不是没有票，即便到安阳这
一段我拿的是站票，他们也不能不让我上车啊，我为什么那样
怕？我担心的到底是什么呢？早一个小时见到孩子和晚一个小
时见到，有多大的区别？我为什么非要拼命往前赶这一个小时
呢？如果今天不是世界末日，这趟火车也不是诺亚方舟，我追
赶的到底是什么？

我从六号车厢穿过去，一直走到十号车厢。记得那两个卖
票的人告诉我，可以在旁边的茶座上坐到安阳。可是我不敢坐，
心里还是担心他们会因此把我赶下去。我去找列车员，站在他
的乘务室门口等了十多分钟，他才从别的地方回来。我说对不起，
我实在撑不住了，我想在旁边坐到安阳，要多少钱都可以。他

盯着我看了看，说：“你去坐吧，我不能要你的钱。”他打开了乘务室的门，进去之后又扭头出来说：“稽查来了我可做不了主。”我再三向他表示感谢，诚挚地、发自肺腑地。

又是一个好人。

我终于松了一口气，在中间的一个茶座上坐下来，一颗飘忽不定的心似乎是找到了停靠的地方。

火车终于开动了，它好像也有满腹心事似的，一启动便加速猛跑起来。我看着城市在一怀灯火中远去，心里忽然升起一种莫名的凄凉。我逃离它了吗？没有，显然没有。答案就在我局促不安的眼里和手上，我拼命想抓住什么东西，可是又什么都抓不住。我被一劈两半，走的这一半，上不着天下不着地；留下的一半，更加焦虑和忧惧。

我努力使自己的思绪回到现实中来，开始在暗影里环顾四周。正对着我的位置是一个下铺，坐着一对男女。女的铺位空着，她在男的铺位上腻着。我很想恳求她让我在她的铺位上依靠片刻，但我没有勇气。我把背挺直，靠着车厢壁放松身体。这时女的站起来活动，男的也从铺位上起来朝车厢的一头走去。女人主动搭讪，她问我到什么地方去。我说，有急事去北京，没有买到卧铺。她竟然直着眼睛看着我，那眼睛里充满了同情，也许是怜悯。我心里一阵发紧——陌生人的慈悲，它能给你多少温暖，就会给你多少伤害，至少会让你看到自己流血的伤口。不过，我已经顾不得计较这些了，我只希望那些怜悯多些，再多些。而且，我从她的眼睛里又认出一个好人来。我提出到她

■火车终于开动了，它好像也有满腹心事似的，一启动便加速猛跑起来。我看着城市在一怀灯火中远去，心里忽然升起一种莫名的凄凉。

铺位上靠一会儿，并保证说你们要躺我立马起来。女人说，没事，你尽管坐去吧！我在这个好心的女人的铺位上坐了下来。她一直和我聊天，后来她的男人回来也加入我们的聊天。我一直在说啊说，我能看见自己的语言一排一排地走出来，绵延不绝。我需要用绵密的语言编织固定身下的铺位，好像话语一中断它就会失去似的。都聊了些什么，事后我一句都没记起，但是，我知道当时我很平静。她们只能看到我的疲惫，却丝毫看不出我内心巨大的伤痛。

　　二十分钟后稽查来了。这个皮肤稍黑，眼睛不大却非常有神的列车员，笔挺的衣服显示出与众不同的威严。但是，他的稚气比他的职业更显眼。我没有等他问，便主动走上前说明了我的情况，并请求他让我再坐一会儿。他说，不行，你可以到硬座车厢等，也可以去补票。补票？天呐，车上有多余的票？有软卧吗？我几乎是在喊叫了。

　　这个年轻的稽查万分不解地盯着我，非常轻松地笑了，说，有啊，都有啊！怎么会没票？那声音分明像邻家调皮的男孩。

　　我突然想起《心经》上的一段话：“心无挂碍。无挂碍故，无有恐怖。”毕竟心有千千结啊！

　　若是上天在观望着他的造物，他一定是在这一刻看见了我。

　　稽查让我去五号车厢等他，我半秒钟都没再停留。可是从十号车走到五号车，我走了十多分钟。那么多没有座位的人，坐着、站着、地上躺着，男人、女人、青年人、面相痛苦的老人、睡着的孩子。那一刻我深深地体味到，在我的痛苦之外，还有别人的痛苦。过去我看到并参与过这样的痛苦吗？即使看到过，我的心也不会戚戚其尔，毕竟事不关己。可是现在，我置身其中，既置身于他们之中，也置身于他们的痛苦之中。我与他们在这混乱中会合，已经成为他们中的一员。也许，他们的痛苦比我的还要大，只是他们习惯了痛苦，把痛苦看成生活的一部分，因而那种平静看起来也更服帖——那不过是他们的家常。

我想起曾经看到过的一部非洲野生动物大迁移的片子。一群河马过河的时候，一个小河马被水中的鳄鱼拖走了。它的母亲一边站在岸上看着渐趋平静的河水，一边看着渐行渐远的河马队伍，犹豫不决。但是眼看队伍走得快看不见了，它还是抛下水里的孩子，飞奔着去追远去的队伍。

生活就是如此规定的：要么死，要么服从。

车快行至新乡的时候那稽查才出现，他说，你一定要补吗？我说一定。他说你还是从安阳补吧，还有一个小时就到了，我可以安排你在餐车坐下。我说，一个小时我也坚持不了，并坚持从上车的地方补。他说，你报销吗？我摇了摇头。他说，不报就尽量坚持一会儿吧，你可以随便找地方坐，而且多花这个钱也不值得。我说，我自己为自己花钱，什么时候都值得，现在更值得！他看着我，善意地笑了，补了。

为什么？现在我也想不明白，为什么那天我遇到的都是好人。自敬川出事以来，我几乎见证了生命中所有的恶：栽赃陷害者有之，隔岸观火者有之，落井下石者有之。薛宝钗以蟹讽世的"眼前道路无经纬，皮里春秋空黑黄"，岂能道尽其阴暗的万分之一？我去日本参加作协的一个活动，回来给朋友捎了一点化妆品和西洋参什么的，立马就有人写告状信，说我"拿着世界各地都能通用的信用卡（这种卡到现在我都没见过是什么样子，而且至今也还没有刷卡的习惯），花了十几万美元买奢侈品。"（老天爷,怎么带回来？若是十几万日元倒是有可能。）还有，那种不动声色的伤害，更让你防不胜防。比如有时候一起吃饭，当着外地一帮作家的面，忽然给你夹一筷子菜，说："哎哟你最近可是遭了大罪了！老公还没回来吗？前天谁谁谁还说你离婚了，我真不信！"他们最知道怎样下手才最狠——唯一比伤害更难受的就是，一而再再而三地让别人知道我曾经、正在和仍然受着伤害。

对于幸灾乐祸地等着别人遭殃的人来说，那不是卑鄙，几乎可以说是暗算了。不过，在经历了一次次的刺痛之后，我慢慢地理解了这一切。对于一再陷入丛林法则的人们，我更多的不是仇恨而是悲哀。对别人的恶，能够换来自己的生存空间，这是弱者对弱者的厮杀。但是,这能怪他们吗？在逼仄的现实面前，人们并没有更多的选择。而且，在批判别人的时候，我能比"别人"好到哪里去呢？除了自己的亲人和朋友，我何曾欢乐过别人的欢乐，幸福过别人的幸福？难道我不是一样地以一只冷眼"眼见他起高楼，眼见他宴宾客，眼见他楼塌了"？我们所谓的同情心就是，当别人不如你的时候，我们对他的奋斗寄予希望，愿意看见他们的成功；当你不如别人的时候，我们对他的成功愤愤不平，乐见其败。

好在，除了渺小而卑微的我们自己之外，还有神。在这最难过的一天里，神看见了我。神干预了我的生活，一天之内给我补偿了这么多的好人。

一刻钟之后，我终于得到了自己的铺位。在这里，再也不会有奇怪的目光打量我，再也不用担心我的眼泪会让别人诧异。它让我可以好好地拥抱自己，安抚自己。这是我一个人的角落，世界纵然是天塌地陷，我再也不愿意挪动半步了。如果让我活过今天，今后我将好好地活。好好地！遇见伤害我将宽容，遇见孤独我就沉思，遇见死，我就轻轻地躺下。

不知是因为光线太暗还是眼睛已经模糊不清了，我看到卧铺车厢里只有一个无法分辨年龄的女人。我问她，怎么这么冷？女人说，冷？我还热呢，你是不是发烧了？我说不是。女人说，盖上被子捂一会儿就好了。上铺没人，我把上铺的被子拽下来，两床被子都拉展，卸下背在身上将近十个小时的包，扔在枕头里侧仰面躺下来，我知道这一夜都不会再动一下了。

直到彻底静下来，我才听出广播里播出的是什么，那是《配乐大师》里的一支曲子，名字叫《风中的凉林》，家里常常播放——我咬着被角，无声地哭了起来。所有的一切都沿着这曲子回来了，一夕之间，天地悬隔，我一阵眩晕。

那个女人一刻不停地在咳。我一直在睡里听着她咳。后来我是被女人叫醒的，她告诉我就要到了。那一刻，我才知道上帝真好，上帝太好了，他让我睡这么久，并不在于补充了我的体力，而是让我一直昏睡在另一个世界里，并因此减少了事情的残酷性。

当我与她面对面的时候，才看清楚实际上她还很年轻，脸色淡白而和善，透着一种溶解在病中的安详。如果同病相怜用在这里，是最恰当不过了。不过她病在身上，我病在心中。

她抱歉地说，这样咳了一夜，没让你睡好。我告诉她没关系，谁能不生个病。其实我的心中对她存着一万分的感激，正是她不停歇地咳，提示着我与这个世界不间断的维系，否则我真有可能在睡梦中死去。

没有人知道我的来，所以也不会有任何人来车站接我——这么多年来，这也是第一次。我随着庞大的人流往外走，终于找到了出租车站点。一眼看不到头的打车人。不知道挪动了多久，我终于坐到一辆车子上。我说了女儿的地址，看着车子缓缓地驶出地下停车场。

天大亮了，昨天我看着太阳一点一点落下去，今天我又看着它一点一点升起来。窗外的一切都是那么新鲜，好像世界又被重新分娩了一次。又好像上帝在每个人的脸上吹了一口气，让他们都喜洋洋地奔向自己的生活。

也许，还会有那么一天，我也能如此幸运和幸福吧！

不过，虽然太阳底下每天都有新事，在太阳底下，我依然很冷。

在太阳底下，我想："在你上路的时候没有任何人祝福，这就是流亡。"

19.

么么常常挂在嘴边的一句话就是,妈妈,拜托你能不能长大一点?这句话从什么时候开始说,我已经记不太清楚了。她第一次说,我还觉得很好玩儿,并没有怎么在意。后来说得多了,我也就慢慢习惯了。

她上大学之后,经常会把学校里发生的故事说给我听。她有小说家的天分,总是能够把片片段段的事情说得活色生香。刚开始听,我以为她是在讲故事,后来才觉得不对味儿。那故事真实得太可怕了,听了让人禁不住毛骨悚然,她们还都是些孩子啊!我担心她在这样的情节中出入,会不会变成另一个人。

在我的思想深处,我觉得不管她走多远,一切都还在我的掌握之中。但是,在她的故事里,我对她是如此的陌生——她的态度,她在其中的角色。有一天,她讲完故事后,望着忧心忡忡的我说,妈妈,进了现在的大学,不可能还会是原来的你。别说兼济天下,独善其身能够吗?

我何尝不知道,现在的大学不管谁进里面走一遭,都不是原来的你了。但在我的想象里,还远远没有么么说的那么恐怖。记得上个世纪末我在人民大学进修,中午吃饭的时候,竟然看到一个女生坐在男生的腿上吃饭,当时我就愤愤然,觉得不可思议。而现在么么嘴里的大学,简直就是一个被集中放大的声色场。好像进了大学学不学习是次要的,重要的是比吃比穿比玩儿，比各自的排场。幺幺说，他们学校有一个军区首长的儿子，每天开宝马出入，没有人敢管他。哪个老师敢说他，他就一句话，还想不想混了？还有一个女生，据说父母亲是在香港做房产生意的，每个礼拜天都去商场狂购，然后把新买的各种名牌放在网上炫耀。同学们一边羡慕嫉妒恨，一边狂骂道："妈的！衣服和首饰加在一起，每身都值一两万，猪穿上都会变好看！"

　　幺幺的爸爸对孩子的爱是无法用言语表达的，长大以后幺幺说，世界上最爱孩子的就是他爸爸。我们只有这一个女儿，除了有她爸的溺爱，双方家庭的四个老人也视若掌上明珠。即使我想严格管束她，也无能为力，只能尽可能地限制她的要求。我有时会跟她说，妈妈长这么大没背过什么名牌包，也没有戴过像样的首饰，一年没有买过一件新衣服，不也过得挺好吗？她竟然涮我说，你都多老了，我能和你一样吗？而且，您老人家应该明白，我在这个学校里是个穷人！穷人，你明白吗？我说，妈妈再老，也是打年轻时过来的。我像你这么大那才叫苦！你这能叫穷人吗？她不屑地看着我，说，你们也有过青春吗？就像她曾经嘲讽我，你和我爸爸那也叫爱情？

　　孩子自小就与我们没大没小，她是在单纯而自由的环境中长大，我害怕她复杂。不管我们有没有青春，现在她正走在自己的青春里，当然可以放言无忌。我确实害怕，他们的青春如此喧嚣而空洞。其实，害怕又有什么用，她的翅膀扎全了，我们唯一的选择就是放飞。无论我们怎样困惑忧心，她都得体验社会，并被社会体验。她会摔跤、疼痛、苦闷和失败，一样都

■不管我们有没有青春，现在女儿正走在自己的青春里，当然可以放言无忌。我确实害怕，他们的青春如此喧嚣而空洞。

不会少。但是，这都不是最重要的，重要的是，我越来越没有信心了，我不知道她会长成什么样子。

　　幺幺心中的爱情该是什么样子？我知道她这孩子的秉性，她不缺钱，也不缺温暖，甚至我觉得她根本不知道愁的滋味。有时候我想，她说的话与她的内心未必一致，她只是嘴涮罢了。但有时候也担心，毕竟她越来越不是我所希望的样子。她常常嬉皮笑脸地言称，她的梦想就是嫁个身价千万的老公，在家做全职太太。她身边的孩子们也全是一个腔调，在一起就谈谁找的男朋友有钱，买了钻戒或是香车。看电视里的相亲节目，女孩子们个个大睁着寻宝的眼睛，男嘉宾若是没有钱，长得再帅，举止多端庄，她们也会通通灭灯。可不管男人多老多丑，一亮家底，个个都想跟人走。你能说她们复杂吗？在她们极其简单的心灵里，世上的人只有两种，有钱的和没钱的。她们也许没有错，谁都想过上优裕富足的生活。"宁愿在宝马车里哭泣，不愿在自行车上欢笑"，这话听着糙，但理不糙。我和敬川恋爱那会儿，爱到难分难解了还不知道对方的家底，问问都怕会伤着了什么。两人的钱都装在一个口袋里，从来没有分过彼此。等到结了婚，才知道日子的稠密，连柴米油盐都是尽力拼着，甚至挣扎不过去，还要回父母那里讨要一点。我记得我们买的第一台电视机还是表姐帮衬的，每天买菜，连一块豆腐半斤肉都要记账。回头想一想，谁不想过不劳而获的好日子呢？这许多年，把自己拼得心力交瘁，到底值不值得？我也常常疑惑，不知道这个社会到底是进步了还是在倒退。中国妇女闹翻身闹了百十年，终于有了与男人平等的机会了，现在这些孩子们却又哭着喊着要跑回家去当太太，真让人越活越不明白了。

我的惊讶让么么不屑。她常常说，喜欢钱有什么不好吗？我告诉她，喜欢钱并没有什么不好，但是不知道把钱用在什么地方就喜欢钱，我觉得没什么好。切！她鄙夷道，你们标榜是为爱情活着，也只是为了守住一个婚姻而已。你是为了婚姻迁就自己还是为了自己迁就婚姻？你独立的个性表现在什么地方呢？真正的爱情并不是从纯粹的感情出发的，而是计算和比较得来的。为什么自由恋爱的离婚率是包办婚姻的数倍？因为那是别人帮你算过的，比你自己瞎打误撞的爱情更靠谱；亏你还是个作家，你没看看，电影也好小说也罢，里面真正打动人的爱情，根本不是地老天荒的相守，而是一地鸡毛的破碎！假如你进入一个一辈子都得耳鬓厮磨，而且事实上已经空无一物的婚姻，难道你从来就不想着逃离吗，妈？

我无语，独上阁楼。

孩子说得没错，从进入婚姻的那一天起，我就没有了自己，完全是为丈夫为女儿为这个家庭活着。我没有独立的社交，甚至没有个人的朋友。除了挣一份能称得起"独立"的工资，其他全部是专职家庭妇女的事情。我与么么身边的女孩子们聊过，她们理想中的全职太太，不但要有自己的社交圈子，而且要坚持自己的生活方式，还要选择自己喜爱的事情来做，比如做慈善，比如做一个志愿者，比如定期旅行。

我渐渐失去了对现代人生活方式的判断能力，其实我很羡慕她们的行为方式，她们的直接，内心赤裸的愿望既纯洁又无耻，做梦都想有个强大的人可以依靠，内心却又独立到不屈不挠。

但是，我既不能学习和模仿她们的生活，又不能使自己的生活有丝毫的改变。我的生活必须是持续的，有着内在逻辑的。秋天翻晒被褥和衣物，是为冬天御寒做准备。卧室刷上淡粉色的颜色，是为将来给孩子的孩子腾出来用。可她们不是，她们的生活是即兴的、随心所欲的、与时俱进的。有一次我跟她谈到这个问题，她非常吃惊，说，妈妈，这个世界本来就是没有秩序的，你非要给它弄出个秩序来，不是自己画地为牢吗？她还给我打比方说，昨天齐秦在医院拔火罐烧伤了，对他个人来说是非常出人意料的灾难，可恰恰是在那个医院里，有一堆人在欢天喜地的生孩子。孩子不会因为齐秦出事了而推迟出生的时间，亲人们的庆贺也不会因为齐秦的灾难而延期。Lady Gaga 在演出的时候舞台塌掉了，可台下有一对年轻人正是借助这个音乐会在相亲，他们在乎的不是台上的演出，而是自己的情绪怎么发酵。这些事情之间既没关系也没逻辑，更没有秩序——总之，谁能知道下一刻发生什么呢？你何必为了莫名其妙的未来而在当下小心翼翼，好像前面都是地雷阵似的？

是的，回头仔细想想，从我父母开始的我们这三代人，真是各有各的不同。我一直试图分析我们家的三代人，可是迟迟没有动笔，但我从来没放弃过。我觉得这项工作有标本意义，因为这样的三代人，可能与很多的家庭有相似之处。作为我父母的第一代人，他们生在万恶的旧社会，活在新中国。作为第三代人的幺幺，生在上世纪九十年代，活在全球一体化的互联网时代。第二代人就是夹在他们中间的我——我出生在十年动乱期间，经历了中国历史过山车般的起起伏伏。这三代人可以说是中国现代史上最具代表性的一个群体。

我的父亲出身于富裕家庭，参加革命的动因肯定不是为生活所迫，而是有一个远大而充实的理想鼓舞着他。这种理想怎么植入他的思想和行为之中，成为他矢志不渝的信念，我们不得而知——只是看到电视上那么多的热血青年，抛弃优裕的生活奔赴延安时，我常常会心有戚戚——他从来不跟我们谈这个，如果要谈，也是以他自有的一套价值体系，来评判孩子们的所作所为。比如曾经说到的我的大哥，参军正赶上对越自卫反击战。我的父亲含着热泪，一封接一封地给他写信，鼓励他杀敌立功，火线入党。他曾经为儿子的生命担心过吗？我相信肯定会有，他对孩子的爱是不容怀疑的，只是当这种担心与他心中的理想发生碰撞时，他会像那个时代的大多数人一样，把自己的担心一点一点地擦掉。我的小妹夫是党校的一名法律教师，后来辞职当了律师。我父亲很久不搭理他，在他眼里，一个脱离组织的自由职业者，再怎么风光也是旁门左道。尽管他离休后一直跟着他们生活，甚至最后连洗澡、散步都得依靠着我妹夫，但他从来没有修正过对他的看法。幺幺考上大学的时候，他把自己的"遗产"分了一部分给她（按他的要求，他的'遗产'只能是晚辈们上大学或者参军时才能动用），并谆谆教诲她说："你一定要好好学习，努力成为栋梁之才，将来报效党和国家！"

女儿后来跟我抱怨说，我姥爷真是的，在自己家里还装，累不累啊？

女儿，他哪里是装啊？他要是真会装就好了！

解放后，历次政治运动父亲都没躲掉过。每当我们家人看着贴满整条大街、倒写着他名字并在上面划着红叉的大字报惴惴不安的时候，他总是拿着一个上面写着"为人民服务"的红皮笔记本，恭恭敬敬地去抄人家批判他的文章。每次挨斗，他既没有委屈，更没有抱怨，即使后来都平反了（平反这个词多政治啊，难道他'反'过吗？），他也从来没有觉得组织上错过，更没有抱怨过谁。

《人民日报》和《新闻联播》是他的整个世界，一直到死，他每天都离不了。他这一辈子只相信"上级精神"，从来不相信小道消息——尽管后来很多小道消息都变成了大道消息，但是每当孩子们在他面前"传播小道消息"的时候，都会遭到他的怒斥。

全国都放"高产卫星"的时候，他在人民公社当领导，肯定要参与这样的行动。一直到现在，他也没觉得有什么错，因为那都来源于"上级"的决定。上级说"三天不学习，赶不上刘少奇"，说"林副统帅是毛主席的亲密战友"，他都记在笔记本上学而时习之。后来这些人一夜之间被打倒，他立即把他们当成坏蛋，既没有犹豫，也没有疑虑，也从来没有问过为什么。

他死的时候，终于赚到了由组织部门撰写的"一切皆好"的悼词和一面鲜红的党旗——他在青松翠柏和党旗的覆盖下，结束了单纯而不单调的一生。我想起《经济参考报》上的一篇文章说，一个"文革"中被迫害致死的老革命被平反（！！！）之后，家人为了争取在他的骨灰盒上覆盖党旗，整整努力了十年！一直到惊动了中央第二代领导集体某个英明的领导，"终于实现了他们的夙愿，全家人抱头痛哭，悲喜交加。"——他们那一代人，不仅仅是在宣誓的时候才把一切献给党的。

　　幺幺出生在上世纪八十年代最为敏感的那一年——天安门广场风波、苏联和东欧剧变。整个世界都在动荡之中，而中国是动荡的核心区。不过，好在物极必反，从她懂事的时候起，至少在形式上，政治这个词已经远离了老百姓的日常生活。等到她会识字，人们已经通过互联网认识世界了。她们这一代人，怎么说呢，占有的信息量越大，能让她们相信的东西越少——她刚好跟我父亲相左，凡是"上级"说的东西，她一句都不信；而只要是小道消息，她都觉得是真的。她们再也没有"惊喜"，在这世上没有什么东西她们是陌生的，她们都经历过或者看到过。她们不缺少任何东西，从亲人的爱到物质生活，都是人类历史上最丰富的时期。但她们从来也没有满意过，一直都牢骚满腹——这也跟我的父亲大不一样，父亲生活在精神和物质极为匮乏的时期，但他非常满足。吃饱的时候感谢党，饿肚子的时候体恤党。

　　女儿这一代除了信仰自己，谁都不信。她们的学习、事业和爱情都是事先规划好的，（规划这个词从宏大的国家叙事进入我们个人的生活，难道不是一场革命吗？）她们的人生之路也是如此。她们对任何事情都不会有长久而忘我的热情，从汶川地震到北京奥运会，在嘴里挂不了一个礼拜。她们是这个时代最自信的消费者，也是最无奈的被消费者。她们越自信，也就越迷茫——因此，她们用不抵制来抵制这个社会，用遵守习俗的方式来破坏习俗。也许，只有在这一代人的身上，我们才能体会到真正的革命所具有的本质意义。

　　处在他们的夹缝中间，我既为父亲悲哀，也为孩子遗憾，但我并不是一个清醒者，有时候我比他们还迷茫——为了不成为他们，我在自己的周围扎了很多栅栏。为了与父亲不一样，我学会了选择，而选择就要直面利害，因此而小心翼翼杯弓蛇影，谁也不敢相信。我拼命恶补"西餐"，可是后来我才明白，当政治可以随便占据你的物质生活（比如婚姻和工作）的时候，除了屈服，你是别无选择的。既然政治这条路走不通，那么生活方式可以"向西方"吧！于是科学再一次碾压了我们——中国从空气、水到食物，处处都让我们充满了恐惧——我们从对政治的恐惧中一下子坠入到对环境的恐惧之中。怕，成了我们生活的主旋律。

　　为了与女儿不一样，我努力不让自己在这个瞬息万变的社会激流中沉没，又拼命恶补"中餐"，在出世与入世之间苦苦地挣扎。可是，我从来没有对自己满意过，我时时刻刻想着自己什么时候变得不是自己了，那才是真正的自己。

　　我们没谁能记得清自己身上打了多少块思想的补丁。即使我们想明白了，极力去寻找自己真正的信仰，但在现实中会发现，我们只是搭建了一个神龛，而没有找到神。

有时候，往深处想想，我觉得自己既是受害的一代，也是害人的一代：对父辈，因为他们是父母，我就理所当然地认为他们比我更能承受磨难；对子辈，因为她是我的孩子，我觉得她就必须承担更大的责任。

是啊，我什么时候才能长大呢？也许一个女人真正的成熟，是在陪孩子成熟之后才慢慢实现的吧！抑或是，当你不再追求成熟的时候，你才是成熟的女人吧——甚至于，当你正在行走中突然间坠落，而且那坠落的过程是如此漫长，你既不知道坠落到什么地方，也不知道什么时候见底的时候，你才会成熟吧！

然而，以我这个食人间烟火的肉眼凡胎和喜欢被痛苦和幸福牵引的性格来说，什么时候才会真正达到有悲悯无烦恼，有愉悦无欲望的成熟境界呢？

20.

对于我的家族，我觉得倾一生之力也很难把它说清楚。它本来就是一本糊涂账。它糊涂的根源，在于当时我们国家的历史也非常糊涂，除了阶级之间的斗争，政治风向的偏移也使得我们这个家族的历史被吹得七零八落，如一团乱麻，剪不断，理还乱。

前面我已经说过，我的母亲出生在赤贫的农民家庭，家中是用柳条筐装东西的——不过，纵是柳条筐里也没有什么东西好装。她们家的赤贫，让我们骄傲了许多年。而父亲的家庭，是让我们兄妹在读书时期说不起嘴的。我们填写家庭成分，总是很巧妙地使用"革干"二字。"革干"的意思是，革命干部家庭出身。可那个时代谁都不傻，"革干"是一个山寨版的标签，总是没有"贫下中农"来得理直气壮，连小学一年级的孩子都懂得，那是个不好的替代。

父亲的祖父是1949年回到家乡的，单身一人，没有带回他读书时在外面娶的女人和她生的儿子。好在父亲的祖母那时已死去，避免了很多麻烦。他后来又娶了一个年轻的女干部，和我父亲的年龄不相上下。父亲没法称呼她，说话时只好囫囵吞枣糊弄过去。我二叔他们都称呼她花奶奶。

父亲的祖父回到家乡，才发现组织写的介绍信弄丢了，再写信到原来的部队去找，部队经过重新整编，哪里还找得到？他一趟一趟地找当地组织部门。地方组织部门被他纠缠得没有办法，就提醒他说，革命不分先后，你可以重新参加革命。他喜出望外，立刻办理了参加工作的手续，并在当年又重新入了一次党。据他自己讲，回来之前他团长都当了好几年了。

我的这个太爷爷毕竟是从正规部队回来的，他虽然是四九年第二次参加革命，时间上比我父亲和二叔要晚，但是基于他的革命经验，直接被派到乡下搞土改，亲手领着我的父亲和叔叔分了自家的田地。

太爷爷有文化，能说会道，又在革命队伍里锻炼多年，各项工作拿得起放得下，很快成为土改工作队响当当的人物。哪里工作推不动就安排他去，保证迅速拿下。他的名声在当地叫得很响，地主怕他，农民也怕他，妇女哄孩子都拿他说事儿。据说他解决问题的办法很果断，不是吼声，就是枪声。土改结束后，出于镇压反革命的需要，太爷爷当上了地区法院的院长。

"文革"中砸烂公检法，太爷爷被打倒，戴着高帽子游街，帽子上写了三项罪名：叛徒、汉奸、流氓——跟当时的国家主席刘少奇只有最后一项罪名不一样。他羞愤交加，一口气上不来就倒在地上人事不省。那些人把他丢在街上，一哄而散。没人敢上前去救他，直到街上没人了，父亲的小叔喊来我父亲兄弟两个，把他拖回家去。

太爷爷从此经常神志不清，他的革命生涯也彻底结束。

父亲说，他们年轻时，常常不得不放下工作，去寻找他的祖父。他的祖父一次次地穿上干净的呢子中山装，胸口别着毛主席像章，腰里还扎着武装带，器宇轩昂地出门，吵闹着要去见毛主席。到死，毛主席的影子也没见着。

恢复公检法后不久，父亲的小叔当上了法院院长——这也是历史给我们家族开的最大一次玩笑，太爷爷不是当法院院长，也可能不会有后来的批斗；没有太爷爷的批斗，也不会有小爷爷后来的院长——1978年初，他去北京开会，第一次见到时任最高人民法院院长的江华。他觉得江华像极了与父亲在陕北窑洞前拍的一张合影里的首长。他托人把照片呈给江华，江华说，这不是杠子吗？（据说我太爷爷认死理，爱抬杠）就亲笔写了证明材料，证明照片中的人物是自己的下属，这个下属当团长还是江华跟他谈的话。

我只记得江华的证明材料上，写着当时他是政治部主任。

太爷爷被平反昭雪，红头文件确认了他的老红军身份。他那时已经死去七年。父亲的小叔领着他们三兄弟，站在坟前大声宣读了组织决定。父亲提出把材料烧给爷爷，让他在那边踏实了。二叔坚决不同意，二叔说，烧了不行，再来运动又没了证据，还不得再让爷爷死一次？后来那份平反决定和江华证明材料的复印件就一直被二叔收藏着。

父亲与他的两个弟弟平时联系并不多，只要是三个兄弟到一起，总是争吵不休。虽然父亲并不多话，但是二弟和三弟之间的唇枪舌剑，总是与他有枝枝梢梢的牵连。这源于他们兄弟三个的分工，当时老大老二出去闹革命，要求老三留在家里照顾爷爷奶奶，照顾他们的土地，他们希望有一天还能回来。革命成功后，革命成果自然要由革命者来享有，父亲和二叔留在了城里，并在城里娶妻生子。而小叔一直留在了农村。虽然有打土豪分田地的承诺，但是既没改变由农村喂养革命，也没改变由农村喂养城市的基本格局，城乡之间的剪刀差从来都没有缩小过。

逢年过节，每当小叔一边满脸堆笑地看着自己的两个哥哥开着轿车，载着花红柳绿的一大家子人回乡省亲，一边看着自己灰头土脸的老婆孩子忙活得像陀螺一样，心里的滋味是可想而知的。他让自己孩子进城的欲望，愈燃愈烈。

奇怪的是，在城里的兄弟两个，常常想着回到农村来，叶落归根的愿望是那么强烈地拍打着他们，好像他们在城里的漂泊是带着满腹委屈的。父亲被我们千方百计地劝阻了。二叔经过自己不顾一切的努力，最终回到了故里。

兄弟三个坐在一起，总能显出高低上下——父亲和二叔都是一身干部服，皮肤白净细腻，手像女人的一样细瘦温润。小叔的手比哥哥的大得多，手心是粗糙的白，手背是炭烧般的黑。他的头发蓬乱着，身上胡乱穿着哥哥换下来的旧衣服，要么是颜色暗淡，要么是式样陈旧，以至于整个人都乌糟糟的。

在脾性上，我父亲和小叔更相像，性子直，做事不圆熟，而且，他一辈子总是错，也总是不知道自己错在什么地方。但是，父亲在我全部的印象里，好像从来没有发过愁，不管怎么斗怎么批怎么被打倒又被踏上一只脚，几乎没有损伤过他对生活的热情。这一点也常常令我二叔看不上，如同看不上小叔活一辈子不明白人生境界一个样。

二叔这一辈子，从来没有过过真正的好日子，他是受了大罪的。他长达二十年都是在办公室里度过的，白天工作，晚上就在办公桌后面的小床上睡觉。他跟我父亲不一样，父亲没有一点独立生活的能力，属于油瓶倒了都不扶的那种人。有一次，母亲边在煤火炉上烧水边擀面条，水烧开之后，母亲让他把开水先起出来。结果他把半壶开水浇在自己脚上，瘸了半个多月。自此母亲再没支使过他干活。二叔从来不让人帮他，大小事都是自己动手干。几乎没有他不会干的活，从修收音机到织毛衣，无一不精。有一次，我和敬川路过他工作的地方顺路去看他，他把我们领回家，兴致勃勃地指着一排家具说，看，这都是我打的！他打这些家具是给堂姐出嫁用的，乍看起来还真像那么回事儿。

他有洁癖，每天都要把脱下的衣服洗了，一遍遍地揉搓，衣服一年四季都漂着香皂的味道，不管走到哪里都带着这个味道，人家一闻到这个味道就知道是他来了。二叔就是这样的人，你不需要见到他，光看看他洗过的衣服，他叠得像砖头一样的被褥，他的像展台一样的办公桌，就知道他是什么样的人了。

二叔既忧国又忧民，心细如发，谁都不知道他心里装着多少东西。他并不是个抑郁症患者——说实话，他真的连忧郁这种黑色的激情都没有。我父亲的小心是什么事儿都不想，上级让干什么就干什么。我二叔的小心则是，不管谁让干什么，他一定要在心里倒腾明白怎么回事再说。所以他的睡眠非常差，躺在床上，一遍遍地过滤当天发生的事情，计划明天怎么过，把仅有的一点睡意过滤得荡然无存——从这个意义上说，二叔的人生最少过了三遍：计划一遍，实施一遍，然后再回忆一遍。

二叔比我父亲小两岁，比小叔大七岁。我父亲凡是老家的事，一概不操心。小叔所有的事，完全听凭二叔做主，通报给我父亲就行了。

小叔在城里读高中那会儿，父亲和二叔都在城里工作。如果小叔下了课去找他的大哥，这个大哥很难给他一个正脸，他总是俯身在一大堆文件里，然后像突然发现了什么似的，拧着眉毛对站在对面的弟弟说，你看我忙成什么了？你好好上你的学，总来找我干什么，也不怕人家看见说闲话？小叔要走，他又赶在后面追上去，也没有什么话说，掏给他几毛钱，转身就走。

在我父亲那里，哥就像个哥，弟弟也像个弟弟。

然后，小叔就去找二叔。在二叔那里，哥哥就成了父亲，或者母亲，弟弟就成了一个孩子。

小叔高中毕业是可以留在城里上班的。二叔不同意，二叔说，三兄弟都出来了，家里的事情谁管？他所谓家里的事情，不过就是我的祖父母和他们住的几间老屋，还有院子里几棵比他们兄弟的腰都粗的老树。

小叔愣在那里，憋了半天才说，大哥什么意见？

大哥什么意见？二叔知道小叔是明知故问，我的意见就是大哥的意见，这你还不信？

小叔信，肯定信，除非把这个弟弟大卸八块卖掉他会干涉，其他不管二叔怎么处置，他都不会有什么意见。

第二天，二叔就强行把小叔送回了老家。

对于当时是怎么回的老家这件事儿，现在小叔的回忆还是糊涂的。在我一次次地追问里，他不断变换着自己的叙述，内容要看他的情绪而定。如果情绪好了，他会把那说成是一次旅行，如果情绪不好，则浑然是一次绑架。

从那之后，小叔很少进城。别人说起城里来，他总是会说，城里有什么好？咱这脏脚蹚不起那浑水！

可是，他最终还是以愚公移山的精神，把他的孩子全部搬进了城里。

有一次他到我们家来办事，我劝他喝了不少酒。在晕乎乎的感觉里，他向我讲述了他的过去。那时候，有一个城里的女同学对他很好，老是偷偷地从家里拿东西给他吃，这事儿他一直瞒着二叔。他回老家之后，这个女同学又追到家里，眼泪鼻涕地待在家里不走。二叔听说了，立马让他的老姑在家里给三弟寻了个媳妇。对这件事，小叔并没有过多地抵触，就像他习惯性地站在哥哥面前任他给自己剃头穿衣服一样，他又把哥哥给自己订制的婚姻穿在身上。

不过，结婚之前，二叔还是安排小叔去跟人家女方见了一面。那姑娘叫秋萝，二叔说，多好的名字！二叔没见过那个姑娘，小叔自己相看了，认为相貌说得过去，就娶了。

小叔跟我说过，从过日子上来说，确实没受过什么磨难，可心理上的磨难，纠缠了他几十年。有时候，不但我婶子委屈，连孩子们也都心里疙疙瘩瘩的。孩子们小的时候，差距还没那么大。后来孩子们都大了，在城里的，当干部的当干部，上大学的上大学，一个个风光无限。只有他在农村的一群孩子，大眼瞪小眼，吃了上顿巴望着下顿，简直像一群狼。"他们要真是狼，我也甘心了！"小叔说。我了解我那几个堂弟，可惜了人高马大的身架子，没有一个有狼性的，他们在学校受了欺负只会回家来哭，前辈们铁马冰河的血性，一点都没有被他们继承。有一次小叔实在气不过，就把老大拉过来痛揍了一顿，说，你是大哥，人家打你弟弟，你就是一泡狗屎也该发点热吧？大儿子抹着鼻涕说，我们说好了，只要不骂爹娘姐妹，不能出手！我们得有规矩。（这德性，跟我大哥二哥何其相似！）小叔气得跳脚大骂道，我看你他妈的不是有规矩，是有病！如果你们在外面挨打了，再跑回家来哭，我非让你们受二茬罪不可！然后把兄弟俩的裤子扒开，直到把一双鞋底子揍瘪了才住手。

二叔对老家的事儿一直尽心尽力。老家的两个侄子长大之后，二叔就把他们弄到城里念书。这俩孩子不是读书的料，读了几年，也没一个考上大学的。送去当兵他们又吃不了苦，后来都是二叔给他们安排的工作。为了自己的事一辈子没有求过人的二叔，为了两个侄子真可以说把腿都跑细了。

不过尽管二叔费尽心机，依然是落了不少小叔的抱怨。不过，小叔的抱怨是有着严格的边界的，那些话只能他自己说，老婆和孩子一个字都不能提。有一次，小婶在他面前说，两个孩子没能在机关工作，都怪二哥当初没有努力。小叔把一碗饭墩在她面前，粗瓷碗立马碎成了几瓣儿。小叔说，什么叫当初？当初二哥要是努力了哪有你啊？我们兄弟之间的事你再多嘴，当同此碗！

二叔其实是有机会进步的，刚改革开放那会儿他才四十几岁，不管是资历、能力还是人品，都没什么可说的。上级准备提拔他当市委副书记，会上研究过，只等发文了，却有人联名到省委告他，并扬言若是提拔他，就到北京告状。告状的人说，二叔在"文革"中是站在造反派那边的，并且整过老干部的材料，属于"三种人"。因此，二叔的提拔问题立即被冻结了。

"三种人"这个政治罪名，是中国结束文革和政治恶斗之后，遗留下来的最后一项可以决定一个人一生命运的政治词汇。

若干年后，我在"百度百科"中，查到了对"三种人"的定义：

在党内，"三种人"即追随林彪、江青反革命集团造反起家的人，帮派思想严重的人，打砸抢分子。造反起家的人，指紧跟林彪、江青两个反革命集团，造反夺权，升了官，干了坏事，情节严重的人；帮派思想严重的人，指竭力宣扬林彪、江青反革命集团的反动思想，拉帮结派干坏事，粉碎"四人帮"以后，明里暗里进行帮派活动的人；打砸抢分子，指诬陷迫害干部、群众，刑讯逼供，摧残人身，情节严重的人，砸机关、抢档案、破坏公私财物的主要分子和幕后策划者，策划、组织、指挥武斗造成严重后果的分子。

最为关键的是，邓小平说"三种人"不能用，永远不能用！他说："最危险的是'三种人'。说他们最危险，是因为：一、他们坚持原来的帮派思想，有一套煽惑性和颠覆性的政治主张；二、他们有狡猾的政治手腕，不利时会伪装自己，骗取信任，时机到来，又会煽风点火，制造新的动乱；三、他们转移、散布和隐蔽在全国许多地方，秘密的派性联系还没有完全消灭；四、他们比较年轻，也比较有文化。他们当中有些人早就扬言十年、二十年后见。总之，他们是一股有野心的政治势力，不可小看，如果不在整党中解决，就会留下祸根，成为定时炸弹！"

若干年后我问过二叔，你当时为什么不据理力争？这里面哪一条对得上你？他不置可否，只是无可奈何地摇头叹息。我又问父亲，父亲也是讳莫如深，根本不和我谈这个问题。我就想，莫非二叔真是所谓的"三种人"？但随即我又否定了这个想法，如果真是"三种人"，他当时的职位根本不可能保住，很多人就以这个罪名被开除党籍和公职，以至于被投入监狱。而且更为重要的是，以二叔的人品，他绝对不会整人，一辈子没跟人红过脸。不过依他的性情，他善于分析时局，况且造反派是个新生事物，他会在政治倾向上支持他们，倒是有可能的。

父亲去世后，二叔也离婚了。有一次我跟母亲聊起了这件事。母亲说，你知道带头告状的人是谁吗？

谁？

你二婶。她不但带头告状，而且提供了很多材料。不过都是你二叔过去的日记、说过什么话之类的。

我浑身起了一层鸡皮疙瘩。

我又问起当时二婶告状，二叔为什么不为自己辩解。母亲说，你二叔又不是你爸，他怎么会不为自己辩解？然后又笑笑，摇了摇头说，这种事儿哪会有结果，尤其是两口子之间的纠葛。

后来我才知道，细心的二叔多次去找组织部门问个究竟，不过是带着一肚子气回来了。同样带着一肚子气回来的还有二婶。

组织部门给二婶的答复是，你有什么证据证明他是"三种人"？光凭几篇日记不能定案，现在没有思想罪了。

组织部门给二叔的答复是，如果你一点问题都没有，怎么连你老婆都带头告你？

我小时候的记忆里，二叔和二婶从来没有一起出现过。奶奶去世的时候，先是二叔带着儿子回到老家，接着是二婶带着女儿回去。二婶是县上有名的大美人，那时是县工业局局长，面皮白净，头发又黑又浓，像是带了假发套。她戴着黑框眼镜，眼睛透着凌厉的光，让人不敢正视。她在我们面前极少讲话，从来没有放下过脸子。那种盛气凌人的姿态，让人看了确实不舒服。打从小我们就觉得她像"美蒋特务"，后来粉碎四人帮，我们又说她像江青，太像了，连说话走路包括神情都一样。

我母亲说，其实二婶是一个极好的人，没那么多是非，从来不婆婆妈妈。帮人家办事都是说一不二，比男人都爽快，而且拿得起放得下，雷厉风行，光明磊落，从来不做那些偷鸡摸狗让人看不起的事情。

那她怎么还去告二叔的状？我问母亲。

母亲说，那都是因为政治斗争。文化大革命那阵子，一家人都分成几派。你二叔和你二婶不是一派。想那时的政治斗争何其认真，一家人斗来斗去，倒是真的愤怒到骨子里了。

平时，二叔和二婶不住在一起，连吃饭都不在一个桌上。父亲的小叔和姑姑们那些年不停地在他们之间调停。谁知口子越撕越大，结果总是二婶激烈地摔门而去，常常留下话说，你们也不想一想，我怎么可能和一个政治投机分子过下去！然后是二叔的信誓旦旦：就是现在让我死，也比跟她在一起过日子舒坦！我活着跟她离不了，就是死了也得打个离婚证埋在墓坑里！

二叔和二婶生了三个孩子，都是在文革之前。母亲说，生了老三之后，他们就不在一起住了。二婶领着孩子住在家里，二叔一个人住办公室。

二叔退休之后，第一件事情就是跟二婶离婚。这并没有出乎任何人的意料之外。让我们想不到的是，倒是二婶特别爽快地同意了——后来我才弄明白，过去他们之所以几十年都没有离婚，主要是孩子们的牵绊，尤其是我的堂哥，持激烈而又坚决的反对意见。在孩子面前，他们俩只有妥协。

二叔离休后终于回到了故土，找了一个乡下女人结了婚。那个女人没有文化，还带着两个孩子。二叔找这个女人看上的就是她干净，性情温良。他的选择让许多人跌破眼镜，然而只有他自己知道，他需要一个女人，给他一个夜晚有灯光，餐桌上有热饭热菜的家，而不再是一个有能力有身份的二婶了。

二叔是怎样放下自己的身段，甚至是低头弯腰回到乡村这个门槛的？他需要怎样地与自己，与自己的家人，与这个世界，有一个撕心裂肺的决裂？

然而，在那个新的家庭里，利害的计较再次让他成为生活的奴隶。他成为她的两个孩子的继父，就要承担当爹的责任——他热心地为他们建房安排工作，为他们的孩子看病联系学校……我的堂哥堂姐不再搭理他。他把他的爱，他的能力全都给了别的孩子，他仅仅是他们名义上的父亲。他们有理由愤怒这个父亲。

　　小时候，我最喜欢串亲戚，和两个哥哥常常坐几个小时的火车到二叔那里去。二叔会安置机关食堂给我们做一些好吃的，然后依次拉着我们的手，问东问西的，和我们谈论已经超出我们年龄的事情，更多的则是询问我们的学习情况。我父亲从来不会这样，跟自己的孩子也不会拉家常，所以二叔的孩子们很少去我们家。父亲当领导这么多年，与人谈心，包括与自己的孩子说事，就像开会一样。幺幺小时候，他不知道怎么跟她亲，俯身在摇篮上只会拿食指拨弄孩子的脸。半天幺幺都没什么反应。他问我母亲，她怎么不笑啊？母亲说，你自己都不笑，咋让人家笑？

　　有时候，二叔忙得没时间照顾我们，就会让我的堂哥堂姐把我们领回家去。那是"他的家"，不过主要是别人的家，他几乎从来没有单独回去过。堂哥比我大哥大一岁，因为父母不和而过早地懂事。这曾经得到二叔由衷地赞扬，每次听到我的两个哥哥在某些方面做得不够好，他就会说，你大哥如何如何，好像大哥就是我们这个家族的未来之星。不过他们家的事情，也确实都是堂哥做主（二叔说，咱们家的担子都是你大哥担着），二叔和二婶把每个月的伙食费、粮票、煤票都交给他。他放了学，做饭、打煤球、打扫卫生，把一个家收拾得井井有条。一直到现在我还认为堂哥是我记忆中最懂事的男孩，他扫院子时少年洒脱的模样，定格在我脑子里，像一段电影。

　　堂姐和堂妹生得都像二婶，到哪里都漂亮得耀眼。二叔虽然不回家，却从来没有放下过孩子，时不时地给她们买礼物送回去，从上海捎回来的毛呢花格大衣，从北京捎回来的翻毛皮鞋，把她们装裹得俊俏异常。二婶也不甘落后，她让人捎回来的东西一定要比二叔的更好——两个人的斗争全部被孩子们穿到了大街上，像他们那个时代满大街糊的大字报一样一览无余——她的眼光显然比二叔更雅致，堂妹的白色连衣裙和月白色塑料凉鞋，让我的心在梦里都不安生。不过我知道，那些东西可能会给我的堂姊妹们带去欢乐，却从来没有带去过幸福。

　　看见我们回家，二婶显然也非常高兴。她忙着为我们安排吃的，大部分都是从外面带回来的花花绿绿的食品，很多我都叫不上来名字。饭吃得却不怎么样，无怪乎焖米饭和鸡蛋挂面之类的。她不怎么会做饭，不像我母亲，能擀一手好面条，炒一手好菜。我不喜欢待在她们家，倒不是因为二婶，而是二婶的母亲。据说她是一个名门闺秀，读过书，牡丹画得好，还写得一手好毛笔字。每次我们去，她都很挑剔地打量我们，让我们跟她的外孙们逐个比比个头，看看谁家的孩子牙长得齐全，谁的眉毛长过了眼，谁的指头上芞子多还是簸箕多（芞子是粮食囤，藏福气的；簸箕是往外撒粮食的，福薄）。她身上散发着一股说不出来的气息，老年的、阴郁的、死亡的气息。每当她拉着我的手数芞子簸箕的时候，我也不敢躲，只有在心里祈祷快点结束。我害怕她那长满老年斑的手——青筋毕露，像一条条蚯蚓趴在一段枯树皮上——抚摸我。在这像体检身体一样的审查之后，是她非常偏颇的结论，如果我们兄妹长得眉眼好看一点，那肯定是身体没有她的外孙们健康；如果我们健康，那一定是个子没他们高。即使身体上挑不出毛病来，衣服上也会存在很多问题——前襟太长，颜色太老，棉花太薄，裤腿太弯。总之，我们是一群生活在缺陷和短缺中的孩子。

"我们家那时候啊。"她总是这样开头说话。在她的话语森林里，我们常常有被挤扁的感觉，即使侧着身子屏息静气，也能够感觉到那种压力。她的语气是霸道的，也是不容置疑的。她的家世，她们有多少房子多少地，多少佣人，钱都是放在床头柜子里，随便拿，银元哗啦哗啦地在口袋里碰撞。我们都没见过银元，但能想象得出它那清脆而富贵的声音，绝不似我们口袋里的镍币，即使能发出声音，也是细声细气的，沉闷的，不体面的。

有时候，实在挑不出毛病来，她就会转移话题，搜出一条堂姊的围巾说，看看这料子，毛茸茸的，这是"乌拉巴子牙"出的呢！

老天爷，谁穿过"乌拉巴子牙"出的东西呀？不过她说这几个字的时候，嘴里老是漏风，我以为她没说清楚。后来我去的地方多了，才知道那是她们安徽巢湖的方言"阿尔巴尼亚"。

我们常常被她的故事弄得汗透衣衫，好像走在一部"反特"故事片里。出门时二婶无一例外地要告诫我们，姥姥糊涂了，她说的那些话可千万不能说出去。很多年后我才知道，二婶的母亲不过是一个商人的姨太太，年轻时有过好日子，丈夫死后她拉扯大一双儿女很不容易。解放后，为自己的身份，她东躲西藏提心吊胆，没过一天安定的日子。

　　我有时会想，二叔和二婶的婚姻纠葛，有没有二婶母亲的因素？料想二叔会和我一样，不喜欢被人这样挑剔指点。每次都被挑出毛病后，肯定他更加不喜欢回家去了。

　　不过在那个时候，我没恨过她，倒是常常恨我的父母。难道我们不是他们的孩子吗？我们的衣服除了过年有一两身新的，平时都是大哥穿父亲的衣服改的，二哥穿大哥的，我穿二哥的衣服改的，小妹穿我的。只是没人能看出来我们的衣服是改的。母亲改衣服的水平高，确实是高。

　　在父亲的家族史上，他的父亲，也就是我的爷爷，似乎是可以忽略不计的，不管怎么述说他，都将毁坏他。他是不可言说的，既不是某一个也不是某一类人。他因为一直被忽视而黯淡无光。

　　一直到死。

　　一直到现在。

　　爷爷是个地道的庄稼汉子，他的一生关心过什么或者喜欢过什么？不知道，也许他自己也不知道。很难找到属于他的位置。在我祖母心中，他可有可无。在孩子们的眼里，他忽隐忽现——他就像一件东西，孩子们不需要的时候，总在那里，需要的时候，却怎么也找不到。

　　他埋头种地，亲近牲畜，熟悉每一块土地的性情，可儿女的事情他从来没有操过一点心。

　　在自己家里，不管是物理空间还是家务事，他都占据非常小的位置。对于他来说，越小越好。

我的爷爷平生去过最远的地方就是大儿子工作的县城，距他生活的村庄不足二百公里。

这一辈子，他的名字从来也没有被铅印过。

我五岁那年，两个哥哥领着我和一帮孩子在街头玩耍时，走来一个穿着土布棉衣棉裤的老头儿。他操着浓重的乡音，念出了我父亲的名字，问我们识不识得？二哥果断地告诉他说不知道，然后带着我们一哄而散。我追着问哥哥，不是找爸爸吗？二哥一脸神秘地说，谁知道是哪里来的疯老头子，还直呼爸爸的名字，千万不能告诉他。我心里纠结了一会儿，便把那老头儿忘记了。等我们疯够了，倦鸟归巢，却陡然发现那个老头儿正坐在我们家的客厅里，抽着爸爸的香烟。可能是他抽得太急，抖落了一身的烟灰。母亲说，快过来喊爷爷。还没等我们开口，他就慌忙站起来，脸红着，换上那种有尺寸的笑，高大的身板一抖一抖的，肩膀一边高一边低。我们嗫嚅着喊了爷爷，然后远远地撤离，把手放在身后斜着眼睛打量他。他看着我母亲的脸说，开始我问的就是这几个孩子，他们……都不认识我吧？母亲说，不认识，他们不认识你。从母亲的口气里，我们虽然知道自己错了，但也知道没必要认错，因而谁也没低头。

爷爷从他身后的大布口袋里掏出焦炒的花生给我们吃。我从来没见过那么大的手，像蒲扇一样。若是被他打一巴掌，不知道该有多疼。父亲说，爷爷一辈子别说打人了，连说话都没大声过。

父亲兄弟三个的手都没长过他们父亲的,尤其是我父亲的手,跟女人的手差不多,细瘦,柔软。即使是他死后,那双手依然温热而生动,好像在做着最后的努力,不愿意撒开似的。

我知道他是留给我,让我把握的——我四十年都没碰过它们。

不知道是谁先发现的,爷爷洗了脸,像极了我们的父亲,连那种说话的语气,大咧咧的走路的姿势,笑起来没有一点心事的爽朗——也许更能换过来说,我的父亲更像他父亲:他不能改变世界,就一心一意地改变自己,正在县里干着纪检委书记,上级把他发配到公社当书记,二话没说就卷铺盖走人了。公社没干够一年,上级又把他调到知青办当主任。上午通知发给他,下午他就开起了干部职工大会——爷爷邋遢并不卑琐,简单而不轻飘。此时我想,我的爷爷更加接近天然,他是用家乡的泥土塑成的一块土坯,而我的父亲只不过是被外面的世界烧成了砖,仍然是一样的质地。

母亲忙着为爷爷做饭,都是小鱼小虾,烙一筐子油饼什么的,没有大鱼大肉。爷爷倒是不挑食,我母亲递给他什么他就吃什么,也不推让。父亲拿出一瓶酒,那是尊贵的客人来时才拿出的,平时父亲都是喝散酒。他给爷爷倒一杯爷爷就喝一杯,他不馋酒。爷爷去休息后,母亲笑着对父亲说,你们家的少爷毛病都隔辈传给了孙子,爹怎么一点都没继承?父亲就笑,说,爹也没受过什么罪。我告诉哥哥,爷爷真的不像个老地主,地主不该这样和善。大哥像经常的那个样子,只是听我们议论,并不插言。

二哥说，你知道什么，敌特们都是会假装的。我们观察了好几天，最后二哥也气馁了，爷爷确实不像个地主。

解放前，爷爷在家里雇了两个长工。爷爷待他们如同父子，好吃好喝都是尽着他们。解放后那两个人在村子里分了田地，仍然像儿子一样待我爷爷，家里不管有什么活计，俩人不吭声就给干了。每次回乡，父亲都去看他们，还让我们称呼他们表叔。相比自己的三个儿子，爷爷更偏爱我的两个表叔。父亲和叔叔每次回去给他的钱物，他都偷偷地给表叔的孩子们——他们在他的怀抱里长大，是亲孙子。

再见爷爷，我已经十多岁了。二叔给我父亲打电话，说爷爷病了，他把他接到城里住着。父亲带着母亲哥哥和我，去二叔那里看爷爷。

爷爷看上去并没有病态，只是那种冲淡之气没有了，也没再听见他爽朗的笑声。他坐在那里，任二叔一来二去地讲述他的病，一副事不关己的样子。二叔说爷爷是收麦子镰刀砍伤了脚，没有当事儿，结果感染了破伤风。爷爷那时六十多岁，并不显老，他在我的印象里，身子骨一直是硬朗朗的。母亲打开给他买的东西，饼干、蛋糕、桔饼递给他。他接过来就吃。二叔非常生气，一是责怪他没洗手，接着又吵他说，什么时候都这样子，当着人家的面吃，像是没见过东西！爷爷笑了笑，仍旧自顾自地吃，并不觉得难堪。

母亲说，什么叫人家？不都是他的儿孙呐？

二叔没再吭声，他最敬重的就是我母亲。他觉得我母亲柔

■几十年后的今天，我写下这些文字的时候，泪水却一直流淌着。其实，我很想念那个我仅见过两次面的爷爷，他的眼睛里流露着一种特有的温良的光芒，那是我们这个家族的密码。

柔弱弱的性情，却把一个家打理得井然有序，妻贤子孝，我二叔就觉得她了不起。

从爷爷那里出来我哭了，母亲问我怎么了，我摇摇头，什么都没说。那时我真是有点恨二叔，他太过分了，怎么可以那样待爷爷？

长大以后我跟母亲说起这件事，母亲说，他们那是亲啊！然后摸着我的头说，打断骨头连着筋，你们是根儿上亲。

那次和爷爷相见是最后一次，后来他就死了。

表叔来我们家报丧，哭着说爷爷不在了。父亲问起爷爷的死因，表叔说，他的伤口疼，二叔带他去医院给他开了很多止疼药。他回家后什么时候伤口疼了，也不好意思跟别人说，自己就偷偷地拿药吃。等他昏迷的时候，小叔才发现他两天就把一瓶药吃完了。大剂量的止疼药造成肝肾衰竭，没往医院送就断气了。父亲听后，呆呆地站在那里兀自落泪。母亲一边收拾东西也一边流泪。我哥哥没有哭，我也没哭。那时候我们对死亡还没有什么感受。父亲让我们跟着回去奔丧，我们几个都嘟嘟哝哝地不愿意去，后来还是父亲严厉地要求大哥跟着他回去了。大哥是长子长孙。

几十年后的今天，我写下这些文字的时候，泪水却一直流淌着。其实，我很想念那个我仅见过两次面的爷爷，他的眼睛里流露着一种特有的温良的光芒，那是我们这个家族的密码。

我们的家族是有这种密码的。父亲当县长的时候，有一次因为县里的农民往出口日本的蜂蜜里添加白糖水，被日本方面发现，全部退货而且取消当年所有出口日本的合同。这对刚刚开放的中国来说几乎是个外交事件，国务院要求县领导直接去汇报。父亲汇报完毕，乘公交车去天坛公园参观，刚上车就发现有一双眼睛死死地盯着他看，还没等他回过神来，一个身材颀长、戴着眼镜的中年人走到他跟前，操着一口京片子问道，这位是我××大哥吧？

他是花奶奶前面那个奶奶的孙子，在中央办公厅工作，原来跟着周恩来总理当朝语翻译。周总理去世后，因为"四五"天安门事件，他被下放到延边朝鲜族自治州，跟当地的一个朝鲜族女人结了婚，刚刚平反（又是平反！）被安排到中共中央编译局工作。他跟父亲从来没见过面，只是从我太爷爷活着时的全家福合影照上，看到过年轻时的父亲。

我听到你说话的乡音，看见你的眼睛，就知道是咱们家的人。他说。

关于爷爷的记忆，即使全部说完，也就这么多。我还想说说他的死对家里的影响。表叔来报丧的时候，奶奶那时一直跟着我们生活。奶奶正梳理着她的长发，听完后她只是停顿了那么一小会儿，然后把头发挽起来，就去院子里收她晾着的白布衫了——眼下，没有比这更让她上心的事了——布衫被她搓洗得雪白耀眼，她的脸被映得越加纯净。他们说的那个死了的人，完全是和她没有关系的。一直到父亲随了表叔回去安葬爷爷，她都没有一句话交代。

我的奶奶单字名裳，这是她满月时抓周得来的——面对摆在她眼前的一堆东西，她的小手直奔一件花衣裳。她生得骨肉匀婷，肤若凝脂，指若柔荑，三寸金莲即使穿上鞋也不比一只芒果大。想她年轻时走起路来肯定似风摆杨柳，估计大声呵口气都会让她摇晃。父亲叔叔他们都像敬神一样敬着她。她大部分时间都在闭目养神，平时极少开口说话，更不与人交流。任谁都想象不出，是她和爷爷一起生出了五个高大的儿女。

21.

对敬川的遭际，很长时间我都不能用平和的心态来看待。不可否认，他身上有很多宿命的东西——当然也有很多的偶然，他就像是一根裸露的导线，总是在人生的风风雨雨中擦出刺刺啦啦的火花——也许在他的命运中还埋着一根伏线，他的出身以及后来瞬息万变人间天上的命运通道，让他像一辆疲于奔命的破车，在崎岖不平幽暗不明的道路上艰难前行。也许从他有独立的意识开始，他就渴望着从父亲的阴影里破茧而出。虽然他从来没有说过，但我知道在他的内心深处，他最害怕成为父亲。有一次，他们父子俩吃晚饭时喝了点酒，坐在那里聊天。我从书房里看过去，一时间有些恍惚，几乎分不清他们俩谁是谁。他们的姿势，说话时右手敲击桌子的习惯，以及从胸腔里发出的那种低沉的共鸣，让时间的逻辑仿佛被击穿了。

晚上睡觉的时候，我把这当成笑话说给他。他吃惊地望着我说："不会吧？""不会？"我笑得更厉害了，难道他在小事上的这种固执，不是更像父亲吗？

"我以为——"他长长地叹了口气，"我始终以为弟弟像父亲，我像母亲！"

"你的善良和协调能力很像母亲，而你骨子里的忧惧，非常非常像父亲。"我在他对面坐下，想就这个问题跟他好好谈谈。说实话，他性格中某些故意做出来的姿态，已经被他带到了工作中，而且颇有争议。刻意而为的坚韧不拔，莫非不是另一种软弱？毫无道理的自信，其实就是在冒险，"而你弟弟虽然表面上看起来柔弱，其实骨子里的坚硬，才更像母亲。"

他没再接我的话茬，这个话题被搁置起来——一直到现在，我们都没再说起过。

他考完大学在家等结果的时候，弟弟还在读小学。他发现弟弟跟一群孩子在村里的晒场边打扑克，便不由分说把他暴打了一顿，揪着耳朵拉回家绑在床腿上。自小母亲就教育他们绝对禁止打牌摸麻将，一直到现在，他连军棋跳棋都不会玩儿。

他参加工作后给弟弟写信，以一个过来人的语气告诉他应该怎样做人做事，说自己从懂事起就知道体谅家里的困难，放学后第一件事就是去拾柴，有时候去田里捡人家剩下的红薯，如果父亲从外地回来，他就下河摸鱼，"把裤脚扎起来，两只裤管里装的都是鱼。""生在我们这样的家庭，骨子里只能有一个信念，不管面前有多大困难，一定要蹚过去！"

弟弟回信说："你并不是一个神话。过去你能摸到鱼也不是因为有能耐，而是那时候河里还有鱼"——后来他告诉我，弟弟这话在他心里横亘很多年，直到成为一个巨大的阴影，他觉得这是一个露骨的暗示。

每次跟弟弟见面，他都要训导他。弟弟只是面无表情地听着，既不反驳也不应承，表情既像是驯顺，也像是怜悯，也许还有担忧。

有一次，单位的同事去大别山区搞调研，我让保姆搭他们的便车回山里老家。在路上，同事和司机不知道怎么议论起了敬川的事。同事惋惜地说，敬川是个好人，既有能力又有人品。司机说，既然是好人，怎么会出事？出事的都不是什么好人！同事说，因为好人不会设防，所以才会出事，真正的贪官污吏是出不了事的。司机说，我就不信，当官的有几个不贪？

后来保姆把这事说给我。我的心里一阵刺痛，我没想到事情会是这个样子，我以为大家都会同情我，至少应该理解我。过了一段时间，连我自己都觉得问题不是那么简单。在中国的官员中，好人的标准太低了——仅仅因为没别人坏，不但自己认为是好人，连别人都会把你看成好人。如此看来，中国只有"没出问题"的官员，而没有"没问题"的官员。

我还记得有一次，敬川北京的同学来看他——他是睡在敬川上铺的兄弟，中国十大法学家之一。我向他述说自己和敬川的委屈，他说："敬川是和我穿一条裤子的兄弟，我心里不比你好受。但是，如果你不对自己救赎，你会一辈子在泥沼里走不出来。"尽管我知道他是一番好意，但还是忍不住吃惊地望着他，真不相信这话是出自平时温文尔雅的他之口，"你们这些作家都太敏感，一遇到事儿，要么觉得自己太委屈，要么就是觉得遭受到的痛苦好像只有你们才配享有。"我辩解道："我不是那个意思，我只是觉得，不管在任何情况之下，总该有个道义的尺度。"谁知他竟然激动起来："我说的就是道义！你是不是觉得别人出事都是活该，而你老公出事特冤枉特委屈？难道你们和别人不一样，请客吃饭都是自己掏钱，出去旅游购物不是公费报销？"

我一下涨红了脸，声嘶力竭地说："我以我们两个的人格担保，你说这话对你的兄弟也是个侮辱！这些问题组织的调查结果可以作证！"

"那又怎么样？"这个首个炮轰某市打黑运动的法学家不依不饶，"莫非组织上整错了一个新时期的焦裕禄？你真可以说敬川清清白白得没一点问题？"

我一时语塞，我被这一句诘问打个正着。是啊，难道敬川真的好到可以清清白白地说，他没有任何问题吗？

从苏天明主政一方开始，他就刻意用矫枉过正来奠定自己的行事风格。他一次又一次地趟入禁区，从说话到办事，好像总是要与别人不一样。事实上他在很多方面都成功了，而且在"发展就是硬道理"的那个时代，他的成功顺风顺水，曾经有两个省的主要领导，号召向他那个地方学习；中央几个重要的国家机关联合在他那里开"社会主义新农村建设"现场会，推广他的发展模式。到后来他已经像一个喜欢打仗的将军，他相信战术胜于战略，他觉得自己无所不能。有时候他躺在床上翻来覆去地睡不着，金地搬过他的头，经常会看见他被激情弄得泪流满面。

"到今年年底，我要把所有的山区都通上水泥路！"他激动得哽咽了。

他当区委书记的时候，城市建设飞速发展，尤其是旧城改造，在全省都出了名，省委书记省长在这里召开现场会，推广他们的经验。但是由于拆迁力度大，赔偿高，很多老百姓都盖起了"隔夜楼"——一夜之间，政府划定的拆迁区域会"长"出许多高楼来。他找市委市府主要领导坚决主张强力拆除，以免后患。当时正赶上湖南"嘉禾事件"，全国各地的拆迁都停止了。市委书记说，老百姓这个群体太大，弄不好会出乱子，甚至会出人命，现在全国因为拆迁出事的太多，咱还是睁一只眼闭一只眼算了。他说，我们不能为不负责任找借口。我们不是拆迁，而是拆除违章建筑。书记说，谁管你是拆迁还是拆违，如果出事了，板子只会打我们的屁股！他辩驳道，如果我们不强拆，刮风下雨那些"楼"都能倒下来砸死群众，我们不是照样要承担责任吗？书记笑了笑，不说拆，也不说不拆。

谁也没想到第二天他就带着百十人的城建监察大队进村了。队伍刚进村不久，就被早有准备的老百姓包围。还没等他们向老百姓喊话把意图说清楚，砖头石块就像下雨一样地飞了过来。幸亏早有准备，监察队员都戴了头盔，否则后果不堪设想。

按照过去的惯例，事情本来可以不了了之。政府抓几个闹事的，批评教育，给个台阶双方都下来算了。可他偏偏不同意这样做，在市委常委扩大会上，他坚持自己的意见，说，政府不能和稀泥。有时候我们明明做错了，只要老百姓不闹事，就死不认错；明明自己没错，只要老百姓一闹事，就一泻千里，什么妥协条件都答应，连一点原则都没有了。这哪叫共产党的政府？简直就是葫芦僧！此话一出，大家面面相觑，没一个人表态了。他接着又说了两点意见，一要肇事者公开承认错误并承担相应的法律责任，二要带着监察队继续强拆。市委书记看着他笑了笑说，这个不写入常委会议纪要，只能算是你们区里的意见。

他再次带着监察队进村的时候，没有遭到老百姓的围攻。村子就在京广铁路边上，不明真相的群众在几个别有用心的人鼓捣之下，直接上去堵铁路。刚好一列北京直达广州的特快列车路过，致使前来劝解的两个干警、三个驻村干部和一个群众被列车强大的气浪掀起来摔死，将这次冲突推向了高潮。

中央领导很快就做出了批示，国务院和省政府工作组进驻，要求连夜召开紧急会议。全市如临大敌，紧急会议前，市里主要领导把他叫过去，劈头盖脸地剋了一通，说，当时谁都劝不下你，现在这事儿闹这么大，你看着怎么收场吧！他说，既然事情是我办的，所有的责任我自己一人承担。书记说，现在国务院和省政府工作组已经来了，马上就要听我们的汇报，你捅这么大个娄子，你说说，让市委市政府咋办？他说，第一，我不承认捅了娄子，是非自有公论；第二，这个事情不是我说咋办就能咋办，而是法律说咋办就咋办！

市委书记说，算我求你了，一会儿紧急会议，国务院和省领导都在，你可别再敞开大嘴巴乱说了！

紧急会议开始后，国务院工作组的领导和省委书记简单开了个头，分别讲了中央和省委领导对这个事件的重视程度，以及问题的严重性，然后就让市委书记先把情况汇报一下。市委书记把事情经过简单汇报后，工作组领导问："你作为市委书记，怎么给这个事件定性？"市委书记说："我们认为这是一起不该发生的恶性事件。"工作组领导说："你这哪是定性，不过是在玩弄概念嘛！谁都知道这事不该发生，是恶性事件，可是我们党委政府应该负什么责任？"

苏天明从最后一排站了起来说："报告首长，我是这起事件的直接领导者，希望给我一个发言的机会让我说明情况。"组长看了看他，说："你是干什么的？"他说："我是这个区的区委书记，事情就是我带队去搞的。"组长又看了一下主席台上的其他领导，说："你说吧！"

他说："事情的原因在于我们的城市化推进速度太快，各种配套管理工作没跟上，让一部分别有用心的人鼓捣群众吃国家的大户，纷纷盖起了隔夜楼。如果将错就错，万一赶上连阴天气，或者地下情况有异，后果肯定不堪设想，因为我们的城市正坐落在地震带上。所以作为这个城市唯一一个城区的领导，我觉得我们清理违章建筑负有义不容辞的责任。在我的职责范围内，我带队组织了强行拆除……"

组长打断他的话说："这么大的事情你没报告吗？"

"我没向任何人报告，是我自己做的主。其一，清理违章建筑是区政府今年向人代会正式报告的工作；其二，这是我们职责范围内的正常事情，不需要向任何人报告。"

"那么，你怎么认定他们是违章建筑？"

"不是我认定他们是违章建筑，这里有市建设委员会的鉴定结论。"他把有关的鉴定拿了出来。

"即使有鉴定结论，也得履行一定的法律手续。"国务院工作组的一个专家说。

"那是肯定的，事先一个月我们就张贴了强制拆除的政府通告。正式行动之前，我们把拆除通知送达到每一个拆迁户，希望他们自行拆除。后来之所以采取强制手段也是不得已而为之。"

"按照你的这个说法，政府就没一点责任了？你认为该怎么为这件事情定性？"组长的脸色变得越来越难看，他希望看到一个痛哭流涕、敢于承认错误而且有担当的基层领导干部。

"这正是我要汇报的问题。我认为政府在教育引导群众方面，工作做得不深不细，致使部分群众在错误的道路上越走越远，因此让别有用心的人有机可乘，这是需要我们深刻检讨并认真汲取教训的。如果需要承担责任，我愿意按照有关规定接受处理。但是，"他看了一下在座的中央及省市区领导，发现所有人的目光都集中在他身上，"就这个事件而言，"他深深地吸了一口气，"当然，首先声明，对在这次事件中遇难的干部和群众，我们一定要妥善处理后事。但这次事件的性质，我个人认为是一起有预谋的暴力抗法事件，对那些背后的牵头组织者，必须给予法律的严惩，绝对不能姑息！否则，我们的法律就是一张废纸！"

　　会场的空气一下凝固了，气氛紧张得几乎一个轻轻的咳嗽都能够点燃。他说完之后，好像使出了浑身的力气，忘记坐下来。不久，主席台上的领导们交头接耳地开始交换意见，好像也把他给忘记了。又过了一会儿，国务院工作组的组长看见他还站在那里，突然给了一个温暖的笑，说："你还站着干吗？赶快坐下坐下！"

　　下来之后，年轻的省委书记说，如果我们省有十个你这样敢说真话、有担当的县区委书记，我这个省委书记就好干了！

　　两个月之后，他被破格提拔为一个有着千万人口大市的市委常委，并兼任全国最大县的县委书记；两年之后，新来的省委书记看了他们的发展说，只要我在这个省工作一天，你们这个县就是我的工作联系点！

　　不久，中央党校联合中央有关部门在这里召开中西部地区新农村建设现场会，当着中组部的一个老部长以及各家中央媒体和研究机构的学者和领导，苏天明做了一个语惊四座的发言。他说："我想谈三个问题，希望能直达天听。第一，中央对基层农民种粮的直补政策，使基层的道德建设滑坡几十年。"

　　"为什么？"老部长问。

　　"我们的直补政策说是从中央的钱袋直接到农民的口袋，不允许有任何截留，而且明确规定过去农民拖欠集体的债务，不管是提留还是水电费，一笔勾销。那么，谁赖债谁就是最大的受益者。这是劣币驱逐良币，为了取悦百姓而牺牲道德成本。

今后赖债的就更多了。"

与会者面面相觑。

"第二，过度保护耕地政策就是保护落后。大家可以看看，在我们国家，不管是省市县，哪个地方土地多哪个地方最穷，哪个地方土地少哪个地方富裕。世界上闹大饥荒饿死人的地方，没有一个是因为土地过少造成的。请各位领导和专家算个账，一亩地不管种什么，最多养活一个人；而如果建成工厂，可以养活成百上千人！"

陪同的省市领导对他怒目而视。

"第三，领导干部不要口口声声喊反腐败，尤其是——"他仰天长叹，"上级不要对下级部署反腐败。如果上级不腐败，下级就不会腐败，如果上级腐败，下级即使想不腐败，有可能吗？"

22.

最后一次见到陈琳，是在敬川出事之后，那是在首都机场的行李区。她带着孩子，还有另外两个帮忙的人。她老公周健现在正红火，刚刚接任县委书记，中央电视台还专门采访了他，他就当地的发展他侃侃而谈。现在她对帮忙的人呼来喝去，正是合着电视的这个节拍。我们已经好几年没见了，连电话也没打过。

自从敬川调离到另外一个地方工作，我们两家就很少联系了。她后来的生活怎么样，虽然听到有人只言片语地说他们夫妻两个"差不多了"，但究竟怎么"差不多"，则很难拼接到一起，说实话我也不愿意拼接。到了我这个年龄，已经越来越看透了生活的虚假和无聊，虽然不得不深入其中并装出陶醉的样子，但我已经有很多时候可以脱身走开了——我觉得我常常被拽出时间之外，并被封存在某个情景当中。我离现实越来越远。而她，我相信会往现实里越陷越深。

我之所以反复讲述陈琳，是因为我太知道她了。她对老公的那种感情（我差点又说成爱情），充满了有条件的真诚，强制的奉献，和莫可名状的怀疑，这使她的生活既疲倦又热烈，以及，很大的偶然性。其实，我已经深深地体验过，越是站在阳光之下，身后的阴影越大。有时候，一个人的生活条件越优裕，选择的余地越多，她的幸福就越恍惚，痛苦也就越细腻。

我们匆匆忙忙说了几句话，她就把我丢在那里，急急忙忙地走开了，像逃一样。即使她在和我说话的时候，估计也完全是另外一种心境和语境了。当时我觉得好像忘记了自己所该使用的语言，不，是语气。我和她，只是拼命地说，像词语接龙比赛，不能停下来。她和我一样，也害怕我们之间的语言空隙，我们担心那个空隙总是会被尴尬所填满。如果我们不用相互之间的话语把它封住，好像尴尬会自己跑出来，拽住我们的衣角，把我们打败。我找不到我们之间合适的距离了，估计她也是。我们所说的无非是一些样板问题，现在怎么样，谁谁还好吧之类。她害怕我提到敬川，其实我也怕她提到，那是我们之间一道新鲜的血淋淋的伤口。

　　我宁愿相信，她老公周健和敬川的那些事情，她不知道。我也不愿意因为落到这步田地而去恨她，那样太廉价，也太无聊。

　　人是这样一种动物，该忘记的东西能忘记，该记住的东西能记住，或者是相反。可是，在顺境的时候，谁会想到这些问题呢？那时候好像自己非常了不起，觉得一切尽在把握之中——对一件事情的解决能力，我们常常称之为把握，其实人最难把握的是自己。我一直觉得对陈琳的一切都很有把握，现在我觉得最没把握的就是她了。

　　我现在才明白，我对陈琳的了解，一半靠认识，一半靠的是想象。

　　我也明白她在敷衍我。敬川出事之后，他们两口子已经远远地躲开了。实际上那一段时间，我们比不认识还不认识。真的不认识了。也许开始就没认识。那种被出卖的感觉使我想起上小学的时候，有一天我和伙伴们约好晚上一起到操场后面捉迷藏。可是我赶到后，一个人都没去，整个宽阔的操场，只有我一个人在明晃晃地月光下形影相吊。后来我才明白，那一天，我的父亲再次被打倒，而他的妻子和孩子，也一起被打倒了。不过，经历过那样一个月夜，后来又有多少清冷的月夜把我丢落在孤独里？不过我并没有感觉到孤独，我感觉到的只是凉。凉最多是孤独的外表。很多年之后，我才有资格沉浸到孤独里。在那种孤独里，清夜以思，痛从中起。一切都耿然于胸，然而只能默默无语。

　　"鱼得水逝，而相忘乎水。鸟乘风飞，而不知有风。"得鱼

忘筌本来就是我们的本性，如果它是恶，也不过是一只没有被
进化掉的阑尾，自有它的合理性。其实，仔细想一想，与陈琳
夫妇比起来，我又有多少指责他们的资格？我记得有一个多次
给予我们无私帮助的省委老领导出事之后，尽管我们多次说起
要去看看他，可是一次也没成行。我们总有很多借口使自己的
忘恩负义看起来那么正当。有一次，在北京三〇一医院，我遇
到他的夫人，听说她是来做眼睛手术的。我只是远远地看着她。
她寂寞地走过一个又一个窗口，再没有人前呼后拥。连我这样
背负深恩的人都远远地躲着，遑论他人！我害怕地躲过一个又
一个人群，那做派现在想起来还让我脸红。我怕什么呢？是怕
我们一起回到过去会使她的痛苦更深，还是怕把她带回了过去，
而我还留在当下的残忍？

　　她看起来既不是凄凉，也不是孤独。而是历尽煎熬之后的
平静。

　　我记得当时我给自己找的现实理由是，如果我这样走过去
打招呼，会不会伤害到她？她会不会为自己的落魄而尴尬？她
走后，我的心里充满了愧悔和怜悯，甚至还有一种说不出来的，
类似于逃脱般的侥幸。难道那愧悔就是对自己的救赎，而怜悯
就是对别人的施舍吗？

23.

　　离休前的那几年，父亲好像胖过一阵子。他个子大，胖起

来也不至于笨，自己觉得有些不利索，吵着要减肥。母亲试着给他做一些脂肪含量低的食物，他吃饱了也不运动，并不见效果。母亲常嘟囔他，多走走路啊，现在上班忙着，退下来你还不胖得走不动？父亲离休后，也没见他走过路，一个月竟然瘦了十多斤。他像失重一样地悬浮在家里，无所事事。饭吃了一半，就去翻报纸，报纸没看完，又嚷嚷着看新闻，好像国家大事都在后面追着他，让他必须一沐三捉发一饭三吐哺似的。孩子们都上班后，他就呆坐在某一个地方，一上午一下午地发愣，眼神空洞到让人惊心。工作就是他的生活，革命就是他的命，没有了这些，整个人就像被拆了架子的一堆广告牌，没有了支撑。

孩子们都动员他学打麻将，还专门给他买了麻将桌。他也煞有介事地学了一阵子，有一段时间还很热心，天天到老干部活动中心去打。如果输了，他不会让人知道这事儿，如果赢了，保管连大街上卖菜的都知道。回到家里他就跟母亲炫耀，母亲就一个劲儿地夸奖他脑子好使，能力不减当年。他就愈发得意起来，开始吹嘘自己年轻时的英雄业绩，游泳啦，打兔子啦，摸鱼啦，尤其是打牌、下象棋，谁都赢不了他。等他一转身，母亲就会撇着嘴对我们说，吹这么厉害，谁见过啊？

父亲的麻将很快就打不下去了，主要原因还是在他。他的麻将圈子里，全都是离退休老干部。人家心态平和，主要目的是开心而不是输赢。他却不行，一分一毫都寸步不让，输了他觉得没面子，赢了拿不到手又有上当的感觉。每次打完回家都气鼓鼓的，一整天不高兴。母亲问起来，他极认真地说，上次老刘输我三块钱，一连几天都赖着不给，一点规矩都没有啊！母亲说，那时候你们脑袋别裤腰带上，连生死都没计较过，现在为了几块钱翻脸值得吗？他说，我们是先定的规矩，不守规矩是原则问题！

妹妹那时在银行工作，为了让父亲开心，隔几天就给他换一捆一元的新钞。都鼓励他放开去玩儿，就是寻个开心，输不了几块钱。他坚决拒绝了，说，我不是怕输，是怕赢，赢了钱他们耍赖才最要命！他太较真，把工作中的惯有作风完全带入退休后的娱乐生活，他已经丧失了娱乐能力。

有时候，他在外面听到别人议论了什么，就当是多严重的事，回来跟母亲絮叨。什么跑官卖官啦，以权谋私啦，权钱交易啦。他是认真地生气，好像这个国家是他的祖业一样。他告诉母亲说，听说谁谁家的孩子，既无才又无德，靠送礼拉票当了局长。母亲说，那又怎样？怎样？他吹胡子瞪眼地让我母亲把两个哥哥立马找回来，郑重其事地跟他俩谈话："你们就是一辈子不当官，也不能送礼，靠送礼当了官也不光彩！"他用久不拍桌子的手拍在儿子面前的桌子上，"你们两个要是哪个敢送，就是别人不告你们，我也得去告！"

母亲有时劝他说："不在其位不谋其政，你退都退了，干吗还每天气鼓鼓的，好像跟全世界都过不去似的？社会毕竟是在进步，我们不能拿老眼光看待新问题。"父亲把酒杯都摔了，说，要是毛主席他老人家还活着，怎么会出现这些歪风邪气？

父亲最大的忌讳就是谁说毛主席不好，如果让他听到，他会怒发冲冠。我们家里一直都挂着毛主席像，除此之外，任何照片图片都不能往墙上挂。他离休后去过三趟北京，除了最后一次因为做手术不能动弹，另外两次，最大的事情就是去参拜毛主席纪念堂。有一次是炎热的八月天，他硬是在天安门广场排了一个多小时的队，浑身都被汗水湿透了，也依然没有减低他参拜的热情。

因为出身，因为有一个说不清楚自己身份的祖父，在毛泽东时代父亲吃了多少苦？我始终也没有想明白，父亲他们几代人都忠贞不贰地跟着他闹革命，受了一辈子折腾，也都是痴心不渝地赞颂他。父亲1947年参加革命，运动来了把他撵下台，整得灰头土脸的，运动过去再拍拍他身上的土，让他重新上台，他都像没事人一样依然故我。他好像习惯了这样的折腾，从来既不记恨个人，也不记恨组织，对毛主席则完全是一腔热血的忠诚——我记得有一次几个朋友说起《法门寺》里奴才贾桂说的那句特别经典的话："奴才站惯了，不敢坐。"这是他们最典型的心态——不知道从何时开始，好像被奴役也变成了一种权利，而且这种权利是很多人无权体验的，并因此而高贵。也许我的父亲所忠于和捍卫的并不是某个人，而是自己的这种权利吧——当时我们笑谈说，如果你没有感到钻心刺骨的痛，可能正如《肖申克的救赎》里的老布所言"已经被体制化"了，已经习惯了。

1978年邓小平复出后，平反冤假错案，才彻底擦干抹净他身上的屎，没留任何尾巴，让他过上了再也不被人折腾的好日子，几个子女也都先后上了大学。但他从来不买老邓的账。1974年，邓小平被推到前台，一年后又下台。反击"邓小平右倾翻案风"时，父亲是作为黑典型批判的。运动曾经把他推到邓小平的阵营，但他对这一段历史羞愤交加，痛心疾首，为自己曾经脱离毛主席的路线而追悔莫及，自己又逆流　了回去，重新成为毛泽东思想的坚定支持者。不过，历史和人心都不会逆潮流而动，他被越来越远地冲刷到政治边缘，渐渐地从一个生活的参与者变成一个生活的观望者——生活中改变得越多，他的心里就越绝望。固执的他执意往回走，越老就越崇拜毛泽东，成为一个彻彻底底的"剩人"。

父亲一辈子好烟好酒，家里最拮据的日子，母亲每天也给他弄两个小菜，二两散酒。抽烟最凶的时候一天只点一次火，从早上睁眼吸到晚上闭眼。他气管不好，天一冷就喘，有一年冬天患上肺气肿，差点要了他的老命。我们把他关在医院里，整整两个月不让他出来。自从戒了烟酒之后，他的身体不但没好起来，反而每况愈下。有一次我公公来看他，父亲问他咋办。当了一辈子医生而且也视烟酒如命的公公说，好办，该抽抽该喝喝，人的命都有定数。你看那些小偷，被人打死了，泼上一盆冷水就又活过来了。有的老干部走路都一步三看，这保养那预防的，擤个鼻涕不小心都会得脑溢血。

得了这话，他又冠冕堂皇地开了戒。而且身体果真一天天好了起来。

父亲的一生，什么都得由我母亲管着，只有吃药他自己记得最清楚。每当调动工作去一个新地方，总是要带着一大包药，花花绿绿的，看着晃人眼睛。他最相信医生的话，只要是医生开的药，他一定坚持吃完，病好了也得吃完，饭菜可以剩下，药不能剩下。等到他老起来，身上的病痛也多了，不但吃医生的药，只要是广告上的药他就吃，一顿一大把，像吃菜一样。我们家的电视新闻联播之前，永远在养生频道上。那些药他不但自己吃，还要求母亲跟着吃。母亲只要有一点不舒服，他就拿着一把药，在后面追着要她吃。他对母亲说得最煽情的一句话就是，我们得治病，我不想死，也不想让你死！

追随父亲一生的母亲，从来没有对父亲的生活方式提出过异议。她跟父亲一样干了一辈子革命，四十岁时看起来已经很老了。她生了我们兄妹四个，每天应付完繁忙的工作，还要应付我们的吃喝穿戴。我的记忆里，从来没有见母亲笑过，这样的神情一直持续到我们兄妹相继结婚生子。母亲那时退休了，她变得非常小心又细心，给孙辈们喂饭穿衣，脸上笑得花开一样。

我曾经写文章谈论过我的母亲，她是个完全彻底的革命者，她的精力百分之八十给了工作，百分之十给了我父亲，剩下的百分之十才是孩子们共同拥有的。在我的记忆中，母亲从来没有抱过我们，对孩子所有的教导，都是通过批评的方式完成的。

我的文章她看了之后未置可否，好像我写的是另外一个人。

她把我们照抚大，她这一生光做的鞋子能拉一汽车。小时候，每天半夜醒来，都能听到她纳鞋底的声音，刺啦刺啦响个不停。她跟父亲参加革命的年龄一样，十七岁。刚工作她就参加土改，是个干练的妇女干部。想一想，她在外面工作一整天，再回家照顾我们一群孩子，该有多累？我出生时奶奶便和我们生活在一起，她从来没有帮过母亲一把。奶奶什么家务事都不会做，每天只是静坐着，像我们家供奉的一尊菩萨。母亲累得招架不住的时候也想让她帮忙，可是看到婆婆打坐在那里一脸笃定，目中无物，只好作罢。有的人活在物质世界里，比如我母亲，有些人活在精神世界里，比如奶奶。母亲实在忙得没办法的时候也把我们托付给奶奶。奶奶就让我们在她身边坐着，她的安静威慑着我们，我们一整天都不敢发出大的声音，更不敢闹。

父亲与母亲的婚姻生活并不是一帆风顺的，我刚刚懂事不久，就知道了他曾经结婚生子，在农村还有一个女儿。他跟母亲是二婚，原来在老家是娶过媳妇的，那女人是他的祖母用两斗麦子和两担玉米换的童养媳。他的祖父出去打仗，许多年都没有音讯。父亲十七岁时，抱重孙子心切的祖母匆匆为他圆房。天下不太平，她怕孙子年少轻狂，再走爷爷的路，想用女人拴住他的腿脚。父亲读过师范学校，见识过剪短发留天足的女学生，他怎会愿意娶比他大七岁的小脚女人？他坚决不从。祖母把他关在家中强行举行了仪式。父亲在祖母的监视下跟这个女人过了半个月，趁着一个月黑风高的夜里越墙而过一去不返，从此走上了革命道路。父亲的祖母一直到死,也没有再见过孙子的面。

应该说，在父亲的第一次婚姻中，他并没有任何过错，他的错误在于对我母亲隐瞒了婚史。父亲比母亲大七岁，又是一个有趣的巧合。母亲那时已经是高级社社长，剪了短发，英姿飒爽。母亲说他们那时没有自由恋爱的，不兴这个。有人介绍对象，觉得合适就打结婚证。也有不少人给我母亲介绍对象，她总是能挑剔点什么，她并不知道想要找什么样的男人，心思都在革命上，结婚是多低级趣味的事情啊。有一天县委书记说，你跟某某某挺般配的。有人领她见了我父亲，二十七八岁的年纪，高大俊朗，只是看起来我父亲的面皮过于白净，连手都细腻得不像一个男人。母亲说不清楚自己的感觉，看他不像是个能下力气的人，却又有什么东西吸引着她，她在取舍之间徘徊复徘徊。县委书记说，人，你看都看了，话，我说都说了。同意不同意就是他了！她没再说什么，一辈子的婚姻就这么定了。过了几个月，县委书记说，你们结婚吧！她也不和姥姥姥爷商量，在城里买两斤糖果散了，就跟父亲搬在一起住了。父亲那时已经是县上的一个官儿，很会干工作，就是脾气差，和他在一起的同志都怕他。他们结婚时，就有人提醒妈妈这一点，担心她将来受气。但是母亲嫁过去，却发现完全不是那么回事。父亲对她疼爱有加，他除了不做家务，什么事都依着她。母亲二十一岁嫁给我父亲，二十二岁生了第一个儿子。大儿子还不会走路，二儿子已经在母亲肚子里扎根。后来我听人说，母亲那时好看得像朵花，越生孩子越水灵。好在县上像父亲这样的干部，上级都发五块钱给安排保姆，才让这个家像个家。就这样母亲还要一边干工作，一边手忙脚乱地伺候丈夫和孩子，从来没有半点怨言，幸福得梦里都在笑。

突然有一天，一个庄稼汉子手牵一个十多岁的小女孩，来我们家要钱。那汉子让小女孩喊我父亲为爸，他说他是孩子的舅舅。母亲惊讶地看着他俩和自己的丈夫。父亲一脸的笃定，要把他们带到机关里说话。母亲说，这是什么话？人都进家了还往外推？她给大人孩子做了面条，还格外多给孩子盛了两个荷包蛋。两碗面条的时间，把情况都问清楚了。父亲每个月给自己的母亲邮回去十块钱，这钱其实是给孩子的抚养费。最近这个孩子的妈病了，她就由自己的舅舅带着来到了我们家。

我的母亲哭得一塌糊涂，几个同好都劝她好好地跟父亲闹一次，要个说法，却没有一个人劝离婚的。那时不兴离婚，不要说母亲手里牵一个，肚子里还怀一个，就是一个孩子没有，她也不可能离婚再找一个了。从来不会低头的父亲那次低下了他高傲的头颅。父亲说，连他自己都不觉得过去那事叫婚姻，更想不明白会有个孩子。结婚时本来想着跟母亲说清楚，又恐怕她根本接受不了。他说，你那时知道了这事，若是不嫁给我了，我怎么办呢？

母亲说，组织上已经决定了，难道我说不嫁给你就可以不嫁吗？

父亲无语，头垂得更低了。

母亲看着自己痛苦不堪的男人，心一下软了，说，既然你和人家生了那个孩子，就不能让她没爹！

从此之后，母亲再也没为这事跟父亲生过气。

这也就是母亲从来没回过父亲老家的原因。

有时候我在想，我为什么要反复地述说我的父亲和公公？其实后来我想明白了，对于他们那个时代来说，我不说这两个人，就几乎没什么可说的了。他们是那个时代的代表。他们，还有粘贴在他们身上的所谓的"社会关系"，像一张巨大的、黑色的、密不透风的网络，紧紧地箍住他们，任由他们用多大的力气也无法挣脱。其实他们的一生，只是在不断地掩埋自己的过程之中——他们一直在死去，今天死这一块，明天死另外一块。一直到没有可死的地方了，才剩下他们真正的自己——属于他们自己的、可以任意摆放的、像一间腾空的屋子。他们一直是倒着走的，小心翼翼——小心地说话，谨慎地办事，战战兢兢地与人交往，努力掩盖住自己，在所有的事情上都左顾右盼，害怕说错或者做错了什么。虽然阶级地位不同，可是却有着相似的表情——时时处处都带着赔小心的、探路似的表情。对于他们所做的一切（政治表现，工作实绩，群众评价，组织鉴定），他们总是希望有人来评判，然后盖章，铅封。一直到死，到盖棺定论，他们才会长长地出一口气，闭上从来没有真正地睁开过，但也没有真正闭上过的眼睛。他们心里肯定在说，终于可以死了。"对得起良心，对得起家人"。终于可以死了——这话既不是逃离生活，也不是逃离生活的理由，然而，这话多么幸福啊！

不过，即使我努力寻找父亲和公公之间的关联性，却往往不得其门而入。从严格的意义上讲，他们都曾经被历史熨烫得平平展展并一生服帖，但在这种相似之中，却有着本质的不相似。我的父亲一生都活在"意义"之中。而我的公公，即使最有意义的事情，在他眼里也是一片虚无。他最大的遗憾就是，虚无竟然也不是那么彻底，让他欲恨不能，欲爱又止。

我的父亲虽然一直在"台上"，虽然一直没有被打倒爬不起来过，但他从来也没有当过主角，始终像一棵风中的孤树，左右摇摆，永远没有站直过。我的公公虽然是一个普通的职员（他当上一个小领导的时候，已经是风烛残年了），但他在政治斗争的深耕细作之下，今天被被犁一遍，明天被耙一遍，遍体鳞伤，体无完肤。

大多数人都像他俩一样，无处可逃。

所以我得说说他们，让他们为那个时代作证。

不然他们就没机会了。

不然我就没时间了。

24.

很多时候，我在金地和苏天明的故事里流连忘返。也许正是因为他们的故事应该有另外一副模样，才使得我的心痛惜不止。不！也许正是因为他们的故事仅仅只能有这样一副模样，才使得我一次次地走回来，不忍离去——作为一个作家，我既不能驾驭自己的现实生活，也阻止不了自己的故事和人物频频失控。

苏天明由区长升任区委书记后处理的第一件事，就是人代会上代表们提出的城建问题。他们这个市刚刚由一个县级市升为省辖市，百废待兴，城市建设更是欠债颇多。出了市区举目四望，大部分是颓圮的村庄和荒废的农田。

一个下雪的礼拜天，他带着金地和女儿去郊区看雪。他们去的那个地方叫老鸦陈，在城市的南郊。老鸦陈几乎没有一条像样的道路，城市生活垃圾占据了这里很大的空间。好在是下了大雪，积雪覆盖了一切不堪。女儿望着白茫茫的雪原，兴奋得躁动不安，她要求下车踏雪。苏天明看着她一步一步地走进雪窝，一眨眼的工夫，只听到一声尖叫，孩子掉入一个坑里看不见了。他们谁都不曾想到，那被雪填平的一个个巨大的坑，都是捡垃圾的人留下的。好在是雪，他们并没有紧张。苏天明把孩子拉出来，她的鞋子却脱落不见了。苏天明下去挖鞋子，孩子又掉进另一个坑里。一声接一声的尖叫，让郊游变成了十足的冒险。金地抱怨苏天明说，看你带我们来的好地方！苏天明拍了拍身上的雪，哈哈地笑着说，今天没白来，这是个种树的好地方。

苏天明正式给市委打报告，请求批准在老鸦陈建一个森林公园。市委书记把他找过去，说这种事市里无权批准，涉及到土地变更问题省以下没权力，"但是，"工程兵出身的市委书记郑重地看着他，"你要明白市委把你派过去的意图，在城市建设上，希望你能杀出一条血路！"

他二话没说扭头走了。第二天，捉襟见肘的市财政，硬是从牙缝里挤出来二百万元启动资金，用于公园的前期规划设计。

苏天明知道，这二百万已经彻底堵死了他的退路。

　　他把建公园涉及到的九个村子的支书村长召集起来，包了市里最高档的宾馆。通知说是开会，可是吃住了两天，苏天明除了陪他们打牌聊天，一点正经事也没有。村干部撑不住了，先去找领头的支书王木木，让他带着去找苏天明。王木木人如其名，看起来木愣愣的。他当过几年兵，也办过企业，敢打敢冲。苏天明说他"有汉子气"，深得他的喜爱和重用，很多拿不下来的硬任务都是交给王木木。

　　王木木说，苏书记，我觉得这不像您平时办事的性格，有什么事您就直说！

　　苏天明说，没事。

　　王木木说，苏书记，我不相信没事。

　　苏天明说，真没事！

　　又过了一天，还是打牌聊天，还是那句话，没事。

　　王木木说，看来这次苏书记是来者不善，咱们还是先表态再领任务吧！于是，他带着支书们来到苏天明的住处对苏天明说，有什么任务只管安排，我们都不是孬种！苏书记，您要是跟我们绕圈子，那可是小瞧我们了！苏天明说，我说了也不一定算数，安排了你们也干不了，我何必费那个事？王木木带头领着支书们拍着胸脯说，只要是苏书记定的事，上刀山下火海我们眼都不眨！

　　苏天明说，那好，说实话咱们没那么大的事，只有小事一桩，希望你们抓紧办。咱们这九个村子的村民要在三个月之内全部变成市民！一个字，拆！

支书们大眼瞪小眼，傻了。

苏天明说，今天晚上是最后一顿饭，吃饱喝足，咱们散会！

王木木拉着苏天明的胳膊说，苏书记，我们不是怕干活。现在上头天天喊保护弱势群体，这拆迁现在是天下第一难啊！

苏天明说，王木木，这就不该是你说的话！我就不信那个邪！凡是拆不掉的钉子户，只有三种人，一是家里有人当官，有后台；一是地痞流氓；再有就是有记者在后面撑腰，故意找茬。遇到这样的钉子户，我上！

王木木把胳膊一挥，划拉了一圈说，您上，也得踏着我们哥几个的尸体！

在拆迁动员会上，苏天明又把这话讲了一遍。

拆迁工作很快就结束了，并没有遇到钉子户。只是有一家小报，把他的讲话登了出来，用了一个非常惊世骇俗的标题：《苏书记语录：中央保护弱势群体的政策就是保护地痞流氓》。

市委书记把这件事压了下来。

苏天明根本没想到，建一个公园的投入会这么大，两百万元连设计费都不够，光新建一个垃圾填埋场最少需要五千万。

苏天明提出一个大胆的设想，先把公园周围的土地拍卖掉，然后用拍卖的资金建公园。但是，这个建议应者寥寥，毕竟"公园"还是一片废墟。

晚上，常务副区长到他住处来。俩人随意弄了两个小菜，喝上几盅。酒酣耳热之际，副区长说："你把我调过来，我还没有发挥作用。有些话不知道当不当讲？"苏天明说："愿闻其详。"

副区长说："凡事你总是这样冲到前面不好，既影响下面的积极性，而且没有缓冲的余地。"

"你有什么好的建议？"苏天明问。

"我想这样，公园的事情要想建好管好，一定要成立一个办事机构——公园建设管理委员会，我来兼任这个主任。你只管在后面指导就行了，这样万一有什么事情，也好有个退路。"

苏天明觉得这个建议很好，便说："退路我倒是从来没有考虑过，不过你这个建议非常可行。我也给你一个建议，那就是凡事必须按照这么三条原则：有利于公园的发展，有利于老百姓的生活水平提高，有利于投资者的利益保障。只要你把握住这三点，完全可以甩开膀子干，出了问题我来兜底！"

很快，副区长就以管委会的名义召开现场办公会，在这个会上推出新政策：谁购买这块土地，从征地到建设的所有政府收费，包括土地出让金，一律减免。

香港一个开发商过来找到苏天明，顾虑重重地问："你们的政策确实有吸引力，不知道会不会变？"苏天明大咧咧地说："只要我有一口气，就不会变！"开发商说："如果你调走了呢？"苏天明指着副区长和王木木说："我走这两个人不会走，你就放宽心吧！"开发商很快就把公园周围的土地全部买了下来。

但是，这些资金也仅仅用于老百姓的安置和公园的前期费用。半年过去了，公园才仅仅拉了一个围墙，一棵树都没有。常务副区长给苏天明建议，让机关全体干部搞义务劳动，平地挖了一个百亩人工湖。然后他请苏天明出面，把市区的企业家们请过来，号召大家出资捐树，谁捐的树挂谁的名字。

企业家无人响应，他们不是顾虑钱，是怕自己的名字挂出来太招摇。

"算是你们捐钱给苏书记种树吧，都挂苏书记的名字！"王木木建议道。

苏天明说，太好了！

企业家们纷纷慷慨解囊，很快他们的钱打到了公园管委会的账上。管委会副主任王木木带着那些钱星夜兼程，三天之后，六棵合抱粗的银杏树被运了过来——那是 1966 年 6 月，毛主席视察 ×× 渠时种下的纪念林，因为渠道扩大，被挖了出来卖了个好价钱。

那几棵树栽上没几天，苏天明发现旁边栽了一棵有上百年树龄的白蜡，上面赫然挂着市委书记的名字，随后便是市长、人大主任、政协主席、离退休老干部……后来捐树的市民们要排很久的队才能分到一小片土地。

那些日子种树成了这个城市最热门的话题，见面打招呼都变成，你们家种树了吗？小孩子到了学校里也要炫耀，我们家种了一棵玉兰，我爸爸说都十年树龄呢！

森林公园成了这个市最大的景观，门票收入比种地的收益大了几十倍。当时公园周围拍卖的土地，也升值了十多倍。当地的一些开发商鼓捣个别不明真相的群众到区里上访，说政府勾结开发商与民争利，把老百姓的土地低价买过来，再高价卖出去，坚决要求收回土地。

苏天明接待了这些上访者。苏天明问他们："土地升值了不错，你们想想是谁让它升值的？"

"不管谁让它升值的，反正那是我们祖祖辈辈留下的土地，不能仨瓜俩枣就给卖了！现在它升值，就得由我们受益。"

苏天明告诉他们，是政府的决策让土地升值的。"你比如北京，当时政府决定奥运村选在北部，所以北部的土地价格应声而起；如果选在南部，南部的土地也会大幅升值。难道因为北部的土地价格高，农民得到的补偿就高于南部吗？况且，我们的土地不仅是公开拍卖的，而且当时根本找不到买家。"

上访者说，我们是上当受骗了。

苏天明说，如果把土地收回来，真正上当受骗的人，是香港那个开发商。我们不能背信弃义，如果没有投资商来，我们的城市怎么发展？

"我们几辈人也没见过什么投资商，不也照样发展了？！"

三年之后，当苏天明面对办案人员，在"滥用职权、索贿受贿"两项罪名下签字的时候，才体味到市委书记说的"杀出一条血路"的残酷内涵。他也万万没有想到，主管公园建设的常务副区长和王木木，把买树和卖地的事全部推给了他一个人。

金地去找王木木，这个被丈夫看中的"汉子"一句话就让她掉进了冰窟窿里。王木木说，我心里永远都敬重苏书记，但是我得自保。他又说，那些事儿，凭我一个农民能担得起来吗？金地又去找常务副区长。副区长说，苏书记拍板决定的事情太多，很多事我真记不清楚了。让金地心碎的还不是这些话，而是他们在说这些话的时候的表情，并没有丝毫愧疚的意思。他们或许没有错，这个世界上利己是一种本能。错的是苏天明，他也应该像别的人一样藏起一半的真心，他更不该拿谁当汉子，王木木是汉子吗？金地哭着去找苏天明，苏天明不但没有责怪他们，反而安慰她说，我牺牲了就算了，别再让他们陪斩了。如果没有了他们在那里支撑着，这个公园的生存就是问题。如果公园毁了，不但安置的失地农民会失业，大家一棵棵亲手栽种的树会死掉卖掉，那样我的牺牲算白费了，这才是我最不愿意看到的。

在苏天明的案卷里，笔录着这样的对话：

办案人员："你使这个城市提前发展了二十年。但是，那并不值得称赞，你应该知道，个人英雄主义就是机会主义。"

苏天明："不能因为有罪，而使一切都失去了正当性。就我个人来说，第一，我不遗憾，第二，我不后悔！"

金地后来和一个办苏天明案件的人交谈，问，你们办案时有人为苏天明说好话吗？答曰，百分之九十，很多人说苏天明是个好官。金地突然意外地绽露出笑容，她说，这样我就满足了，苏天明也算值了。那人先是惊讶，而后是感叹，我办了十几年的案子，还真没见过你们这样的两口子。

有一次随中国作家代表团去美国访问，期间我见到了李京。可能是我哥哥跟他说过我爱喝茶，他带了一整套喝茶的家什过来。由于宾馆前面禁止停私家车，带着这么一大堆东西穿过第五大道一步步走来，可想而知他费了多大的工夫。

我们坐在纽约中央公园旁边 COSMOS 宾馆的一个房间里，说着最新鲜的话题，人事的兴废啦，环境的恶化啦，塑化剂啦，总之离四十年前的现场都非常遥远，好像那已经是几个世纪之前的事，不值得一提了。令我吃惊的是，对中国国内的政治脉络，他竟然比我还清楚，党代会的报告，总书记的讲话，都是一套一套的。

除了开公司，他还在当地一所孔子学院兼职当老师，主讲中国书法和"东方哲学与中国哲学"——看着他的名片，我觉得真是匪夷所思，莫非中国哲学不是东方哲学？对我提出的问题，他哈哈笑了，说看了他的名片，很多人都会提这个问题。"不过，"他品着从台湾带来的白毫乌龙摇着头，"你听了我下面的话，可能会更吃惊：中国哲学不但不是东方哲学，也不是世界哲学。在这个世界上，哲学分为两种，那就是哲学和中国哲学。"

"说来听听。"

"你先看看这个'哲'字是怎么写的？一个折，一个口。哲学本来是讲世界观和方法论的，而中国哲学的本质就一个，那就是把嘴巴捂住，什么都不说！"

"嗯，有点意思！"我脱口而出，仔细想想，三缄其口也好，祸从口出也好，沉默是金也好，这些所谓的大哲理，不都是让人看透不说透吗？

"你是靠码字吃饭的，中国的很多字，你一定要多研究研究，能把它们吃透了，才是一个好作家。"我看他谈兴正浓，也不好意思打断他，"你比如说吧，'休'这个字，你仔细揣摩过没有？"

我摇了摇头。

"休一边是人，一边是木，那意思就是说，只有人麻木了，才万事皆休，这和哲字是一脉相承吧？"

"这样拆字未免有点牵强。"我说，"像《红楼梦》里凤姐的判词'一从二令三人木'，也有个休字，我觉得并不是你说的那个意思。"

"对啊！"他用手指轻轻地点着桌子，"过去离婚叫休妻，现在从领导岗位上退下来叫休息，酩酊大醉叫一醉方休，双方握手言和叫休战。总之，休字的底蕴就是妥协，就是'好便是了，了便是好'的难得糊涂啊！"

因为下午和美国作家还有个座谈会，我只好打断他的话头。送他到楼下时，我说起文革期间他写下的"打倒毛主席"那件事。

"啊，那个嘛，"他摇着头笑着说，"我觉得挺好玩的！"

"好玩？"我苦笑道，"不过，'玩'这个字，估计再怎么拆也拆不开四十多年的死结吧？"

"你错了，"他忽然指着空中的一只龙风筝大叫，"中国风筝地！"仰着头看了半天风筝，他才又回到刚才的话题，"你看，'玩'是由玉和元组成的。玉者，君子之属，其为至善；元者，万物之始，其为最初。如果天下最善最初的事情就是玩，你还有什么结解不开呢？"

25.

我十几岁时就在一家地方刊物上发表过小说，人称才女。我从没认可过自己，觉得自己什么地方都不好，连相貌都没长过人家。后来和敬川谈恋爱，也一直不肯告诉他我写过小说，觉得那是很羞愧的事。敬川也从不在面前夸奖我，他倒是常说起他的女同学和女同事，称赞她们的能力和智慧，弄得我越来越不自信。有一次，我和他说起这事，他吃惊地看着我说，我真没想到你会计较这个，她们怎么能跟你比？我心里更没底了，他这是在夸我吗？我们结婚后，敬川对我的确疼爱，工作之余，他把家里安排得井井有条，我们的生活在不断变化的任何年份，都过得顺顺当当令人羡慕。家务活都由小保姆做，需要决策的事情我显然缺乏主见。我只负责女儿的学习，而且尽心尽力。他从来没有管过女儿的学习，从小到大没参加过一次家长会。女儿却始终对他比对我亲得多，他们在一起谈天说地，即使我在旁边也插不上嘴，况且我习惯于不发表任何意见。我觉得在他们眼里我好像是个无用的女人，虽然并不因此觉得委屈。

女儿考上初中，念了寄宿学校，我一下子变成了一个闲人。我的生活处于失重状态，养尊处优的生活让我更没有一点底气了。

我的写作就是自那时开始的，起初纯粹是一种倾诉的需要。先是写诗，小情小调。再写散文，写丈夫，写女儿，写周围的人和事，一些细碎的感觉。慢慢的，我开始写故事，我的生活从此进入虚构状态——一直到现在，我的故事和生活之间也没有一个清晰的边界。

我的父母都是彻底的唯物主义者，不相信命运之说。我仅有的几次算命，都是婆婆私下找人看的。还好，命相不错，一辈子衣食无忧，手里存不住钱，也不会缺钱。算命的还说，什么样的灾难到我这里都能逢凶化吉。有一次婆婆让人看我的八字，得四句诗，我至今还记得：渴后笑嘻嘻，中行最为宜。所求终有望，不必皱双眉——那意思笼统地说，就是再大的灾难都能克服。仅有的一次亲历是，我们夫妇两个被朋友带着，去嵩山少林寺拜见一个声名远播的大和尚。他问了我先生几个问题后说，你命相很好，不过四十八岁之前挣的钱是国家的，四十八岁以后挣的是自己的。我疑惑地看着他想，四十八岁他还没到退休年龄，怎么能挣钱给自己？然后大和尚又说，你太太天生是吃文化饭的，会很有成就。我不禁哑然失笑，看来这大和尚也是浪得虚名，说的没一点靠谱的地方。我已经三十几岁，还能吃什么文化饭？

十几年之后，想起那个大和尚所言，我才猝然警醒。我倒是真的吃了文化饭，至于我的先生，他的命运另起一行那一年，刚好周岁四十七，虚岁四十八。浮生若梦，欲说还休——"人的一生是连续不断的考验，对于生活谁也不能有恃无恐。"

我的女儿幺幺十来岁就开始读小说，从铁凝王安忆迟子建刘震云，一直读到马尔克斯。她对我的作品很不屑，作家是那样神圣，她的日常无力到只会哭泣的妈妈能写小说？有一次她学校一个同学上课时偷偷读小说，被老师搜走的那本书，竟赫然印着我名字，她觉得丢脸到家了。后来她的老师中也多有我的粉丝，但她从不愿意与老师谈我的作品。实在被问不过，她就说，哪有时间读课外书？她十岁那年读迟子建《青草如歌的正午》，看完之后长叹一口气说，我要是迟子建的女儿该有多好！上了高中后，她渐渐接受了我写作的事实，新作发表我让她看。她说刘震云为什么能写好？那是因为他所写的就是生活，妈妈你的作品总是在生活之上。我问，生活之上怎么了？她说，不怎么，反正不是生活！

　　自从考上大学之后，她读书就不是很用功了，也许是打小我们管教过严的原因。她得过且过胸无大志，什么事情要不是实在拖不过去了，根本就没上过心。不过在大学毕业之前，她也发表了好几篇小说。我们对写作的认识有很大差异，她的小说我都认真读过，我的小说她基本上不怎么读。后来我们在写作方面就很少交流，她也从不让我过问她的事。有一次，国内一家重点刊物编了她们学校的一期《青春快线》，有一次我和编辑在一起开会，人家跟我夸奖她们。我带有几分得意地告诉人家说，幺幺是我女儿。她知道后大发了一通脾气，说，你是你我是我，干吗非得扯到一起？

　　她们生活在一个简单得只有交换的社会里，不愿意背着包袱前行。所谓现代文明，无怪乎就是，你是你我是我；你的是你的，我的是我的；你们是你们，我们是我们。

　　敬川对我的写作开始表现得也很错愕，还跟我闹了一段时间的别扭。他气的倒不是我写作这件事，而是我从来都没跟他说起过，他是从别人口中听到的。他说，你连写小说这样的大事都不跟我说？我说，这也是大事？也许他习惯于我对他言听计从，这一次自尊心稍稍受了点伤害，从此他刻意避讳与人谈起，直到后来我在一篇散文里谈到我的婆婆，那篇文章得了地方报纸的一个奖，他很感动，才慢慢地接受这个事实。其实敬川有非常好的文字功底，七九年高考他的作文是满分，八三年的大学生诗歌大赛，他拿了很好的名次。说起来，他的文学情结要比我浓烈得多。我以后的每一篇稿子他都是第一个读者，也是我的专职评论家。不过令人沮丧的是，一直到今天为止，我也没有得到过这个评论家的一次好评。

自从敬川参加工作之后，他就基本上没写过诗，也不怎么读诗。每次他们同学聚会，听到大家都喊他"诗人"，我就禁不住脸红。我后来文学圈子里的朋友，也都不知道他曾经写过诗，以为他是个只会大块吃肉大碗喝酒的家伙。有一次他去北京跑项目，我刚好参加中国作协的一个活动，我们同机。还好他有一帮人跟着，否则我都不知道他怎么能登上飞机。从一坐上飞机他就鼾声如雷，周围的人对他侧目而视。我实在看不下去，补钱把他升到头等舱去了。我们这一帮作家也有喜欢喝酒的，但并不欣赏酗酒的人，而且我文学院的老师也在。下飞机的时候，老师把我拉到一边，说，你怎么找这么个酒囊饭袋？

我无语。我知道那是他的工作，该喝的酒他一杯都不能少。各种检查要靠喝酒才能被验收通过，国家的项目也是要靠喝酒争取的，而且要一级一级地喝，像过去战争年代攻克堡垒一样。有一次他趁节假日回家，洗完澡之后我发现他的整个背都是青紫的，就问他怎么回事。他这才摸了一下脑袋，说，怪不得我这几天梳头，脑袋后面一点感觉都没有，肯定是喝多仰面摔倒了也不知道。我的泪水一下出来了，如果不是命大，自己死在屋子里也没人发现。

他四十岁生日那天也是在飞机上度过的。我们都忘记了他的生日，晚上他给我发了一条信息，是他写的一首诗，《四十不惑》：

> 十五岁那年
> 我刚刚认识了火车
> 它拉着我去西南读大学
> 我穿着三叔捎回来的
> 第一双白塑料底布鞋
> 听着对面穿中山装的人
> 大谈人生感悟
> 血涌到了脸上
> 手在裤袋里攥出汗来
> 后来火车换成了班车
> 班车换成了轿车
> 父亲被我的出息鼓舞着
> 进城装了满嘴假牙

在此之前，我也曾怒马鲜衣

像刀客一样浪迹四方

现在那些陈年旧事

和一大堆诗稿

统统被扔在旧皮箱里……

我没有读完，就发了一条信息嘲讽他："您是哪位啊？"

他立马给我回了一条信息："打酒的！"

出事之后，我去看他。他拿给我看他写的《蝴蝶之死》：

我要把一只蝴蝶做成书签

它抖动的身体

被穿在

一根大头针上

如果没有我

最终它将裹在一堆落叶里

被清除出这个城市

而经历了这次疼痛

它将活在一本诗集里

并常常让我

看它飞翔的样子

我不知道，那是蝶之痛还是人之痛

曾经有一段时间我真是想死。不过即使我去死，也不是为了摆脱痛苦，而是为了让痛苦更完整、更彻底——谁能说痛苦不是一种激情呢？难道它不比麻木更值得我们尊重吗？而可悲的是，我之所以没死，就是陷在麻木里了。或者说，我已经死了，后来又怎么活过来了，而且活得这么充实，连我自己都很吃惊。我整夜整夜地睡不着觉，靠大剂量的苯巴比妥才能让我稍稍休息一会儿。我拼命地在电脑上敲击，写那些连自己也看不懂的东西。

我也常常在夜深人静的时候回望我们的来路。遭遇的痛苦到底给予了我们什么呢？如果在这种痛苦面前我们不能意识到，并不是只有我们才能配得上这样的痛苦，即使我们没有得意洋洋，但与那些谨小慎微、孜孜矻矻、得到的怕失去、失去了怕蒙羞的人相比，也不能说是更勇敢，而是更无耻。

一生中得到什么和应该得到什么，失去什么和应该失去什么，至少不是，或者不应该是一个作家的首选。一个人的生命之中得到的，都是他应该得到的。李碧华说："他得享的，皆前因后果，并非比我更好或更坏。"然而，他失去的，一定是他该失去的，也许它并不是最重要的，最多，它是最遗憾的。

那么，在这种宿命面前，我该说什么，该怎么说？

正式进入写作以后，我常常被邀请参加一些文学活动，先是省内，再是省外，再后来，我游历了许多个国家。记忆最深

■我也常常在夜深人静的时候回望我们的来路。遭遇的痛苦到底给予了我们什么呢？如果在这种痛苦面前我们不能意识到，并不是只有我们才能配得上这样的痛苦……

的是那次我随中国作协代表团去内蒙古鄂尔多斯创作基地挂牌。到了包头，几位老兄为了劝我喝酒，把他们自己也灌醉了。可是，我觉得自己没醉，一直都非常清醒。后来他们告诉我，我至少喝了半斤酒，从来没有见我喝过那么多酒。还有一个老兄说，想起来真后怕。

后怕什么呢？比酒可怕的东西并不少。况且，我的悲哀，我的伤痛，要比半斤多得多。也许，对于那时的我来说，酒就像毒品一样，是没有眼泪的宗教。

不过，那天在草甸子里，喝了酒的我还是跟他们一起开心得手舞足蹈。后来竟然是我闹着去唱歌。我生性一向放不开，自认无任何表演天分。一直到今天，摄像镜头只要对着我，立马就不会说话了。那天我们的卡拉OK真的很OK，有几个人堪称专业。我亦用我的投入打动了大家，连续受到表扬。从那天起，我突然就成了一个会唱歌的人，只要有这样的场合，总是会"被点名"。

唱完卡拉OK，已经差不多是夜里两点钟了，大家却没有睡意。我们走到大街上，万籁俱寂，天很蓝很蓝，稠密的星星好像都坠落了下来，低到伸手可及。忽然有人提议去看黄河，应者云集。我们立即爬上了朋友的越野车，但是没有人知道路怎么走。散文家亮程很诡异地说让他闻闻。这个连狗的一辈子都摸得门儿清的家伙，黄河肯定不在话下了。果然他煞有介事地嗅了半天，然后指了一个方向。我们顺着他的指点杀过去，竟然走到了黄河。

黄河长得什么模样自然是看不清了，河岸上一片漆黑，我们都不敢朝里走。当时是春天，河非常安静，水流像一个低头默默赶路的人那样，没有一点声响。风吹过河滩，发出折纸般的沙沙声，因为是春天，并不显得凄清。几位男士扎在一堆抽烟，女士则说些零星的闲话。我顺着河岸向东走。我的思维里只剩下苍穹和大地，尽管周围是那么荒凉。那荒凉来得正好。那荒凉来得正是时候。我变成了一个完全自我的人。风略微有点凉，只在身体的表面轻轻地蹭着，并不往心里去。这种凉使我的身体常常回到我的意识里，我突然哭出来了，几乎是放纵地，我啊啊啊地发出喊声，得不到回应。这天地是我一个人的，我活得如此坚定和沉着！不管过去有多少失落和伤痕，在这天地里，它们都显得如此的可笑和微小，尽管它可能成为我越热闹越孤独的灵魂的识别标记，但是，我不在乎了，真的不在乎了。

我想起十年前在北京遇到的敬川的女同学，她当时已是志得意满的法学博士。她刚刚经历一次婚变，姑且不论是谁的原因造成的，不能否认她既不是自己婚姻的破坏者，也不是别人婚姻的建设者。她俯视着我们的婚姻，试图用犀利的语言把它割成碎片。她快意着她的巨大的杀伤力，甚至很傲慢地问我，你爱你的先生吗？你先生爱你吗？我目瞪口呆，对这样的先锋做派我还只是在电视上看到，当她出现在生活中时，你觉得竟是如此的虚假。最后她告诉我她给我先生下的结论是，中国不缺少他这样的官员，但是缺少这样的律师（写到此时，我突然心生悔恨，也许她是对的，如果那时我放手，或许真的是对他人生的一次救赎）。

就在黄河边的这个夜晚，我突然想再次见到那个女博士。我想对她说，她的很多话都是对的，错就错在，她浑身都是错。我还要特别地告诉她，我非常非常地感谢她那时的咄咄逼人，她让我看清楚了自己、先生和我们的婚姻。如果让我再选择一次，我依然会做出现在这样的决定——尽管我曾经是我丈夫的妻子，女儿的母亲，现在的我自己。

其实，即使我现在做不了自己，我也已经看到我该做怎样的自己了。我宽容一切，包括苦难和恶毒。塞涅卡说，如果对方比你弱，你就饶了他；如果对方比你强，你就饶了自己。总之是，时间不是一切，但是时间可以决定一切。到了最后，在上帝的流水账上，时间终会把痛苦兑换成快乐。

其实，幸福也好，痛苦也罢，爱得死去活来和麻木得心如止水，都是我们这个庞大的人生布局的一部分，我们并不是被命运算计了，所有来过的一切，都是我们的人生配额，我们必须毫无理由地接受并完成它。不管过去生活曾经怎样逼仄和残酷，当你挣脱它之后，再回首用遥远的语气讨论它时，即使你痛心疾首，其实都不像是在谴责，而更像是赞美。

26.

我知道自己的叙述每往前走一步，就有可能离现实更近或者更远一点。有时候，这跟我的主观努力有关系，有时候一点关系都没有。故事会自己行走，它有自己的逻辑和方向。但是，我还是小心地在现实和虚构之间寻找对称性——现实不应该如此疼痛，虚构也不必那么曼妙。既不能入世太深，也不能逍遥太远。其实在真实的生活里，我们真实地生活过吗？我们踩着由痛苦、欢乐或者麻木做成的滑板，在生活的水面上浮掠而过，直到咔嚓一声，碎成木屑。

很多时候，我觉得山穷水尽，实在写不下去了。我陷在一大堆突兀的细节和互不粘连的空白之间——就像乡下雨后的道路，只能看到一片汪洋和星星点点地露出来的路面，根本无法看清楚整个道路——那时候，我就撇下电脑，一个人沉沉地没入这个熟悉得如此陌生的城市。从走下楼的那一刻起，我心里忽然会泛出难以描摹的厌恶。不过，说厌恶又不是十分准确，类似于出门被雨淋了一通，但又不是淋得很透的那种沮丧——虽然没有躲掉，但又不是真正的受害者。其实，没有人真正看透或者懂得一座城市，也没有人能够真正描写它。它以相同的自在方式，存在于不同人的记忆里。在我的印象里，它就像个油渍麻花、雾气腾腾的巨大车间，在不同的流水线上，永远是相同的人在同一时间收集垃圾，把一箱箱臭带鱼搬到门外斜靠在墙上，或者埋头在一堆旧锁和钥匙里。左面墙上写着："苦战一百天，扮靓我们的家园，迎接全国文明城市验收！"右边墙上贴着小广告，从代人受孕到根治软下疳——这个最不文明的细长的产业链，恰恰成为现代文明内在的组成部分。

　　在城市人的生活程序里，只有两个按键，前进或者倒退，它没有暂停。这一点不像农村人，农村人可以在一个坟堆旁坐上半天，也不会觉得有什么不合适，或者损失了什么。

　　还有个致命的问题是，即使在城市里，我们也没有完全进城。我们和没心没肺的孩子们不一样，不管走到哪里，我们都拖着长长的出生地的阴影。而他们的历史就背在自己的包包里，可以随身携带。我们的历史在村子里，在某个小城市的旮旯里，如果我们走回去，稍不小心就会与它们撞个满怀。那不仅仅是伤感、温暖或者尴尬一类浅薄的观念，有时候，它就是另外一个自生自长的你，在你抽身而出的时候，它还在那里独自生长——在老师、同学和街坊的故事里，你不会死去——你被历史镜像了，即使过一百年你再回去，仍然可以看到那个活生生的自己。

　　而在城市里，你的存在只是一片虚无。你不是任何，只是事物的背景和衬托。也许，人与城市的关系就是这样的，这里虽非故乡，却也不是他乡。它不贴身，也不是隔河相望。它一定在你的眼前身边，却又是不远不近、犹来不来。你想拥抱它，它若无其事地拒绝着。你想逃避，它却扑面而来，用非常强硬的态度强调它的存在——让你抑郁也难透彻，快乐也没有来由。

　　很多时候我不知道，我要说的是哪个自己——是留下的，还是脱身出来的。有时候，即使你努力保守着自己，怎么保证周围的一切不是人非呢？

　　为了敬川的事我曾经去找过陈琳的老公周健。敬川有很多说不清楚的事情，他能够说清楚。还有很多事情，需要他站出来作证——如果那样的话，可能敬川的事情就不是后来的结果了。

　　可是，能够做到的事情，他一次都没有做。办案人员问到他，他就一句话，不知道，确实不知道。

　　开始，他们把他的作为说给我，我不相信，我觉得他不会这么做。后来我让敬川的弟弟去找他。他说，你设身处地替我想想，即使我舍身而上，这个枪眼也堵不住。何必让我白白牺牲？

　　当时我对他的自保行为特别气愤，我觉得他不该这样做，在我们周围的人中，即使有一个人不能这样做，那就应该是他。

　　但是，他的确就这样做了。

　　我决定自己去找他。电话约了好几次，他总是有事。过去只要是我找他，他从来就没有什么事。也许是我想多了，可能他的事情突然多起来了。也许他的事情本来就那么多，过去那些事情都比我的事情小，现在重新洗牌之后，每一件事都比我的事大。

　　问题在于，现在发牌和摸底牌的都是他。

　　后来我直接去了他的办公室。他正坐在办公桌前边喝茶边看报纸。又是一个也许，也许他刚好这一刻没什么事。看见我进来，他有点意外，但很短暂，很快就热情地把我让到沙发上坐下，很快就泡了一杯上好的茶，用双手敬到我面前，然后坐到我对面的沙发上。不过我说明来意之后，他很快又坐到他的大办公桌前面。我想，如果他坐在我面前，肯定会说人话，而官话只有坐在办公桌前说。

我说起敬川的事，他的唏嘘声常常把我的叙述打断。我相信他的唏嘘声至少有一半是真的。过去他也曾经在我面前这样唏嘘过，说着早就有退隐之心的矫情的话，然后把双手一摊说："中国的官场，好进不好出。您想想，身子已经掉井里了，指望耳朵能挂得住吗？"好像他做这个官忍受了天大的委屈似的。现在，他仍然做出一副认真倾听的样子，把手里的钢笔柄抵在左侧的太阳穴上画着圈，似乎重要得需要从那里打个洞把我说的话装进去。他的眉头皱得像一柄牙刷，凝在那里半天都不动一下。我说完许久他都没说话，还是长吁短叹地走着过场。后来他终于开口了："尽管功大于过……这个……那个什么啊……您知道我们党的政策，毕竟功是功过是过，功不抵过嘛！……敬川他也太大意了……总之是太清高不适合我们这个社会，对对，您知道的您知道的……"然后他把话柄接过去，刀子一样握在自己手里，刀刃自然对准我："像咱们这些当官的（他说咱们，好像我们还在一条战线），高处不胜寒呐！这多像暗夜里在冰上走，你根本不知道危险会来自何方。不过说起来我们也不是没有错误，你想想，谁不收不送可以在官场上混？可话又说回来，人家凭什么巴结咱们，不就是咱能给人家跑个腿办个事嘛！其实跟个孙子差不多，你看敬川这事儿，让我们多少人非常非常寒心不是……？"

我们的谈话尽管绕了很多圈子，但是无果而终，这是我一开始就应该预料到的。

我真的很不明白，那时候敬川为什么会极力推荐他。很多人都说服不了敬川，他就是觉得他能把事情办成，是他最大的优点。后来的实践证明，他办事能力的确非常强，而且也有把事情办成的强烈愿望，但是，后遗症也非常大。

如果把他说成是一个小人，那是不公允的。他们是有理想和热血的，想起来那个时候，他们是怎样的意气风发啊！有很多个夜晚，他们坐在逼仄的办公室里，意犹未尽地讨论着这个那个项目，讨论着收入，老百姓的福利，讨论着怎样把这个地区带入一个新的发展阶段。他们一边在茶壶里煮着猪蹄，一边喝着劣质的白酒。未来好像已经被他们牢牢地抓在手里，就看怎样摆弄它们了。

从另外一个方面说，也不能过分责怪和苛求他：难道敬川的成功都是因为自己，而失败却是别人造成的？

只不过问题在于，他这个人，没有什么担当。他从来没有错过，即使错了，追到最后，他也能把责任推到别人头上。他不会错，他能够把历史的门开开关关，总能找到一扇属于他的安全通道。即使偏着身子，他也能够钻过去。

除非像最后那次，他遇到了一条死胡同——

苏天明毕业于一所著名的法学院，并被保送到北京另一所法学院读研究生，条件是毕业后留校任教。但为了金地，他坚决要求分回了家乡。刚上班便赶上 1983 年第一次"严打"，他作为审判员参与其中，当时在审理一起盗窃案件时彻底改变了他的人生方向。这个盗窃案的案犯是一个还不满二十岁的农民，派出所进行拉网式清查的时候，发现他家有一台台扇，觉得情况异常。因为他家家徒四壁，他的父母在一起事故中双双身亡，剩下一个老奶奶带着他生活。

派出所的警察把他抓到所里，诱导他说，这也不算个什么事儿，你只要说清楚马上就可以回家了。他承认是偷的。警察说，据说你偷的可不止这个，不说完怎么能让你回家呢？这个年轻的农民继续回忆了偷过的猪、鸡、架子车底盘、村子外的泡桐……最后一合计，总算凑够了一万多元，按当时从严从重的法律，死刑。宣判那天苏天明在场，一宣布死刑，那个孩子一下子瘫倒在地，脸白得像个鬼。他跪在一群法官的脚下，大放悲声，说，不是你们告诉我说清楚了就可以回家过年了吗？主审老法官从容不迫，用穿着黑皮鞋的脚拨弄着他的头发（这是这个孩子一辈子如此近距离地靠近一双皮鞋），说，这不是这么多人送你过年去吗？过了这个年你永远都是二十岁了，多有福气啊！

一个案件从前到后不到十天，一个年轻的生命就没有了。苏天明主动退出了法官队伍，改行做了律师。律师做了没几天，省委的一个主要领导命令终止了律师辩护——他在一份关于"严打"的文件上签署这样的意见："律师作为国家的法律工作者，怎么能为坏人辩护？"苏天明上书省委政法委据理力争，第一次因为"路线错误"，被贬到一个地区政法干校当老师。也是因祸得福，所谓的政法干校只是个空架子，只有校长副校长和一

个办公室主任。他进去不久就被宣布为教研室主任，从此正式
踏上了国家干部的阶梯。

　　后来他所在的地区行政区划，他被分到一个新的省辖市，
成为这个市最年轻的科局级干部，并受命组建这个市的第一家
律师事务所。他一直被命运推着走，像坐过山车，顺利得都不
敢想象。其实他在哪个地市都一样，最终都会走上官场这条道路。
他被金地家的官场氛围重重包围着，根本无法突围。从她爷爷
开始，一直到父母兄弟，大大小小都是官场中人。他们给了他
一种无形的，却是无所不在的压力，好像不走这条道就不是正道，
这也成为金地后来悔恨不已的一个由头。

　　其实，来自苏天明家族的压力更大。他的家族曾经辉煌的历
史像一艘千年沉船，虽然被埋葬在看不见的水底，但全家人打
捞它让它重见天日的渴望，一天也没有终止过。这个具体而又
渺茫的希望鼓舞着每一个人，而且越是渺茫越让他们兴奋不已。
同时，在"文革"期间所受到的迫害和羞辱，让他们心里复兴
家族的欲望也不断地生根发芽。这两种力量的共同作用，使苏
天明从很小的时候起就学会了忍耐。在学校里，他是个好学生，
即使在全国都"停课闹革命"，他也从来没放弃过读书。他的母
亲自打他出生起就开始为他看命算卦，几乎所有的预言都朝着
家人预期的目标迈进。现在的孩子，远远不能理解一个家庭成
分不好的人在文革期间所能受到的屈辱——"社会关系非常复
杂"就是一种诅咒。上大学、当兵、入党、提干，这些被贫下
中农的子弟承包的好事儿，他们想都别想。即使是婚姻他们也

很难如意，任你是浓眉大眼的地主子弟，也只能看着贫下中农缺胳膊少腿的孩子抱得美人归，而在光棍队伍里独善其身。

在中央的干预之下，省里又恢复了律师辩护制度。苏天明重新回到律师队伍。他博闻强识，法律业务扎实，且口才出众，反应机敏，如果一直做下去会是一个很好的律师。但苏天明的心中分明装着向上的梦想，他想证明他自己。

苏天明从最底层的官员做起，一步一步地走过来，从乡、县、市、省，一直升到中央国家机关，一个台阶都没有漏过。他的所作所为在当下的历史背景里越来越浑浊不清——他想在一潭死水之中奋力泅渡，而且努力做到风生水起，并最终壮烈地沉默。

认识他的人都说，他的出事是必然的。他们都能看得出来，除了他自己。

出事之后，虽然他工作过的每一个地方，都有人络绎不绝地去看他，从下岗职工到特困户，还有一个老上访户在网上写下了长达数千字回忆他的文章。但是，这并不是主流，现实的主流仍然是成者王侯败者寇。对大多数人来说，没有真相，他们不需要真相，他们只需要结果。

苏天明留给那个地方让大家享有和思索的东西太多了。他说一个官员不能尸位素餐，在任何地方都要留下执政痕迹。他工作过的地方，经济社会都会突飞猛进地发展。他留下了他的执政痕迹，历史和文化在他身上留下了它们的痕迹——历史有着它自己执拗而无情的规则。

是的，他还说了很多。可能他根本就没想过病从口入祸从口出这个问题。

他说，如果一个国家跟富人过不去，最后伤害的都是穷人。因为只有富人才能够给穷人提供就业机会。世界上最伟大的民主国家都是富人治国模式，如英美日。而欠发达国家，大部分都是穷人治国。两者的优劣稍微一比较就出来了。过新年的时候，美国总统肯定跟富人泡在一起，而绝不会跑到穷人家里包饺子，白宫新年招待宴会的门票是以五位数美元计算的。

他说，不应该忘记，没有房地产商就没有中国的城市化和现代化。一个网络经营者，圈十亿元的资金竟成为网络英雄，股神圈钱也天经地义。而一个房地产商，赚一亿元你就说他是大鳄。这是什么道理？看看我们漂亮的城市，大部分不都是房地产商开发出来的吗？

他说，不发展是最大的腐败，是权力的自我溃烂。

他说，领导开会整顿会场秩序是弱智行为，要想让别人好好听，你就得好好讲，说人话。

他还说……

他还说……

他几乎是一个透明的人，说话口无遮拦，做事雷厉风行。他想干好工作，造福一方百姓。他几乎从来没有弄明白过这么一个潜规则：不该作为时候的不作为，就是作为。或许他弄明白了，他觉得凭借自己的智慧和能力，可以轻而易举地穿越这个雷区。他哪里知道，干的工作越多，落的埋怨越多。工作成绩越突出，负面的评价越多。

　　一个台湾的企业家曾经对他说，你这么干等于是自杀，大陆的政治生态就是汰优机制，逆向淘汰，木秀于林风必摧之。但他不信邪，他将为自己的固执付出血的代价，性格决定命运的逻辑列车又一次从他单薄的身体上碾过。"命运降临到我们身上的一切，都是由我们自己来进行评价的……我们所做的恶，还远不如我们的善良品质给我们带来那么多的迫害和仇恨。"这个社会就是如此残酷——你根本无能为力，却要为此承担全部责任。你把别人的必然都化作偶然背在自己身上，却还要接受他们的嘲弄。这是这个时代的悲剧——它把所有的病菌全都毫无节制地复制在个人的身上，然后又撒手不管。

　　可能很多比苏天明更明白的官员，都能够善始善终。所谓丰富的从政经验就是，他们能够把生命中坚硬的劫数，顺势化作绕指柔。对于躲过这一劫的很多官员来说，也许他们还没想明白，或者根本就没想，这个时代之所以没有把他们裹挟进漩涡，不是他们幸运，而是厄运的胃口太浅，暴饮暴食带来的将不仅仅是消化不良，而是整个肌体的溃烂——总之，没有谁永远是幸运儿，他们只不过是幸存者而已。仅仅是！

　　一个绰号"老碉堡"的大学同学，在博客上这样评论他：

　　"童子军（苏天明大学时的绰号）这家伙，生就一个纵横古今和未来的脑袋，永远也搞不清他在想什么，要干什么，所以总是无法成为他真正意义上的朋友，只有当他的思绪在时空中漫游到疲惫不堪而回到现实中，成为一个俗人的时候，才能真正感觉到他就躺在同一个寝室里。

这家伙满眼都是美——校园里美女如云，校园外美景无数，即便是丑陋无比的东西到了他这儿也要给一个美妙的定义，让人愉悦。他可以面对搅人清梦的蚊子讲一个夏天的美丽故事。如果半夜鬼敲门，他的第一个念头一定是'我的情人来了'，有人说这是犯傻，有人说这是纯真。一次在重庆北温泉游玩，他非说对岸风景比这边更好，鼓动我跟他一起游过嘉陵江，结果在四月刺骨的江水里扑腾了两个钟头，搞得脸色苍白，上牙打下牙，差点没能游回来。

这家伙是个富人，不仅因为月底的时候还能掏腰包请人大块吃肉，大碗喝酒，还因为这家伙满脑子那些稀奇古怪的想法；还因为这家伙感情丰富到即使三天不喝水，渴到嘴唇皲裂，还可以被自己杜撰的美丽故事感动到泪流满面，如暴雨般倾盆而下，甚至不惜把鲜血当成泪水来流。

这家伙还是个'坏人'，在如今的流行语里有很多人，比如，达人、潮人等等，但在那个年代里，只有好人和坏人。他坏到尽管在班上年龄最小，却可以对别人指手画脚，指使别人打开水、扫地。坏到心情好时，可以用砸你家玻璃来取乐。他喊'老碉堡'都跟别人不同，嘴角总是露着坏坏的笑，让人觉得这家伙会堕落成一个文痞。但不可否认的是，他真真实实地是一个诗人，一个才华横溢、激情似火的诗人。

这样的人怎么会一脚趟进了官场呢？想不明白呀！这样的人进入官场，其命运大抵和苏东坡、白居易、文天祥等辈差不多。记得一次在操场上打拳，我问他如果这一招拆不开怎么办，他急赤白脸地说，'那你就等着挨揍吧。'没想到这竟成了他宿命的箴言。可以想象，他在官场上是怎样的闪展腾挪，见招拆招，这一次，终于有一招没有拆开——他被重重地击中了。"

其实在苏天明出事之前，金地与他有过一次激烈的争吵。那次是金地的几个大学同学来看她。苏天明陪他们喝完酒之后，大家在一个茶馆里喝茶。苏天明借着酒劲，又在大谈他的所谓"理念"。

正在说笑的金地，一句话都没再说。

晚上回家的时候，一路上金地都没搭理他。苏天明也看出了她的情绪，快到家的时候，他把手放在她手上。

金地的眼泪流了出来，她让司机把车停下，然后拉着苏天明下来。

"苏天明，"等司机把车开走，她把手从他手里甩开，直视着苏天明的眼睛，"你到底要走多远？"

"行至水穷处。"苏天明调侃地说。

"莫非官场里都是一群白痴，就你一个英雄不成？"

"我不是跟你说过，要践行李东生那句话嘛：'不当先驱，就当先烈'。这话特男人！"

"这话不是特男人，是特自私！"金地控制不住自己，哭出声来，在夜里，她的哭声有着愤怒的悲哀。

苏天明长叹一声，又去揽金地的腰。金地挣脱掉他的手，愤怒地喝道："苏天明，你有老婆也有孩子。你可以奋不顾身快意恩仇，你想过没有你出事了我们怎么办？难道你真的忍心让自己的老婆孩子在别人的白眼里过一生吗？"她把自己的围巾拽下来操作一团，砸向苏天明，"我找一个老公不是为了让他去当烈士，而是让他在这个家里担当起男人应有的责任！你作为一个父亲也不是光挂个名，而是要给孩子一个安全和体面的环境！"她突然哽咽得说不出话来，憋了半天才低声地吼出来："苏天明，对你自己，这是自杀，而对于我们，你是在谋杀！"

后来，金地在苏天明的笔记本上工工整整地抄下这么一段话：

注意你的思想，
它们会变成你的语言；
注意你的语言，
它们会变成你的行动；
注意你的行动，
它们会变成你的习惯；
注意你的习惯，
它们会变成你的性格；
注意你的性格，
它们会变成你的命运。

苏天明出事后，金地翻开他的笔记本，再看着这几句话，不禁百感交集。如果苏天明把其中的一个注意放在心上，也不会有今天。

但是她又很庆幸，如果没有今天，她真不知道会有一个怎样的明天。一个有个性的官员可能会犯很多种错误，可是，一个没有个性的官员，本身不就是一个错误吗？

事后她再也没有埋怨过苏天明，她最怕的是苏天明跟她认错，而不是苏天明不认识自己的失误。后来苏天明对她说，他到中央机关工作之后，部长不知道怎么看到了他在网上的言论，把他叫过去狠狠地剋了一顿：

"你是共产党的一个领导干部，不是个专家学者，最起码的原则性应该有，怎么能想到哪就说到哪？"

"我说的都是真话。"苏天明辩解道。

"真话？"部长把从网上下载的东西拍在桌子上，"是不是真话，你说了算吗？"

27.

人从一出生就像一只空口袋，一辈子都在往里面装东西，直到装满，实在拿不动就放下了。放下了东西。放下了性命。放下了一切。而神之所以为神，在于他在途中就把最终不是属于自己的东西掏出来，毫不迟疑地清理掉。他只背负着自己前行，因此而成为神明。

在黑塞的小说《悉达多》里，作家试图让释迦牟尼更加世俗化——这个婆罗门的英俊儿子，这只年轻的雄鹰，在经过正规训练之后，周围的人已经在他身上看到一个伟大的圣贤和僧侣在成长。恰恰是在这个时候，他放弃了自己正经的事业，一头扎进尘世里，在历经了酒色财气之后，才突然醒悟，抛却曾经拥有的一切，重新找到自我。

莫非即使是神也逃不脱世俗的诱惑吗？

也许，神的苦恼比人更大，因为他比人看得更清楚。只是，神能够从苦恼里抽身而出。那么，是谁赋予神这样的能力：他可以有两个以上的自我？是另一个更大的神吗？如果仅仅因为他是神就可以在神与人之间自由来往，那么，他成为神并让人信服的理由是什么呢？

在黑塞的故事里，终于从俗世逃脱之后，已经不再年轻的释迦牟尼终于看透了这个世界的本质，以及抛弃它的快感。黑塞写道："他扪心自问：你这种快乐从何而来？也许它来自这次使我十分惬意的长长的酣睡？或是来自我念出的那个'唵'字？或是来自我的逃遁，我终于逃脱了，重新自由了，像一个孩子站在了蓝天下？哦，这样摆脱了羁绊、这样自由自在是多么美好！这儿的空气是多么纯净，呼吸起来是多么畅快！而在我逃离的那个地方，一切都散发出油膏、香料、美酒、奢侈和懒散的气味。我是多么憎恶那个有钱人、饕餮者和赌徒的世界啊！我是多么憎恨我自己，恨自己在那个可恶的世界里待了这么久啊！但这次我确实干得漂亮，我很满意，我要赞美，我终于结束了对自己的憎恨，结束了荒唐无聊的生活！"

看吧，神也与人一样，总是会给自己的错误或者罪恶找一个充分的借口——如果这就是宗教的本质，罪恶可以忏悔和救赎，那么和交易有什么区别？

"他就这样赞美着自己，对自己很满意，……'这很好，'他想，'把应当知道的一切都亲自尝尝。世俗的欢娱和财富并不是什么好东西，这我从小就学过。我早就知道，可是现在才算是亲身体会到。现在我明白了，不仅是脑子记住了，而且是亲眼目睹，心知肚明。好极了，我总算明白了！'"

可是，作为俗世之子，我们无法找到通往神界的阶梯。我们从来没有看明白过，这多么悲哀！即使看明白，我们也无法逃脱，这多么悲惨！

在我写作这个故事的那段日子，曾经有一段时间体力不支住院了。我一个朋友来看我，临走的时候她说，陈琳的老公周健也"出事"了。一瞬间，我愣在那里。后来我坚持从病房里走出去，让朋友搀扶着来到病房后院的草坪上。有几天没有看到这样的青色了，满眼都是生命的蓬勃，心里却是另一番说不清的滋味。朋友说，那时敬川点名要周健，是中了他的圈套。其实他一直想到县区工作，可是没有人敢要他……我阻止了她往下说，只想静静地让她陪着我走。这个时候需要的不是填补我疑虑的空间，而是静，静到盲目才好。何必说那时呢？那时我们从来没有畏惧过，那时我们从来没有疑惑过，那时我们年少春衫薄，在人生的长河边，不管前面深深浅浅都敢揭衣欲渡。现在，此岸已是彼岸，何必那时！

我想起周立波说的一句话，在这个体制和环境下，中国官员出事是正常的，不出事才不正常。也想起了陈琳的泪眼，忘记了她得意时的道德品相。我给她拨了电话，可是始终无法接通。

过了很久，另外一个朋友来看我，说他见到了陈琳，她出家了。他去看她，陈琳虽然比过去瘦了很多，但是精神还好。"想开了，"她面无表情地看着远处的青山绿水，对我的朋友说，"想开了，真是想开了。"

她想开了吗？我对她这个问题很久都想不开——"想开了"，这是个多么残酷的词啊！人心九窍，世事万端，并不是好便是了了便是好的恒等式。长歌当哭，亦是痛定思痛之后，只有滤净苦涩，才能说出平平淡淡的从容吧！毕竟，陈琳不是神，即使她接受了神的启示，我想她依然会在去留之间痛苦地挣扎。也许，对于陈琳来说，她太想要一个明确的结果了。可是，除了死，我们有多少结果可以选择和期待？也许在她出家之前，她只是想明白了，明天对于她而言，终是一场没有期许的等待。

那不过是绝望——当然，我相信，有些人说是想开了，无非是气不过，或者是无可奈何花落去——所谓绝望，不是你的愿望根本无法实现，而是差一点就实现了。

但是，我觉得与我比起来，陈琳更勇敢也更决绝，她以这种极端的方式逃遁，谁说不是一种可嘉的勇气呢？我拒绝害怕，扫除晦气，努力使自己更像一个强者，只不过是给自己找一个可以躲藏的壳而已。我无非是给别人看，给自己用的——我需要有我之外的人看着我的坚强，因此做出坚强的样子来。因为只有这样，我才能够忍受一切，才能够为了活下去而活。

只是在那个时候，我很想见到陈琳。或者，我想着，那个陈琳就是我的另外一面。她之所以不是我的这一面，就在于一直到现在，陈琳根本就没弄明白，她的悲剧并不在于她和老公失败了，而在于他们一直都没有成功过。因为即使他们能够成功，他们也不会相信那就是成功。

有一次，在翻看我的旧相册时，我看到了我们一家和陈琳一家的合影照。那是敬川刚刚调动工作的时候，陈琳和周健带着一家人来看我们，在山上的一个水库边照的。背景是一座山坳，我们站在雨后的阳坡上，身后是一树一树开得黄艳艳的油桐花。陈琳站在敬川旁边，我站在周健旁边，两个孩子靠在我们前面。那时候我和陈琳的幸福，都是有模有样的，是可以摆成很多种POSE的。我们微笑到恰好可以拍摄的程度，头微微倾斜，也刚好是我们自信而傲慢地看世界的角度。茄子——！摄影师提醒着。茄子——！我们也喊着，嬉笑着。咔嚓，咔嚓，咔嚓……可以从容地拍很多张，也可以随心所欲地从许多张里选择和放弃，毕竟我们都拥有这权利和能力。

现在，我看着陈琳，却觉得面目全非，好像根本就不认识她——不，我认识她，而且仅仅因为认识她，现在才会对她如此陌生。那么，面对青灯黄卷的陈琳，是不是也会常常想到我？在她的眼里，我是一个什么样的人？也是如此的陌生吗？这个问题我过去根本就没有想过。在她眼里怎么样，根本就不值得我想。我不是不在乎别人怎么看我，我只是不在乎她怎么看我。

■ 另外一个朋友来看我，说他见到了陈琳，
她出家了。他去看她，陈琳虽然比过去瘦了
很多，但是精神还好。"想开了，"她面无表
情地看着远处的青山绿水，对我的朋友说。

更可怕的是，这个念头从一开始就置身于我的思维定势里，而且从来就没有改变过，即使在我最遭难的时候也没有。我对她的每一次发言，都是充满着道德语气，好像我一直就站在高处，这种优势过去没有失去过，似乎今后也不会失去一样。

那么，在我对陈琳的悲悯之中，有多少崇高得值得书写的东西？我越来越看不起自己对她的关注。当然，里面不是没有物伤其类的隐痛，但更多的是对自己的纵容。我一次一次地走近她，只是把她作为自己的一个猎物，在她身上努力拼贴出一刻可以劈头盖脸地狂欢的语言盛宴而已。凭什么我可以居高临下地看着她，对她的成功不屑一顾，对她的失败指手画脚？即使我痛惜她的时候，也不是因为同情，而是因为她的可怜。一直到现在，我觉得我还可以施舍她，我觉得即使败到最后，我还是比她高贵。之所以揪住她不放，只是为了找到我对她的优越感。我对她只有怜悯没有同情，只有注释没有理解，我只是想告诉别人，如果不了解陈琳曾经有多幸福，就不可能理解她的幻灭有多深。如此看来，她比我更真实，她就活在真实里。而我，则比她更虚荣，我就活在虚荣之中。更为悲哀的是，我不但喜欢虚荣的形式，也喜欢虚荣的内容——这岂止是虚荣，简直是贪婪了。

我希望这一切的一切，置于我们之内的，终有一个了断。置于我们之外的，赶紧过去。让路过者赶紧路过，让道路重新通畅，让每个人都去他该去的地方！

是的，我觉得我是该放过陈琳了，到了这般时候。

28.

虽然私下里父亲从来没有说起过两个女婿的事，但我觉得他对他们两个肯定有着诸多的不满，只是他无法表达出来。他与敬川的不愉快，我们婚姻之前是因为没让他做主，我们婚姻之后，则是两人价值观的深深割裂：他对敬川的思维方法和行为模式，有着不屑一顾的轻视。他与我妹夫的不快，则是完全出于激愤，本来妹夫有提拔的希望，却辞职当了律师，成为一个自由职业者。

他公开给敬川难堪，就是在小妹的婚礼上。当时男女双方的亲戚都在，当着那么多人的面，他拍了桌子。

事情的起因其实算不得什么，小妹婚礼上的所有事项都包给了婚庆公司，要说我们也不用管了。只是吃饭之前敬川让朋友安排了几辆车，把几家的老人分别接到了饭店。当时父亲脸色不太好看，但也没说什么。吃饭的时候，敬川笑着说："我们结婚的时候，爸还当着县长，坚决不让我们用车，我们俩只好搭公交车结婚。"事实是，敬川先搭公交车回老家。举行仪式那天，我自己拖着个大箱子坐了一百多公里的长途客车，转了三次车才到了他家。因为路上耽搁，婚礼一直推迟到下午三点多才举行。

听完敬川的话，父亲拿筷子点着敬川说："你这话是什么意思？"

看父亲这样的态度，敬川连忙赔笑道："爸，我是说现在社会进步了，没别的意思。"

"进步个屁！"他把筷子拍在桌子上，一桌子碗筷应声跳了起来，汤水横流，"你以为我不知道你是什么意思吗？你无非是想说，我当县长没你当县长有能耐，是吧？你也不想想，哪来那么多朋友？"

敬川的父亲连忙站起来安抚我父亲，然后呵斥敬川，说他不懂规矩。

敬川呆坐在那里，一时间不明白发生了什么。

如果不是小妹拦住我，我差一点拍案而起。当时我想，摊上这么一个死不讲理的父亲，真是莫大的悲哀。谁知到了晚上，母亲却把我喊过去，交代我说，让敬川抓紧给我父亲承认错误。

"他有什么错误？"我大声问道。

"快去吧！"母亲说罢，转身进了厨房。

我真想说，我们再也不进这个家了，我眼里再也没有这个糟老头子！可是，当我气愤地把母亲的话说给敬川时，他一声不吭地去了我父母家……从此谁也没再说过这件事。

其实在敬川刻意不成为他父亲的时候，我的哥哥们也一直在努力不成为自己的父亲。也许他们因为缺少父爱而要执意使自己的父爱得到最大限度的张扬——事情还有它的另外一面：打从小开始，他们俩就没有遗传过父亲身上的东西。包括二叔和小叔家的孩子，我祖上那刚烈的血脉，只是传承到了女孩的身上，没有一个男孩子有那种血性。在外面打架骂架，他们都是受害者。说实话我最伤心和遗憾的是，我的哥哥们从来没有真正跟别人打过架。一来是我们家教甚严，二来他们也没那个胆儿。将门多犬子，上学那阵子我常常拿这话嘲笑两个哥哥。他们也只是笑笑。大哥已经是五十岁的人了，现在人家跟他开个玩笑他还会脸红。二哥上学的时候，既潇洒又漂亮，逢到女生给他塞纸条，他吓得像被烫着一样，连看都不敢看就撕掉。我记得他高中毕业时，他们班的一个女生托我送给他一本纪念簿，他一边紧张地撕去上面的签名和照片，一边小声地叮嘱我，可别告诉爸妈。他即使现在看言情剧，也常常会哭得稀里哗啦的。哥哥两人从当兵、上大学，到后来参加工作，没有一个人敢谈恋爱，婚姻都是我父母一手包办的。

在家庭里，他们更加不像是父亲的儿子。与从来不顾家的父亲相比，他们把家看得比什么都重要，对老婆百般呵护，对孩子婆婆妈妈。大哥从县委办公室提拔到一个很重要的乡镇当一把手。没干几天，他坚决要求调到县里，什么职务都不要，也要跟老婆孩子在一起。大侄子学打篮球，他不顾在战场上留下的腿伤，跟着跑全场。后来儿子又改学乒乓球，他天天跟着电视练拉弧圈。有一次，儿子突然提出来说不想上学了。他看着马上就要冲刺高考的儿子说，不想上就回家来待着。后来还是我知道后回去把他儿子训斥了一顿，才让他回到了学校。

我二哥也比大哥好不到哪去。他根本不是两个女儿的爹，简直就是她们的哥。工作之余他最大的快乐就是陪着两个女儿玩儿。大女儿是学美术的，大学读的是中央美术学院，当学生的时候就曾经为我的第一部长篇小说画过插图，颇受圈内的好评，毕业后考上一个国家级刊物的美编。他左一个电话右一个电话，劝说女儿放弃这份工作，回到他所在的县城。现在大女儿是行政机关的一个小职员，与她中学时的同学、一个农民企业家的儿子结婚生子，再也没有画过一张画。一次他们一家三口来看我，我差点没有认出那个笨拙地侍弄孩子的小媳妇是我那曾经灵秀乖巧的侄女。

有一次，我跟二嫂说起我的二哥。我说："你是最幸福的女人。"她看着我愣了半天，说，"真的？说来看看我怎么个幸福法。"我说："第一，你什么心都不用操……"二嫂打断我说："你要是仅从这个方面讲，说实话现在像你哥这样顾家的男人真不多。可是，"她苦笑着摇了摇头，"你知道，跟一个好人生活在一起，有多累吗？"

"累？"我觉得简直莫名其妙。

"岂止是累！"二嫂长叹口气，"你二哥太细腻了，他对这个家像爱护一件瓷器，好像我和孩子都是易碎品，光怕磕了碰了。有好吃的，他说不爱吃，都留给我们，可是剩饭剩菜都是他抢着吃。到饭店吃饭，他从来不点菜，都让给我和孩子。从跟他结婚，我没买过一件衣服，都是他挑好选好，我有一点异议，他就跑着去换。"

我想起二哥为他的女儿们写的那些诗和文章，画的那些画，不禁默然。

"你还不知道，"二嫂接着说，"结婚后我就出去旅行过一次，还是单位组织的。从我离开家，他就一会儿一个电话，怎么吃的，怎么住的，天气怎么样，都看了些什么……后来我实在不好意思，就借口家里有事，半道上回来了。我们没生过气，他对孩子也从来没有大声说过话。可是，他只管他自己的感受，从来没有问过我的感受，他觉得给我们这么多，我们应该感到幸福。他想占有整个世界，而我却只能拥有这个家，但也不是全部。我必须不断地贬低和缩小自己，才能让他完美。你说，这跟家庭暴力有什么本质区别？"

我想起另一个父亲，敬川。他每次出差不管再忙，都想着给我和孩子捎点东西回来。生活最困难的时候，他穿的毛衣都是几件旧毛衣拼起来的，还总是给我买最时兴的衣服。我曾经跟他开玩笑说，我在这个家里是另一个孩子，不是妻子，最多是努力装成妻子的那个人。其实，他对我的忽视也是巨大的——有一次，他难得回家住了两天，晚上我们一起出去散步，在广场上遇到我的一个朋友。我站下和他寒暄。他竟然停都没停一下，径直走了过去。

只不过是，我的哥哥与敬川的差异在于，哥哥们觉得无论如何也做不出父辈那样的成就，所以要创造一个完美的家庭来安慰自己：创造一个"妻子"、"孩子"和"父亲"。而敬川觉得自己可以创造一切，从事业到家庭，一切都尽在掌握之中。

29.

生命的前二十年，我物质生活上尽管比起女儿差了太多，回想起来，却是平静的，祥和的。父母不能给予我们细致的照抚，却给了最大的自由。天高地阔，成长一天天散漫而执着，幼小的心灵里装满了寂寞和虚无的向往。我常常去火车站看火车，不知道远方到底有多远。

而幺幺的童年却不是靠想象来打发的，为了给女儿一个自由的成长空间，敬川差不多是尽了最大力量，只要有机会我们就带着她满世界跑，她认识车辆、轮船、飞机，斑马、大象、梅花鹿，基本都是从实物开始的。幺幺出生的时候，婆婆找人给她看八字，看的人说是个贵人，还说前身后世什么的，我和先生从来没有相信过。她五岁那年，我们带她去海南，大约七八个人，天气炎热，大人们都累得七颠八倒的，只有她不知疲倦地疯着。她习惯和我们拉开一段距离，以方便她随性地与什么事物交流。一只流浪的猫狗，一朵花都可以和她相处好大一会工夫。我还能记得那是一条通往寺院的路，坑洼不平，午后阳光透过树影散碎地照下来，让人眼晕。一个老迈的僧人坐在一棵树下，不知是打坐还是打盹。我们从他面前走了过去，等我们再回去寻找幺幺的时候，一个胖和尚与一个幼小的孩子就那么面对面坐在了一起，真像一幅喜乐的图画。他们似乎聊得很投机，是幺幺在给人家讲什么，老和尚听得很认真，时不时地点一点大胖脑袋。我赶过去道歉，说，小孩子顽皮，冒犯师傅了。老和尚微微地笑着问，是你的孩子？我说是的，边说边给和尚掏了一百块钱，说是捐个功德。和尚挡了我递钱的手说，她可不是个普通的孩子。顿了一会儿他又对我说，女孩子要好好养，她的天地很宽。说完挥手要我们离开，疲倦似的闭上了眼睛。

这样的事情还有一次。两年后的秋天，我们带幺幺去云南，在丽江的游艇上遇到一个道士。他可能经常在这一带行走，有许多人想要与他搭讪，都被礼貌地拒绝了。他独自坐着，目中无人地看着远方。我们在甲板上转一圈，却发现幺幺走丢了。我们找她确实费了很大一会工夫，我的眼泪已经在眼眶里转动了。后来在道士的船舱里我们看到她，她离开我们的时候手里握着一个石榴，这时正拿在道士的手上。仍然是幺幺在说话，道士很认真地听。我们走过去，她就停下来，所以聊的什么我们无从得知。从小她就习惯与陌生人聊天，可她每一次与陌生人聊天，见到我们总是马上闭嘴，好像怕我们知道她胡说了些什么。道士看到我，示意我坐下，以商量的口吻要我把孩子的名字写下来。我迟疑了一下，掏出笔，把幺幺的名字写在一张纸上。他接过去看了，又让我写下我的联系电话。我只好写了办公室的电话。

事情过去有两三个月，突然有一天，一个口音古怪的人打通我的电话。他只说了云南，丽江，我就听明白了是那个道士。我的惊恐达到了极限，本能地问他，是不是有什么事？他可能听出我声音里的不安，说，你别紧张，我只是打电话提个醒，你这个孩子可不是个普通的孩子，投生到你们这里你们一定要好生养着。我唔唔啊啊地答应着，恐惧变成了吃惊。后来他又说，你这个孩子啊，二十岁之前别人看父敬子，二十岁之后，肯定是看子敬父了！而且一定注意，她二十岁时，会有一场大灾难。

　　这个电话来得突然，走得突兀，连一个告别的话都没有，突然就挂断了。我不太相信这些玄虚的东西，即使我有心打听点什么，那时还没有来电显示，又到什么地方去寻找他呢？

　　二十岁，那一年她差点丢命！那一年，她爸爸的人生被伏击。不过也是那一年，她以优异的成绩考入一个重要的军事机关，成为她们学校的一个传说。难道每个人都有自己的宿命吗？我真的非常骇然。

　　我突然想起裳，那个一生充满着传奇色彩，被方圆的女人们传为观音弟子的我的祖母。

　　裳的一生可以在任何一个故事里闪光，哪怕她只出现过一次就足够了。她在历史的夹缝里完整且完美地过完了大家闺秀的一生，这在"那个时代"简直是个奇迹。

　　她一生恬淡而执着，虚荣而尊贵。她用不严之威对付这个世界，而且，以不变应万变。

　　裳的姥姥家是方圆有名的大地主。尽管她的娘生下她因为难产而死，裳并没有受过丁点罪。她的姥姥痛着女儿的死，把对女儿所有的爱全都转移到她身上。

　　裳的娘没有给女儿留下任何物件，她像风一样，只有不断的呼声，却永远没有形体。娘仿佛是一个传说。姥姥告诉她，娘留下一句话，说怀上她的时候，做了一个梦，她梦到自己跪在观音菩萨面前。菩萨告诉她，肚子里怀的女孩是观音的弟子，要教导她，一生吃斋修行。姥姥让裳记住娘留下的话。裳活了八十七岁，没有吃过任何荤腥，连鸡蛋牛奶都不沾——但是，她也从不烧香拜佛。

裳十八岁时嫁给了我的爷爷。丈夫高大俊秀，可这和裳有什么关系呢？她只是顺从自己的习惯和愿望生活，看待这个和她一起吃饭一同睡觉的男人，同看到空气，看到刮风下雨，看到树木和天空飞翔的鸟没有任何区别。她和丈夫一起生养了五个高大漂亮的儿女，但在她眼里，孩子是孩子，丈夫是丈夫，互相都不搭界。即使是看孩子，也如同是田地里的麦子玉米，她的目光不曾为哪一棵改变过。

裳的姥姥为了不让外孙女儿受婆家的委屈，陪嫁了一百亩好田地。裳嫁过来，没有动过一根针线，更不要说厨房那些粗重活计。她生下的那些孩子都由婆婆带着。婆婆死了，自然由小姑子们带着。小姑子们嫁了，儿女们一夜之间长大成人。他们细心地照抚着母亲，从来没有谁会奇怪他们的母亲为何不做任何事情。女儿出嫁了，儿子们娶了媳妇，媳妇也不得不肩起伺奉婆婆的责任。

在我写下这段文字的时候我才想到，爷爷和奶奶他们两个只是长老了，却从来没有长大过。他们俩是公子小姐出身，爷爷因为过早地失去了父亲，从来就没长成一个父亲的样子；而奶奶从娘家到婆家，一直都生活在溺爱里，从心理上讲也从来没有走出过闺阁。他们两人的生活，随意性和随机性远远大于生活的内在逻辑。

裳这一生从没和谁有过节，她连家常都不会拉。她的目光里有万物声光，唯独没有人。每当日上三竿的时候，她会坐在光影里梳理她的头发。开始是一头青丝，后来是一头银丝。她梳理得很慢，差不多是在把玩。时间一点一滴地走过她，她似乎没有知觉。她把发丝散下来把上去，观看它们在风中的姿态。暖阳抚慰着，即便活到八十七岁，她仍然是一个少女。

裳一生都喜爱穿白色的衣服，她的衣服是要自己亲自浆洗，很仔细地打理，她不容许衣服沾染上一星灰尘。她还喜爱做一件和生活无关的事情，在院子里的空地上种一种叫指甲草的植物。后来跟着我们生活，父亲也总要在院子里专门为她留下一块地种花。花儿从五月一直开到十月。红色的，粉色的，白色的。花开时节，她都会端着一个干净的筐子，一朵一朵地采。她采集花朵的模样儿，让孩子们心生嫉妒：那些花朵才是她真的儿女。她冬天的房间，挂着大大小小白色的布袋子，装满了晒干的花朵。她的指甲一年四季都是红色，很油润的棕红。

八十七岁，裳无疾而终。那是夏天的午后——一个月前她坚持回到老家小儿子那里去住。她告诉她的小儿子，让哥哥姐姐们来家吧，我要走了。她说的是走。裳的小儿子明白母亲说的要走是到哪里，他含着眼泪赶到邮电所打长途，逐个召唤他的兄姊，告诉他们母亲要走了。裳等不及他们，她就在那个下午走了。她给自己穿好了专门为"走"而做好的衣衫，雪白的长发在后面挽了一个髻。她让孙子去场院拉一车麦秸回来，搭灵铺用的。她的身边没有一个人。孙子拉了麦秸回来，发现奶奶睡了，身子挺得直直的，神态安详，双手合在胸前，状若参拜。

裳的指甲是红的，一双手细腻如玉。脸上的皱纹被死神展平，肤若凝脂。

裳的一生，简单得不够写满一页纸，却又厚得让人琢磨不透。

幺幺出世的时候，裳已经走去很远。裳一生都没有走出过自己生长的那片土地，幺幺却在幼小的年纪走过了千万里的路程。然而，她们只是换了个不同的时代而已。那一时刻，我让时空和人物交替，从她们相似的脸上，找到的是不同时间不同的环境中相同的表情。想到裳，我的心慢慢平静下来。

二十岁那年，幺幺还在北京读大学。她形体纤细，每年的春季都会因花粉过敏弄得透不过气来。这一点我问过我的姑姑们，好像我祖母也有这样的症状。幺幺就是在那一时期出现感冒症状，开始只是微烧，后来扁桃体发炎，体温升至三十八九度。敬川打电话给北京的一个朋友，把她接到一家医院，住了三四天。发烧似乎是控制住了，她的病假也用完了。朋友把她送回学校。后来发生的这件事，几乎成为我和敬川一辈子的内疚。幺幺回到学校后，当晚又开始发烧。她同学到药店给她买了一整盒泰诺林，药店的人介绍说，这种药对感冒发烧有特效。幺幺只听从了特效，却忽略了服用此药不可超剂量。可怜的孩子，躺在学校狭窄的高低床上，昏昏沉沉地睡。她相信这药是万能的，吃了药烧就会退去，再烧起来就再吃一次。

我那时正参加中国作协组织的一个活动，在沙漠里，一整天都没有信号。敬川打通我电话的时候已经是深夜。他的口气很平静，说，孩子病了，可能要住院治疗，你得放弃活动去陪孩子。我还没迟疑一下，他立马又说，必须明天去，越快越好！

　　我是坐第一班飞机赶到北京的，到达解放军总医院的时间是上午九点多钟。几天工夫，我的孩子瘦弱得像张纸片，我一边责怪她不早点给我打电话，一边深信我来了她自然马上就会好了。我对医生们紧张的神情丝毫没有多虑，仅仅觉得孩子还是一般的感冒。敬川下午赶过来，他看见孩子，抱着她就哭，然后又不停地去医生的办公室沟通情况。他把孩子看得比自己的命都重，所以看着他们给孩子一遍遍地检查，一遍遍地会诊，我心里虽然烦恼却也没道理说出来。敬川也不理我，反而要求我到医院的宾馆去休息。我心存疑惑，他们的紧张让我既莫名其妙又一筹莫展。医生给孩子一天输十多个小时的点滴，还有几百毫升的血浆。我问敬川到底怎么回事。他解释说，孩子体质差，需要强化营养。

　　四天头上，敬川带么么去复查。查完把孩子送到病房，回到宾馆后，他一下子瘫倒在床上，睡了一天一夜。醒来后他给我看了一样东西，是他和医院签订的换肝协议书。他说，幸亏是在解放军总医院，幸亏是遇到一个刚从美国回来的医学博士，要是在其他医院，孩子已经没有了。原来，医院的一个朋友，打通了敬川的电话，告诉他么么的实际病情。么么被人送进医院的时候，转氨酶已经升到四千多，水米不进。正常人的转氨酶是四百多，她高出了十倍。如果降不下来，立马就会因肝坏死而导致死亡。医院的第一方案是立即进行换肝手术，否则生命危在旦夕。敬川瞒着我与医院签订协议换他的肝，后来还是从美国回来的一个年轻博士建议采用保守疗法，不行了再手术不迟。这个博士把幺幺从死神手里抢了回来。敬川怕我吓到，让这一切都蒙在鼓里。

许多时日后，我还常常在深夜里陡然清醒，我的孩子，差一点就从我的手心里滑脱出去。

30.

中央电视台的记者春节采访一环卫工。他已经九年没有回家与家人一起过除夕了。

记者问："你为什么不回家过年呢？不想吗？"

环卫工问："想啊！不过我回去谁扫大街？"

记者说："你可以对着我的镜头说几句，家人可以看见你。"

环卫工趴在镜头上，说："我看不见自己啊！"

记者说："你说话，我们用电视播出来，家人就可以看到。"

环卫工说："那算了，我家没电视。就是有，我母亲瘫痪，也起不了床。"

最近一段时期，我一直陷入对底层民众生活的思虑之中。这不是位卑未敢忘忧国的担当，也不是知识分子的济世情怀，仔细想来，无非是自己的私心在作祟。过去，当别人遭遇不幸或者不公的时候，我何曾有过这样的愤怒和悲哀？我对别人的关爱，何时上升到同情的高度？大不了是一种悲悯，那不是平视的，不是设身处地的，而是居高临下的，是带着弥赛亚的拯救情结的。

过去我小说里的生活，总是充满了阳光和既可以预料，又可以避免的意外。没有愤怒，也没有批判，为什么当我自身陷入意外的时候，却突然怒不可遏？

我想起我的小说《刘万福案件》里的人物刘万福。我对这个人物倾注了很大的心血和热情，他的三死三生怎么在当下的背景中突然套上政治的光环，我一直没有说清楚，也无法说清楚——他只能是一个"人物"，而不是一个"人"。他只能待在我的作品里，绝对不能走出来。如果他真的来到我面前，与他握一下手，我唯一的念头就是赶紧找洗手液洗手。这就是我们所谓"关注"的底限。

其实，一旦沉入生活之中，有很多东西是始料未及的。就刘万福这个小说来说，它真实得几乎没有任何穿凿附会。写这篇小说的机缘起于当年的七一建党节前夕，一个朋友为了完成每年的发稿任务，委托我把刘万福三死三生的故事修改后发表到一家省级报纸上去。发表之后我在想，把这个新闻写成小说也许有很多看点。如果幸运的话，会不会遇到新闻里面阴差阳错移花接木的东西呢？（这往往是一个常态）引起我疑惑的疑惑是，他的三死三生真的就那么凑巧，都是被共产党员救下的？历史的推进真的就那么自然熨帖吗？后来我费了很大的周折见到了刘万福，了解了真实的经过，我看到了故事的背面，它在阴影里闪着寒光，像历史本身一样灰乎乎的，过去我怎么会想到，像刘万福这样的人，即使站在阳光下，也不可能拥有阳光？这么一个剪辑错了的故事，给我们留下了多大的想象空间啊！

那么作为一个作家，有没有责任把它搜出来摊在阳光下曝晒？后来我还是下定决心，去寻找在历史和现实语境中被故意忽略掉的东西。这的确是一次冒险，首先从我的写作经验来讲，它已经溢出了作家的边界之外。我打捞出来的这个故事，虽然耳熟能详，但对我这个习惯于阳光写作的人来说，毕竟还是有点"隔"。其次就这个故事而言，不管看起来多么热闹，实际上它是扁平化的，家常的，它不过是在为现实中某个生存群体立此存照。其实这是作家面临的最大问题，一旦我们去述说别人的苦难，总会觉得一切尽在掌握之中，但又频频失控。

在我的这部作品里，刘万福三死而未死，三生也不比死更好看。你很难说他这一生中死和生哪个占的比例更大。曾经救下他的杨子龙，作为一个有作为、有正义感和同情心的公安局长，为了逃离他的岗位只能依靠隐身法无奈地生存。周启生作为守土一方的县委书记，空有一腔报国济民的热情，最后也不得不被"文化"化掉。其实，刘万福也好，杨子龙、周启生也罢，他们在中国这块特殊的土地和文化氛围里出生、成长、变化。那么，既然性格决定命运。如果再往前追问，下一个问题将是：什么决定性格？

肯定是文化决定性格，毕竟"性相近，习相远"。我们从出生开始，就会被套上各种各样的"文化模板"，它即使不是量身定做的，肯定也是别无选择的。刘万福在中国最卑下的阶级里，靠勤劳节俭能在多大意义上改善生存环境？杨子龙如果不坚持以退为守的活命哲学，会不会全身而退？周启生如果不是木秀于林怎么会轰然倒下？其实，如果我们仔细观察，会发现这些现象根本不是"这一个"，它甚至是普遍的、先验的、宿命的，这才是它的悲剧意义之所在。

推而广之，敬川也好，苏天明也罢，试图向文化挑战的，最后死掉的都是挑战者，而不会是文化。

敬川出事之后，曾经有很长一个时期，我一直尝试用各种文体写作，尝试着离真实的生活远一点，更深地潜下去。那时候我才深信了略萨说过的另外一句话："文学是人们为抵抗不幸而发明的最佳武器。"但我觉得我的尝试失败了。在当今的语境之下，一个作家并不比刘万福们更有能耐，谁能逃离自己的"文化模板"而恣意独舞呢？正如我在这部作品中所言，"看不透的不能说，看透的不敢说。"怎样把我们的身体倾斜起来，直到拿捏得与现实所允许的达到某种程度的平衡，才是在动笔之前必须深思熟虑的。

敬川遭遇的这场变故，我们几乎不约而同地想到必须瞒着两边的两个老太太——我父亲和公公的去世，多少使这场灾祸减低了它悲哀的程度和杀伤力。敬川的父亲一生把面子看得比命都重，想想他如果活着，那该是多么的羞愤。而我父亲那份极端革命者的清高，也会让他不堪其辱。父亲一生嗜酒，春节孝敬他两瓶好酒，他都要问清楚是从什么地方来的。我有时实在不耐烦了，就故意呛他，都什么年代了，人家送的就不能喝了？父亲愤然而起，拍着桌子吼道，我还喝得起酒，是谁送的你就还给谁!

幸亏他们都死了,幸亏!

我的婆婆没读过书,尽管她后来很努力地识字,还是跟个文盲差不多。她最怕别人说她没文化,常常拿一张报纸,翻来覆去念念有词地读给我们,半天读不了三五行,因为慢,内容连贯不起来。她根本没有弄明白过报纸上写的是什么,她只是做出一种有文化的姿态,她大概也不认识坚韧二字,而她活得比任何人都坚强。敬川出事那段时间有半年没跟母亲联系,她也不问。姐姐们告诉她,儿子出国培训去了,得很长一段时间才能回。她说,哦。就不再往下问了。她七十五岁上使用手机,每天锻炼身体,逛超市买东西从不离手。那时她跟着小儿子在海口生活,有一次小儿子带她和孙女去商场购物,孙女要一个人去儿童乐园玩。场地大孩子多,怕出来再找她不好找,儿子就和妈妈商量,借她的手机让孩子带一会儿。她断然拒绝,说,她会给我弄丢的。儿子说,丢了我再给你买个新的。

那可不行,有谁找我怎么办?

小儿子说,就这一会儿谁会找你啊?

要是你哥找我呢?

小儿子扭过头去,眼泪立马流出来了。他爱他的兄长,那是他的手足,他也爱自己的母亲,害怕母亲在风烛残年再受到任何伤害。

就是这样一个娘,她每天都无数次地翻看手机,等待儿女们的电话。她为什么从来不问过去三天两头给她打电话的大儿子的事，真是一个谜。公公死那年她七十岁，一滴眼泪都没落，把丈夫的葬礼张罗得井井有条。她的孩子们因为悲伤和忙碌都没有吃饭的胃口，她就强迫他们说，你爹死了，咱活人还得好好活，要活就必须吃饭。

对大儿子那段时间的事，婆婆是真的不知道，假装不知道，还是害怕知道？

我记得有一次，敬川的一个朋友在婆婆生日的时候送她一个镯子，她一直没戴。后来敬川问她为什么不戴上，她说，那不是我的，我心里一点都不踏实！敬川说，娘，你心里什么时候踏实过？

也许，每个孩子都是父母心中的一块石头吧。敬川考上大学的时候，她对儿子说，我心里的一块石头落下了。敬川工作、结婚、生子，她都说过这样的话。那么现在，她心里还有块石头吗？如果有，这块石头何时能彻底落下？莫非对当下的许多事情，她心里清清楚楚？难道对儿子事情报道的报纸，她终于读懂了？

敬川半年之后才拨通母亲的电话。他说，娘啊，我在非洲学习，这里很落后，电话不好打。你好好保重身体，等我回去。我当时在敬川旁边听着，我想以婆婆惯常在儿女面前的态度，肯定会破口大骂。但她的平静让我震惊，她告诉儿子，好好注意身体。什么都不是你的，只有身体才是你自己的。

过去婆婆除了担心儿子的工作，很少提及他的身体，怎么会突然说到这个？

　　敬川给我说起过母亲。他说他们小时候，母亲不能容忍孩子们犯错，不管是逃学还是说瞎话，她都会把孩子拉到大街上跪下，拿鸡毛掸子抽；但是，如果不小心把家里的暖瓶甚至是祖传的花瓶打碎，她脸色都不会寒一下。有一次敬川问起母亲这些事。母亲说，小错你们不经意，慢慢就会养成坏习惯。犯了大错，你们自己都吓坏了，我再打你们，你们怎么活？

　　也许这一次，敬川犯的是大错，母亲不忍心责备他？

　　挂断电话，敬川号啕大哭。娘这一生太不容易，她始终在与命运抗争，从不低头。她遇到婚姻但没遇到爱情，熬到四世同堂但没熬到儿孙绕膝。人间的风刀霜剑她经历了无数，生了又死，死了再生。没人明白婆婆的内心究竟怎样想，或许她已经做好了最坏的打算。儿子是活着的，肯定这比什么都更让她振奋。

　　敬川对父母特别孝敬。有一次，他大姐来看我们，吃饭的时候说有人看见母亲一个人，跑到几百公里外的地方购买布匹回来加工衣服，背的包袱比人都大。敬川推开饭碗放声大哭，说，我这儿子当的，还有什么脸面见人！从我们有自己的住房开始，他就坚决把父母带在身边，再也没有离开过。那套房子只有七十来平米，那时还有么么和保姆，六个人住那么个地方，连个转身的空间都没有。

　　我进婆婆家二十多年了，了解她的性情。她不会拉家常，不会说句温柔的话，不会与儿孙辈们沟通。大家都像神一样敬着她，但没有人会真正喜欢她的性格。么么从懂事起就不喜欢奶奶，她不会疼人，更不会更孩子套近乎。幺幺三四岁的时候，曾经纠缠奶奶给她讲故事。奶奶说，我不会讲故事。幺幺说你要不讲我就不喊你奶奶。奶奶被她逼着，颠三倒四地讲了一个故事，说有一年发大水，全村的人都被水冲走了，只有两个麻利的年轻人爬到一棵大树上。一个年轻人手里拿着一个金元宝，另一个抱着一个老南瓜。拿元宝的人就跟另一个商量，我拿我的元宝换你的南瓜行不行？抱南瓜的人看着一大团光灿灿的金子，眼睛都绿了，天底下还有这样的好事啊？他几乎没有犹豫，就换了元宝。水一直等了七七四十九天才退去，换了南瓜的人饿了就吃一口，得了金元宝的人却活活饿死在树上。

幺幺说，奶奶，这也叫故事啊？

这是我认识婆婆的三十年里，唯一听她讲过的一个老得没牙的故事。

31.

我母亲有天生朴实无华的性情，虽然当了一辈子领导干部，儿女们也都发展得很像个样子，她却至今不肯迈进现代化的门槛。退休之后第一次坐飞机，只要她自己在家，永远不开空调，到现在不会使用手机，家里的电灯总是关得只剩下一盏最小的。母亲退休后随妹妹一家在深圳生活，我们常常给她买点像样的衣服，在那样的大城市里穿着也让她和孩子们有面子一些。她看都不看，就把衣服锁在柜子里，日常穿的都是她自己做的，棉布鞋袜，说穿着舒服。我有时实在看不下去就责怪她说，你一个老干部，还不如一个乡下妇女讲究，知道的是你自己不愿意，不知道的还以为我们不孝顺！母亲也不争执，但是绝不会因为我们而有任何改变。母亲跟我姥姥一样，一辈子没戴过任何首饰。我有时给她一两样，她坚决不要，嫌戴着碍事。

她一生喜素食爱劳动，看起来身体非常健康，家里家外爽爽利利地做事，好像从来不知道疲倦。有一次老干部体检，本来她不想去，在我们的劝说下去了。检查结果出来，把我们吓了一大跳：脂肪肝、脑血管硬化、严重的心肌缺血。可能与她年轻时过度劳累和严重的营养不良有关吧，可是脂肪肝是怎么得的？她几乎很少吃肉，更不喜油腻。母亲性情温和，很少跟别人较劲，却会因为生活中的一点小事而惴惴不安，到后来常常出现瞬间休克，尤其是最近两年。我曾经有一个时期觉得活着很无聊，渴望一觉睡过去不再醒来才好。可我最担忧我的母亲，我们哪一个不好好活着，怕都会要了她的老命。

敬川对我的父母像待他自己的父母一样亲，特别孝敬。有一次我父亲做手术，他站在手术室门口泪如雨下，硬是站了两个多小时，直到看着父亲术后推出来。寻常日子也都是他给老人打电话，而我则很少跟他们联系。我知道敬川的事情终究瞒不过妈妈，但我去了几次，都没能鼓起勇气亲自把这事告诉她。当着一个风烛残年百病缠身老人的面，把最不忍看的伤口一点一点撕开，情何以堪！我与母亲的几次谈话，也往往是去大就小，只讲眼前。如果她有某些片刻想要问些什么，也被我环顾左右而言他避让了过去。我知道，那个时候躲避是痛，碰撞则是重伤。后来，实在挨不过去，我就让哥哥给她透一点风，女婿被调查，没多大的事，相信组织会给他一个公正的结论。有一天晚上，母亲十一点多给我打电话。听到她的声音，我的心几乎吊到了嗓子眼上。她通常都是早睡早起，这么晚给我打电话肯定有非常重要的事情，而且不会是什么好事。果然，母亲劈面就跟我谈敬川的事儿。她说，我和你爸一直都担心他，他太直露，干事也太急。咱们这个官场一直就是这样，越是干事的人越容易出事，混事的人才不出事，历来如此。我默然，爸爸妈妈一辈子没有和我们谈过这些，可他们是从政治斗争的大风大浪里闯过来的，官场上的招数他们什么不懂？我问母亲，你们过去怎么从来没给我们谈过这些？母亲说，谈有什么用？那是你们的命！母亲还说，就像你爸，谁见过像他那么革命的人，可他一次运动都没躲过去。我嫁给你爸，最担心最折腾人的不是家里那些大小事，是运动。你爸挨斗最严重的那会儿，我每天什么都不想，只想法给他做好吃的，把家里吃饭的钱拿出来给他买烟抽买酒喝。他挺住了，我们就有个家。他挺不住，我们生命都没了。女人活着不容易，男人活着更不容易。都说女人是为男人活着，有几个男人不是为自己的女人孩子活着？

　　母亲还安慰我说，人呐，只有享不了的福，哪有受不了的罪？

　　想想我的父母，我既悲哀又宽慰。他们是什么时候相爱的，难道不是老了之后我们才看出来他们爱情的端倪吗？可是，对于爱情来说，这算不算太迟了？男人女人老了之后，即使他们好得像一个人，也是两个离得越来越远的个体，"男人的身体老了之后衰败很慢，渐渐失去了物质形态，最后化作灵魂存在于世；相反，女人的身体越是无用，它就越是一个身体，一个沉重的负担。"

他们是用隐藏自己的衰败，来减轻对方的负担，因此看起来才有爱情的模样吧！可是，如果他们这不是爱情，什么样的才算爱情呢？

我拿着听筒，悲哀像电流一样吱吱啦啦地在我周围弥漫，本来我想哭出来，可我忍住了，我现在遇到的这个坎儿，与父母这一辈子遇到的坎儿比起来算个什么呢？况且，在中国，敬川出事不是一个意外，也不是一个例外——每当一个官员出事的时候，就会在一个较大的范围内引起非常的动静。观者如堵，伤者自伤。不管对谁，这事儿都不是一个喜剧，即使是带着观看喜剧的心情入戏，最后也会发现并没有什么可喜的事情。

不说也罢。而更大的悲哀在于，喜也好，悲也好，它已经脱离了事件本身，像一片漂浮在水中的无根之萍，被孤零零地切割出来。没人关心它的来龙去脉，好像它本来就该是那个样子。我记得蒙坦说过："我们因外在因素受到的伤害，不及自己对这件事的看法更深；对发生的这一切，我们的态度完全取决于我们自己。"是啊，是啊，事实就是这样，而不是别的样子。

我常常想，为什么敬川出事之后，我越是想拥抱这个世界，越是被这个世界推得更远，因而让我不堪其痛？而我的父母，他们即使被所有人抛弃，也仍然会一如既往地活下去。过去我总觉得他们活得没有自我，如果自我的意义仅仅是用于与这个世界对立和决裂的话，这种自我还有多大意义呢？从父母的身上我懂得了，所谓的意义只是，自己一天比一天过得要好。你恨别人的时候，说明之前你心里已经有恨；你伤害别人的时候，说明之前你心里就有了伤害。所谓宠辱不惊，就是在生死关头，心里也一无挂碍。

我想起父母的过去。1968 年，我才两三岁的年纪，可那些事情却带着很深的灼痕留在我的记忆中（也或许，是我误将他们的叙述移植进我的记忆）。有一天父亲很晚还没有回来，母亲带着我和两个哥哥在小厨房吃饭。门突然被推开了，冲进来一群端红缨枪的人，男孩女孩都气势汹汹的。我听不懂他们说的什么，可他们的神情和声音都非常严厉，要母亲交出大走资派。我吓得哇哇大哭。母亲搂着我，镇静地对他们说，别吓着孩子。母亲的平静遏制了他们的激烈，她像拉家常似的说，我丈夫挨斗还没有回来，我陪孩子吃完饭就去找他，然后指着桌子上盛着饭菜的碗说，你们看，这是我给他留的饭菜，他多晚回来都得吃饭吧，要不你们明天怎么斗他？

还有一次，一条街上都站着黑压压的人，一眼望不到边。父亲被一帮人拉扯着，上衣的扣子都快掉完了。那帮人边走边推搡他，他高大的身躯被推来撞去得像一棵风中的孤树。母亲见状，把我交给一个阿姨，冲上去护着他。那帮人怎么都把母亲拉不开。父亲回来后批评了母亲，说她这样做除了让事情更复杂，解决不了任何问题。母亲说，多复杂啊，不就一条命吗？

我看不见就算了，只要看见就得冲上去，就是死了也没啥遗憾！

父亲看看站在母亲身后高高低低的一群孩子，再也忍不住，他哭出声来。

32.

每当去茶庄喝茶的时候，我常常会用另外一种方式解读金地。那是她别样的生活，疲惫里满是坚强，潇洒里透着软弱。也许她就是茶一样的女人，脆弱、通透，而且高贵——

在最灰暗的日子里，金地常常泡在茶里寻求解脱。她觉得扬州人说的"白天皮包水，晚上水包皮"很有点儿意思。茶只要进入肚子里，人就真的只剩下一张皮了，连思想都被溶解在茶汤里，茶能让她的心迅速地沉稳而熨帖。

在外面奔波的时候，偶尔会收到她常去的那个茶庄新茶上市的信息，突然间眼睛就湿润了。这让她觉得她迷恋着茶，茶也迷恋着她。茶不能替代食物，但却有一种比食物更安心的东西。人对食物的需要有时是带有屈辱成分的，要妥协，要讨价还价，因为它赖以活命。茶却是不屈的，它有它的尊严，它也给你尊严，任何时候茶水都蕴涵着通体的尊贵。碧绿、橙红、金黄，每一种表现都圣洁无比，美丽到让饮者生出朝拜之心。

在屋子里待久了，金地会像只蝴蝶一样，翩翩舞动翅膀，随意让自己落在一个什么地方。茶庄她喜欢去，隔壁一个小小的玉器店她也常常进去晃悠。她把自己的日子嵌在茶和玉之间，就像嵌在道和儒之间一样。一边是出世的，像茶烟一样飘逸，一边是入世的，像和田一样温润。她愿意沉浸在这样的日子里永远不出来。可是有一天，金地觉得自己的心瘫软了，不是手和脚，不是胳膊和腿，是一种彻底的无力感。失去思想的能力，连疼痛都消失了。她躺下，感觉自己是一堆肉泥，或者像一只百节虫，正一节一节地枯萎和断裂，她能看到它们不断收缩和塌陷的过程。是该沉沉地睡去的时候了，一觉能睡到五六十岁该有多好，所有让她发愁的事情都过去了。可她每天只能睡上四五个小时——当你想绕开时间的时候，才会发现它是如此的固执和坚固，一分一秒都不会饶过你——现在是凌晨一点，明天七点钟她必须得爬起来，不能逃避。母亲在等着她，女儿也在等着她，还有老公。明天一天她都得为了他们而活着，一直以来她都是为了他们而活着。但是明天更具体，目的性更强。那些事情在那里瞪着眼睛瞅着她，在跟她角力。其实她根本不怕这些事情，她怕的只是在解决之前，要与它们一次次地面对。她很疲惫，也很痛苦，唯其痛苦，让疲惫显得更加庄严。

于是，即使在梦里，她也得大睁着眼睛。

父亲头婚留下的烙印开始灼痛我，并无情地追赶着我们此后的生活。我的蒙羞之心是从"那女的"开始的。我和哥哥们不肯给她一个正当的称呼，就喊她为"那女的"。那时她也只是二十出头的年纪。我读小学了，下午放学本来是一天最快乐的光景，鸟儿归林，太阳落山，我们回家。我跑着蹦着，头上的小辫儿跳着，腰间的书包啪嗒啪嗒地响着。但是，快乐差不多是戛然而止。我们看到了她，一个被汗尘浸透的农村土妞儿坐在树下的土地上，旁边放着她的小包袱。当时我们许多人家住在一个敞开的大院子里，谁家都没有一点隐私。孩子们围过去看她，询问是谁谁家的亲戚。她一点也不畏缩，大声地说出我父亲的名字，并详细地告诉人家她是我爸头婚生的女儿。那些不怀好意的孩子就逗她，故意问你爸什么时候和你妈离婚的，你妈为什么不来找你爸爸？当时我不理解她为什么一定要这样做，总觉得她的卖弄是故意要羞辱我们，同时也是自取其辱。看着那么大的一个胖身子，在我眼里差不多是庞然大物了，恨不得地上立即裂开一条缝，拉着她一头扎进去，再也不出来了！

因为父亲工作经常调动，我们搬了无数次家，到任何一个地方都会重复这样的场景。她来了，他的女儿来了，就像在我们完整的生活里突然打进一根楔子，或者在我们的幸福里卡进一根刺。从她突然现身的那一天，父亲就不再回避。父亲每个月给她的二十元抚养费，现在都交由我母亲打理。母亲从来没耽误过，比父亲还要上心。她也从来没抱怨过她找上门来，毕竟她是他的孩子，是骨肉亲情。不过母亲还是很伤心，有些事情父亲总是背着她，这让母亲觉得她在父亲眼里是个不称职的后娘，肯定"那女的"也是这样想的。有一次母亲回来，正赶上她指手画脚地跟我父亲说着什么（父亲从来没有允许过我们兄妹们这样跟他说话），看见母亲回来，两人都不约而同地停住了。她连站都没站起来，像个主人似的看着我的母亲。父亲的眼光在她们两人身上打着对过。出于自尊，母亲从来没有问过他们说过什么，也明明知道他们不会说什么。其实说什么并不重要，重要的是那"说"与"不说"，让母亲觉得透心的凉。有时候她来，母亲好吃好喝地伺候她，临了还要带上一大包东西，可她走了之后母亲就会独自坐在屋子里饮泣。母亲自己的爹娘和兄弟姐妹过来，她都没有这样上心过，更不要说给他们带任何东西了。可是母亲越是这样，"那女的"越是觉得欠她们的多。这让我们这母亲的几个儿女愤愤不平，尤其是我，特别狠她。我不明白，这个流着跟我们一样血液的死胖子，心里怎么会没有一丝善良？她凭什么总是作出一副讨债者的姿态？我可怜的妈妈，与她丈夫此前的婚姻没有任何干系，更不欠丈夫和前妻生的女儿任何。现在这个事情的结果是，母亲竟然认为自己欠了她，而且，连带着我们，也都欠着"那女的"。

我常常想不明白，我的母亲欠她什么呢？是钱还是情——"世界上'我的'和'你的'这两个词，使我们短暂的一生充满了痛苦和无法解释的罪恶。"

父亲的葬礼上，恸哭的背后，也有许多悄悄的说笑。在参加了越来越多老人的葬礼之后，我觉得这很正常，要不怎么把老人的去世叫做白喜呢？父亲卒年七十七岁，照理正是享福的年纪，可是这个年纪对于死，也完全可以体面地说得过去了。

他已经比他爹多活了十二岁。

尽管父亲算是无疾而终，但最后的两年，他饭吃得极少，走路都很困难。他这一辈子，除了政治轨道无力挣脱以外，其他一切完全是跟着感觉走，觉得自己不行了，便不再抗争。有很多老人活得非常积极，运动养生保健，刻意改变自己。可是他不，我的父亲一生没有做过任何体育锻炼，至少我们没有见过，就连他吹嘘年轻时游泳的本领如何高强，我们谁也没有见过。他对自己的身体不作任何努力，除了吃药。从我记事起他每天都要吃一大把药，他的这个习惯也深深地影响了我们，对任何药品我们都没有敬畏和禁忌，即使患感冒，我一次也要吃好几种药。

可是有些事情也真难说，也许一个人生命长短真的是有定数。比如拿父亲和我公公相比，我公公当了一辈子医生，治病救人不计其数，自己对药却强烈地抗拒。他常常批评我父亲滥用药，骄傲着自己一辈子感冒药都没有吃过，更不要说输液或者肌肉针什么的。我公公查出肠癌，在治疗的那三个多月里，吃了各种数不清的药物，身上被大大小小针头刺得没一个好地方。而我的父亲吃了一辈子药，走的时候连一瓶生理盐水都没用上。

我们并不知道父亲的心里到底想些什么，他最后的日子行动艰难，常常沉默不语。对他的死他自己是怎么看的呢？我相信，当他走在回家的路上给哥哥交代后事的时候，他是想到自己的死了。他看到了，死在那里等着他。但他像一生习惯做的那样，平静地，毫不声张地接受了。也许对于死，他比我们看得更远更实际。人的死不是一次性的，是一个持续的过程，是一点一点死掉的——先死掉的是梦想，然后是激情、胃口和睡眠，最后才是呼吸。

　　我和哥哥们忙忙叨叨地迎送前来吊唁的亲朋好友。父亲一生最值得我们学习的就是工作卖力，干什么事情都下死力气，干到最好。其实官场上的事他又能懂得多少？既不知道笼络人心，更不知道逢迎上级，往往一句话把人给撞到南墙上。他脾气异常暴躁，看工作比看人重要，从不姑息敷衍塞责的下级。但是与他相处过的同事最后都认可他。他没有孬心眼，完全凭本色和原则行事，心中有什么就吐什么。私下里他也是个热心肠，下属嫁闺女娶媳妇他都帮忙，哪家老人去世他都诚心诚意地帮助安排后事。父亲一生顺从政治波涛的冲刷，有时候姿态可以低到尘埃里。但再往下，触到生命和道德的底线，就不会再低下去了。那里是一把骨头，像石头一样硬的骨头。

　　父亲去世后，许多同过事的人都来看他，念叨他的好。对父亲的去世，妈妈既伤心又欣慰。她的伤心在于，父亲没有躺在病床上让她伺候一段时间，就那么说走就走了，连句后话都没留，这对于一个妻子来说，终归是一个遗憾。也许她既需要丈夫给她一个评价，也需要自己给自己一个评价。妻子不但是一个职位，还是一份使命，她认为。而她的欣慰在于，有那么多的人来看他，她觉得丈夫这一辈子过得值，给他自己，也给他的家人挣足了面子——这个来自于外部的签注，也是母亲最后所需要的生命的蜡印。

　　多年不在一处的兄弟姊妹、堂兄弟姊妹、表兄弟姊妹，加上我们的孩子们，浩浩荡荡。夜间守灵的时候，想不热闹都难。父亲的水晶棺被我们围在中间，他最后的几年里喜欢孩子们这样围着他，我们借他的葬礼偷偷地热闹，想来他该是欢喜的。

　　从头哭到尾拉不起来的是"那女的"，她的伤痛是刻在心里的。她是在哭自己的父亲还是哭自己？也许这是一体双面的问题，因为没有父亲，"她"就成了一个虚数，至少在我们这里是如此。有一次，我看她的腿跪得肿胀，都不会走路了，便过去拉她，让她回去休息。让我想不到的是，她的大女儿却用身子护住她，对着我们放声大哭。她大声地质问我，我妈就没有守灵的资格吗？难道她不是跟你一样是我姥爷的亲生女儿吗？

　　是啊，难道她不是吗？为什么她试图走近她亲生父亲的时候，我们无情地一次次推开她？

　　我伤心地看着她们，心中非常疼痛，锐利的疼。即使是亲骨肉，隔膜也是如此之深！

　　我的女儿指着这个邋里邋遢、行动机械而迟缓的女人问我，她是谁？

　　她是我姐姐！我心里一热，脱口而出。

　　姐姐？什么姐姐？她几乎是在惊叹。

　　是的，她是我姐姐，我的亲姐姐！我看着她，看着么么，看着躺在水晶棺里的父亲，动情地说。我说的时候，心里的热已经兑换成泪水，扑簌簌地落下来，把父亲灵前的香灰砸出一个个坑。

我们一开始就应该接受这个事实，父亲有过婚史，有过女儿。她是我们的手足，这是我们必须接受的。我厌弃过她，愤怒过她，甚至恨过她。我以为父亲死了，她与我们之间的关系就会一刀两断。现在在父亲面前我突然醒悟，我和她身上流淌着的是同一个人的血，永远都不可能改变！

父亲的骨灰被我们送回老家，那是一个母亲非常陌生的村庄，好像它是突然冒出来似的。妈妈嫁给父亲四十多年，安葬父亲那天，第一次去到那个生养父亲的村庄。是第一次。父亲的前妻离婚后仍然住在村子里，一生未再改嫁。父亲执意不让母亲回他的老家，好像这样他就能将妻子挡在他过去的生活之外。

我的父亲由一个活着的人变成一把灰，他将以这个残缺不全的形体去见他的父母，他们父子母子如何相认？好在这一次他将永远躺在他们的脚头，再也不会逃走了。这个事实让我们松了一口气，又揪心般地疼痛。我总觉得这不是事情本来的面目，好像他突然就会坐起来，指点我们该把什么事情做到什么样。妈妈最后一次为丈夫整理睡铺，她仔细地在柏木棺材里铺上了黄色的锦缎褥子，哥哥捧出匣子里的骨灰慢慢倾洒在褥子上。我仿佛一下清醒了，我的父亲没了，他不再具有一个人的形体，他被哥哥一把一把地铺进棺材里——他来到这个世界上的时候，是被神用土一点一点捏出来的。他离开这个世界的时候，却是被自己的儿子一把一把揉碎的。我用什么样的想象力才能把这些灰白色的粉末拼接成爸爸啊！我身前身后，哭声如潮水一般，淹没了锤子击打铁钉的尖厉声音。棺材合拢，我的父亲今后无数的日子就这样被固定了。他抹去了留在人世间的最后一点痕迹，沉沉地坠落在一个不足三平方米的土穴里。

午饭前的哭声暂时平息之后，有不小的一会儿空当。母亲找来我姐姐，从手中的一个布包里取出一个信封，说，这是你家老三的学费，是你爸死前交代的。其实我们知道，爸爸那次给孙辈们分钱的时候并没有交代这件事，这纯粹是妈妈的意思，她想让丈夫更完美一点，像个体面的父亲。姐姐接了钱握在手心里，脸上写满了愕然。姐姐依然继承了我们家族的聪慧和吃苦耐劳，她一口气生了四个孩子。这几年，她的孩子都陆陆续续考上名牌大学。即使父亲活着，也都是由母亲做主，负责每个孩子的学费。

父亲去世一周年，我们阻止了妈妈从深圳回来上坟。姐姐最小的女儿又刚刚接到重点大学的录取通知书。我把为她准备的生活费和学费交给姐姐，我们在父亲坟前跪下之后，她试探着用她粗糙的手去拉我纤细的手。我再也没有躲闪，我的手窝在她木柴一般的手心里，渐次感到了温暖。我就那样任由她拉着，好让父亲看着他再也无法分开的一黑一白的两个女儿。

33.

大学毕业时，幺幺参加了纪念改革开放三十周年的征文活动，她自己拟定的题目是《婚礼》。她写了三个婚礼，五十年代末姥姥的婚礼，八十年代末妈妈的婚礼，九十年代末小姨的婚礼。姥姥的婚礼是一把糖，分给大家后，两个人的铺盖合在一起，窗上贴张囍字就拉倒了。妈妈的婚礼是在一个农家小院里，赶来吃席的穷亲戚，油腻的饭菜，闹房的年轻人。小姨的婚礼有轿车接送，婚纱是定制的，做工精致。客人们坐在大酒店豪华的大厅里，等待着一个又一个程序。

对将要举行的自己的婚礼，幺幺说，那将是一个秘密。

幺幺从会说话，就迷恋那种纱质的衣裙，无数次地假扮自己是一个小新娘子。在床上铺一片红床单，要爸爸牵她的手，郑重地举在额前。爸爸的角色是多重的，一会是父亲，一会是老公。突然有一天她厌倦了这种游戏，甩开爸爸的手泄气地说，妈妈，你为什么会嫁给我爸爸呢？那一年幺幺五岁。我正喝水，笑得差一点背气，问她，我为什么不会嫁给你爸爸呢？幺幺一脸不屑地评价，新郎官不是这样子的，不英俊，也不浪漫！

敬川是家里的长子。说真的，我怀幺幺的时候希望她是一个男孩，我觉得敬川也是这样想的，好像不生个女孩，我们就没脸见祖宗似的。但是从娘胎里知道她是一个女孩儿，敬川就开始认真总结女孩儿的优点。幺幺生出来那天，我因为出血太多不能动弹。幺幺啼哭不止，敬川就把她像一条美人鱼那样托在手掌上，他把女儿粉红的小脚丫子含在嘴里，体味着女儿的温度和脉动。孩子只要一哭，最先流泪的反而是他。后来这竟成为我的罪状，他总是告诉女儿，你生出来，妈妈嫌弃你是女儿，一夜都不抱你，是爸爸用手托了你一夜。幺幺依恋他也许是从那一夜开始的，她像只小狗，熟识了父亲的气味。很长的一段时间里，她白天睡觉，晚上精力旺盛地哭闹，敬川必须抱着她在院子里晃悠，有时抱着她走到大路上去，甚至带她去铁道边听火车。敬川的衣服上常常带着幺幺画的各种形状的地图，直接去上班。女儿像只小鼹鼠，在父亲的掌心里长大。我从没见过比敬川更爱孩子的父亲了。

敬川出事之后，虽然表面看起来幺幺比过去更坚强了，但是我知道她内心里的痛。在此之前，敬川已经被调到中央国家机关工作，他们两个住在一起。早上爸爸把她送到学校，说好了晚上下班来接她。谁知道从那天起，爸爸就从她的生活里突然消失了。

有很长时间，她不知道爸爸去了哪里。但她让爸爸卧室里的一切都还保留着他那天早上出去时的样子，书看了一半，被窝也没叠。

后来我看到她在一篇叫做《平安香》的小说里，这样写她和爸爸：

连续好几个阴历初一，她都早早地来到雍和宫，想着能赶上第一炷香。谁知赶到那天，来上香的人总是特别多，四五个检票口同时打开，等她跑进去的时候发现又远远地落在了后面。她跑不过他们，也不想跑。她想，即使是在佛面前，机会也是抢来的，这多少让人有点遗憾。

　　过去，爸爸只要不出差，就会陪着她来上香。他从单位签了到过来，站在雍和宫斜对面的吴裕泰茶庄门口等她。她远远地看见爸爸立在那里，像一杯热茶温暖着她。她心里一暖，浑身洇透了幸福。

　　"爸爸！"她这样喊着，把手放在爸爸手心里，让他握着。

　　她记得妈妈曾经跟她说过，生她之前爸爸特别想要个儿子。他家世代单传，爷爷奶奶的期望自不待说，爸爸本来就喜欢男孩子。可自从生下她之后，爸爸再也没提起过这档子事儿。有一次妈妈问他，现在给你个儿子你换不换？他说，给我全世界我也不换……

　　……

　　从雍和宫出来已经十二点多了，她在门口的一家面馆里要了一碗面。这家陕西面馆既干净又有风味，爸妈也喜欢在这里吃饭。有一次他们一家三口在这里遇到一对父女。老人行动迟缓目光呆痴，嘴半张着，好像有句话一直没说出来似的，事实上他半天一句话也没说，只是静静地看着眼前。女儿也有四五十岁了，她一边拿勺子喂老爷子吃面，一边喋喋不休地讲着什么事儿，说到高兴处自己先捂着嘴弯腰大笑起来，眼泪都笑出来了。这情景把他们一家人都感动了。妈妈侧过身子问那女的，老爷子多大年纪了？女儿笑着说，还年轻着呐，一会儿还要带他去买樱桃吃哩！惹得他们全都笑了起来，那时正是吃樱桃的季节。

　　他们走后爸爸说，我老了最大的愿望，也就这样了，让女儿陪着吃碗面，说说高兴事儿。

她记得当时开了句玩笑，她说，不能这么过，咱们把日子颠倒过来，先吃樱桃，再吃面，这样越过越年轻，你说是不是啊爸？这句话并没有把爸爸逗笑，但他一脸的向往。

那时，她觉得幸福才刚刚开始。

晚上回到家，她觉得很疲倦，怎么也打不起精神，洗完澡躺在床上想心事。往事拥挤着吵闹着跟她捉迷藏。那个时刻她才真正感觉到寂寞的力量。寂寞不是一种情绪，而是一种势力，它就逡巡在你周围，目不转睛地盯着你，让你手足无措，任何挣扎都无济于事。

快九点的时候妈妈打来电话，她今天去看爸爸了。她说，爸爸的身体很好，每天还坚持做俯卧撑，洗冷水澡。妈妈还说，爸爸最近写了不少诗，并拣了一首她喜欢的读了起来。在诗中爸爸写道，他十五岁被一列火车拉到西南读大学……她希望妈妈一直读下去，倒不是爸爸的诗有多吸引她，而是妈妈的声音，在那一刻像一支杀入重围的友军，把她从孤独里搭救了出来。妈妈的声音一如她的人那样温柔，软软地包围着她。那是一种象征，让'亲人'这个词融化在抑扬顿挫里，缓缓地输送到她身上的每一个细胞。她记得寒假的时候去看爸爸，未开口泪水先流了下来。爸爸说，别哭！爸爸内心里的坚强，只有她跟妈最清楚。可她就是止不住眼里的泪水。后来她跟爸爸说，就是倾家荡产也得申诉啊！申诉？爸爸说，到现在你还相信这个？你太天真了，孩子！

那我们该相信什么爸爸？

相信命！爸爸毫不迟疑地说。

她离开的时候，看见爸爸也哭了。

听完妈妈的电话，她像虚脱了一样，后来不知怎么的就睡着了，但不久又被什么声音弄醒。好像是卫生间的水管没关好，发出滴答滴答的声音。她起来看了一遍，并没有发现哪里漏水。她站在那里，听着窗外起风了。风吹着墙角发出呜呜的声响，好像一只漏风的嘴在絮叨着什么。她走到爸爸曾经住过的房间里，爸爸出事之前的一切都没变，被子还是那样掀开着，床头的《孤独及其所创造的》翻到他看过的地方。一切都还保留着爸爸马上就要回来的样子……现在，在这座被灯光簇拥得像一座孤岛的城市里，只剩下她，只剩下这间能听见风语的屋子，上不挨天，下不着地，孤零零地悬在这灯火阑珊的夜里。

幺幺的对象一米八四，比一米七二的爸爸高大许多。看着他们的爱情一天天成熟，我总是觉得似乎缺少了点什么。到底是什么，现在他们快要做父母了，我也没能想清楚。有时看着他们像过家家一样，一天翻脸几回，动不动就说分手，我觉得不可思议。我们那时候即使生气闹别扭，几天不说话，哪敢说分手啊！但他们的爱情比我们这一代内涵丰富，或许比我们更决绝。有一次他们突然告诉我已经领结婚证了，我大吃一惊，说这么大的事情怎么不给我们说一声？她说，这事情是我们的，又不是你们的，大小跟你们有什么关系呢？

能没关系吗？涉及到孩子的问题，大小都跟父母有关系啊！即使是一个小如麦粒的伤口，也会在父母的心里划下一辈子抹不去的伤痕。

敬川人生最困难的那一段时间，幺幺已经临近大学毕业了。她那时像变了一个人，像个小母亲，一个人把天撑起来，处处还要操心我。我看着她穿着平底的小船鞋，细瘦的身子不停奔忙着，脸上是不曾有过的平静和笃定。她毕业时拿到了优秀毕业生、优秀论文和多个征文大奖，连体能达标都是第一个过关。她俨然成了小明星，学院领导见了都竖大拇指。她上台领奖时，穿着挺括的军人服装，胸前别着大红花，让我激动了很长一段时间。这是那个我曾经怎么看都看不清，怎么管都管不住的孩子吗？

幺幺是真长大了，她觉得她有责任担当起这个家。她给爸爸的信中写道：爸爸，您曾经跟我说过一句最男人的话，即使这个世界上都不需要你了，还有你自己需要你！最让我伤心的是这句话，最让我安慰的，也是这句话。但是，我相信上帝是公平的，他给你什么样的磨难，就会给你什么样的补偿。

幺幺还说，爸爸，你少年得志，生活只是太顺了，做官做到多大才是个头？现在上天开始眷顾你，女儿相信你会是个真正了不起的人。

幺幺给我发信息说，妈妈，你必须振奋起来。作为一个女人，你是如此的完美。更重要的是，你是我爸爸的妻子，我的妈妈，你就不能倒下。你总是说找不到自己了，那是我们在所谓的"幸福"里一点一点被磨掉了。如果不遭遇这次苦难，也许我们永远都找不到自己。妈妈，苦难使我们团结在一起，成为一个人，也因此让我们把曾经支离破碎的自己，一片片找到，重新粘合成一个完整的人。

我的孩子啊，你的出生不仅仅是我们血脉的延续，你是上帝派来的天使，在我们最困难的时候与我们同在。

她真的是那个恨不能爱也不能，让我怎么都把握不住的孩子吗？

有一次，我和幺幺在雍和宫门前遇到一个算命的人，一定要为我们看相。我们加快了脚步，他追着说我的相貌多有福气——终于逃开，汗都渗出来了。我喘着气说，算命的从来都说我们一家人的命好。我们的命好吗？

好！幺幺肯定地说。

真的？那你爸呢？

我爸？幺幺吃惊地看着我。

你不在乎你爸的遭遇吗？

妈妈，幺幺悲哀地看着我，摇了摇头说，我不在乎，你也不应该在乎。

我愕然。

妈妈，如果你在乎了，那将是在乎别人的在乎。你就那么在乎别人的看法吗？如果是那样，就是让我爸第二次受辱。我觉得那太廉价了，不值得！

我的孩子，原来你真是我的孩子！你最是我的孩子！我的泪水笑了出来。

后来，我也拿同样的问题问我的朋友，我的命好吗？然后不待他们回答，我便说，该算是好的了。就算是最难过的日子，你们都让我和幺幺过得如此从容，我还有什么不满足的？我的好命都是你们的好命拼接起来的，你们把最好的东西都给了我，给了我们。因为有了你们，我的命真好。

也许，我们既不像想象得那样幸福，也不像想象得那样不幸，只不过是最普通的人遇到的最普通的波折，既没有什么可以值得悲哀，也没有什么值得炫耀。我们得享生活给予我们的一切，还有比这更好的命运吗？

生活中我会怕许多东西，比如虫子、蛇、噪音，甚至想象中的魂灵。但是对特别重大或者危险的事情，我好像从来没有害怕过，比如自己的死。从小到大，我乘坐飞机轮船火车汽车，从不考虑它们安全与否。幺幺上小学的时候，敬川拉着她去办什么事情，轿车在路上同一辆疾驶的卡车相撞，车头被卡车削去。因为是借朋友的车子，我见到他们立刻询问车是不是废了。敬川很生气，说孩子就在前座上，你怎么不先问问我们俩怎么样？我当然把他们看得比车子重万万倍，但只是觉得他们的安全不会有问题。二〇〇六年我随中国作家代表团去日本访问，飞行途中遭遇强气流，我能清醒地感觉到飞机几十米甚至几百米地往下掉，好多人吓得尖叫。我依然镇定地浏览着杂志，一点也不担心。

眼前这一年，我好像学会了格外珍视生命，极少出门，不愿意去旅行，拒绝参加活动，万不得已出去也是匆匆地回。其实家里并没有什么事情等着我，但我还是愿意在家待着，觉得那才是世界上最安全的地方。

六月里，北戴河有个活动被我推掉了。内蒙古也有个会议，怎么也不好再推脱。提前几天我就开始惴惴不安，只是机票已经定好了，不好意思反悔。临出发的前一个晚上，我无法集中精力做任何事情，就走到楼下去洗头。我情绪紧张的时候常常去理发店洗头。老板娘熟悉我，诧异地问我,怎么这么晚来洗头？我告诉她明天要出差。为我洗头的小妹一向不怎么说话，那天话却特别多。她先是问我到哪里去，坐火车还是坐飞机，一直问到坐飞机是不是安全，会不会难受。我告诉她我不会难受，心中已是不悦。她突然再发感叹，今晚的风好大，明天若是刮风你可就倒霉了。她只是想说话而已，估计对说话的内容自己都没怎么想。吹头发过程中我一句话也不想说，吹完我就匆匆地离开了。朝家走的路上，我给女儿发了几条短信，交代了一大串子事情，包括我的小狗毛豆的安置。两分钟后幺幺打来电话，问我怎么突发神经病。我笑着说，学习我的二叔，每次出差都要把女儿叫过去安排后事。说着说着，我渐渐安静，给她讲了洗头的事。幺幺说，既然你说了，灾就破了，安心去玩吧！又补充道，不想去就不要勉强自己。跟女儿通了电话，我突然笑了起来。我干吗要为没有害怕而害怕，为没有晦气而晦气呢？也许是我太注意自己的情绪了，因为注意自己的情绪而格外注意别人的情绪。难道这很长一段时间，我不是陷在抽象的平静和具体焦虑之中吗？是啊，也许并不是我不幸福，而是我已经忘记了该怎样幸福。

这一天，我先是从郑州赶到北京，飞机正点。在北京未出机场，一个小时后转去呼和浩特，飞机仍然是正点。来之前查看呼市的天气预报，有雷雨。飞机落地时却是艳阳高照，我的心情顷刻如同阔朗的天空，一丝云彩都没挂。

会上意外地和顺子撞见，我们俩有许多回的相见，从来都是撞一起。本来很相好，分开了却一个电话都不肯打。偶然相遇，越加喜出望外。那四天，除去她要疯着同一帮作家编辑们豪赌，我们几乎都在聊，无头无尾，没完没了地聊。我有时语出惊人，告诉她我置生死于度外。她睥睨地望着我，说，你老人家可真敢往自己身上捅好词儿。我说，是真的。那一会儿，玩笑话被我说得认真起来。我真的丢掉了与生俱来的怕，我都四十多岁了，也算是一个可以去死的年纪了。其实，长生不老并没有什么意思，"如果一个人比他的上帝活得还久，算个什么人呢？"我，一个再普通不过的小女子，靠着一点天分和努力，该见识的都见识了，该得到的也都得到了，还能对命运祈求什么呢？没有读过万卷书，万里路却是早已行过；没有惊天地泣鬼神的遭际，但也不是不声不响偷偷地品尝生命的滋味。剩下的事情也都有剩下的办法：我最为担忧的母亲，有妹妹悉心照顾；过去令我百般不如意的女儿，经历过家庭的这次劫难，竟是如此的成熟。

至于敬川，我相信他在任何情况下都会有自己独特的人生——如果我对女儿的爱无法表白，那我对他的爱现在则是脱口而出，我想让所有的人都知道我们正是因为有爱才有坚实的今天和未来。回首往事，只有经过生命中的那道窄门，才能体会到生活中的细枝末节所蕴含的意义。过去我常常责怪他，觉得我本应该丰富多彩的人生，是被他活活圈围在自己的意趣之内。其实，没有他宽厚的男人与父亲的角色担当，哪有我的优游从容？没有他从不言败的鞭策与鼓舞，哪有我一点一滴的成长？他出事之后我们第一次相见，他抱着我的第一句话竟然是：对不起！这话我多熟悉啊！我没有哭，反而开心地笑了。从我们认识一直到现在，不管我给予他多少委屈、暴戾、蛮横和伤害，最后说这句话的都是他。我终于想明白了，他一直在为我的人生垫背，哪怕自己残缺不全，也要努力让我保持一个完整而单纯的自己。

人如果想明白了，生死就不是一个问题了，就像苏格拉底说的那样："一切的未来，只不过像一个无梦的夜晚罢了。"

如果还有问题，那就是，要让不死显得更加正当而体面。

在内蒙古参加了颁奖会，然后看几个景点。我有点遗憾，什么都安排到了，却没到草原去看看。田兄说他和我想的一样，来，奔的就是大草原，是草地羊群，是篝火和肥嫩的烤肉。最后一个晚上，从鄂尔多斯返回呼市，因为吃太多的食物，大家

■"果儿……"我禁不住热泪盈眶。这个才出
生半个小时毛茸茸的孩子，显然对这个称呼
还没有足够的心理准备，他哇的一声哭了起
来——他的哭声声震屋瓦响遏行云，纯粹得
没一点节制，也没有任何顾忌。

一致决定出去散步。顺着宾馆的小水泥路出去，大约走了几里，看到了一望无垠的草原，而且寻见了羊群，有几百只，像白色的云团散落在周围。零星的蒙古包里闪出微弱的灯火，除了我们，一路上再没见着任何人。我们在酒店开了几天会，却不知道酒店就建在大草原的中央。

身处草原的人们，却四处寻找青草，这多像我们漫无头绪误打误撞的人生啊！

从内蒙古回到家中，昏天黑地地睡了两天后，竟突然感到了从未有过的轻松和喜悦。顿悟般地，我给幺幺打了一个电话，说，若是你们有了孩子，大名让你婆婆家起。但无论是男孩女孩，小名儿一定要由我来起。幺幺笑得收不住，说你要取个什么名儿呢？我说我要叫他糖果儿。幺幺说，还不错，就依了你。

糖果儿——

经历了这么多，还有什么疙瘩没解开呢？如果你觉得生命是值得珍惜的话，那你至少应该懂得，你的生命中的一切都是正好——刚刚好，享你该享的，受你该受的，不多不少。所有的执着都是为了放弃，所有的放弃都是因为曾经太执着。得到了，只是给你一个失去的机会；失去了，你才知道你的生命在什么地方有意义——就像许多事情一样，只有失去了，你才知道曾经拥有过。

我们永远不能准确地预知自己的将来，但对过去的日子总该知足吧！难道我们握在手里的生命，还不够甜吗？

我祖母那样活，是甜的。

我母亲另一种活，是甜的。

我这样活，是甜的。

我女儿以她的方式活，也是甜的。

这甜的生活，如果不把它叫做糖果儿，怎么配得上它？

34.

糖果儿从孕育到出生，几乎跟我的这个作品同步。这个幼小的生命，从呱呱坠地的那一刻就没有停止过踢腾。他那欢欣鼓舞的样子，我希望能够放大到他全部的人生里——那将是一幅国家与个人一般大的景象：风调雨顺，四季平安。

我俯身在浴缸里，看他套着游泳圈在水中漂流。他怒目圆睁头发纷披，好像有满腹的话语要告诉这个他刚刚呱呱坠地的世界。我把指头在他眼前晃动着，他黑黑的眼珠儿跟着我的指头转。显然，他接收到了来自我们家族的信息密码。

"果儿……"我禁不住热泪盈眶。这个才出生半个小时毛茸茸的孩子，显然对这个称呼还没有足够的心理准备，他哇地一声哭了起来——他的哭声声震屋瓦响遏行云，纯粹得没一点节制，也没有任何顾忌。